MUNDOS ROUBADOS

Lloyd Jones
MUNDOS ROUBADOS

Tradução de Léa Viveiros de Castro

Rocco

Título original
HAND ME DOWN WORLD

Copyright © 2010 *by* Lloyd Jones

Todos os direitos reservados. Nenhuma parte desta obra pode ser reproduzida ou transmitida por qualquer forma ou meio eletrônico ou mecânico, inclusive fotocópia, gravação ou sistema de armazenagem e recuperação de informação, sem a permissão escrita do editor.

Direitos para a língua portuguesa reservados
com exclusividade para o Brasil à
EDITORA ROCCO LTDA.
Av. Presidente Wilson, 231 – 8º andar
20030-021 – Rio de Janeiro – RJ
Tel.: (21) 3525-2000 – Fax: (21) 3525-2001
rocco@rocco.com.br
www.rocco.com.br

Printed in Brazil/Impresso no Brasil

CIP-Brasil. Catalogação na fonte.
Sindicato Nacional dos Editores de Livros, RJ.

J67m   Jones, Lloyd, 1955-
          Mundos roubados / Lloyd Jones; tradução de Léa Viveiros de Castro. – Rio de Janeiro: Rocco, 2011.
          14 x 21cm

          Tradução de: Hand me down world

          ISBN 978-85-325-2711-0

          1. Romance neozelandês (Inglês). I. Castro, Léa Viveiros de. II. Título.

11-6108   CDD-828.99333
                                     CDU-821.111(931)-3

Para Anne

Parte um: O que eles disseram

Um

A supervisora

Eu estava com ela no primeiro hotel no Mar Arábico. Isso durou dois anos. Depois no hotel na Tunísia, por três anos. No primeiro hotel, nós dormíamos no mesmo quarto. Eu sabia o nome dela, mas só isso. Eu não sabia quando ela fazia aniversário. Eu não sabia quantos anos tinha. Eu não sabia de que parte da África ela vinha. Quando falávamos de casa, falávamos de algum lugar do passado. Podíamos ser de países diferentes, mas o mundo em que entramos tinha o mesmo brilho ofuscante. As mesmas armadilhas foram preparadas para nós. Mais tarde eu encontrei Deus, mas essa é uma história para outro dia.

Se eu lhe contar o meu começo, você vai saber o dela. Aliás, eu me lembro do instante em que nasci. Quando digo isso para as pessoas, elas desviam os olhos ou sorriem disfarçadamente. Eu sei que tendem a não acreditar. Então eu não costumo dizer isso em voz alta. Mas vou lhe dizer agora porque talvez você consiga entender melhor. Eu posso dizer isso a você. O ar estava fresco no começo, mas logo tudo isso desapareceu. O ar se dissolveu e se espalhou rapidamente. Rostos negros com olhos vermelhos despencaram de grande altura. A primeira prova que eu tive do mundo foi o dedo de outra pessoa enfiado em minha boca. A primeira sensação é dos meus lábios sendo esticados. Estou sendo preparada para o mundo, entende? Minha primeira noção do outro é quando sou erguida e examinada como um rolo de tecido, para que vejam se tenho cortes e manchas. Então, à medida que o tempo passa, sou capaz de examinar este mundo onde nasci. Parece que nasci debaixo de uma montanha de lixo. Estou sempre escalando aquela bagunça, primeiro para ir à escola, e mais tarde para ir ao concurso de beleza no depósito, tomando cuidado para não me sujar. Venço aquele concurso e, em seguida, o estadual e o regional. Aquele último concurso me proporcionou uma vaga no programa de treinamento da equipe de hotelaria do Four Seasons, no Mar Arábico. Foi lá que eu a conheci.

Lá, em vez de lixo, descubro um saguão com ar-condicionado. Lá tem palmeiras. Essas árvores são diferentes das que estou acostumada a ver. Estas palmeiras a que me refiro. Elas parecem mais enfeites do que árvores. Até o mar com toda a sua calma azul parece não ter outro motivo para existir exceto ser agradável aos olhos. É divertido brincar ali. Isso fica claro ao se olhar para os hóspedes europeus e para os negros que podem pagar.

Nós dividimos um quarto. Dormimos a poucos metros uma da outra, ela se torna uma irmã para mim, mas eu não sei seu nome do meio, nem o sobrenome, tampouco o nome do lugar onde nasceu. O nome do pai dela era Justiça. O da mãe, Maria. Eu não sei nada a respeito de onde veio. No Four Seasons isso não importava. Mostrar que você tinha vindo de algum lugar não era bom. Você precisa abandonar seu passado para se tornar um empregado do hotel. Para ser um bom empregado, você tinha que ser como as palmeiras e o mar, agradar os olhos. Nós não podemos tomar espaço, mas tínhamos que estar lá sempre que um hóspede precisasse de nós. No Four Seasons, aprendemos a esfregar a privada, a fazer uma roseta com a ponta do rolo de papel higiênico e a amarrar por cima do assento uma faixa de papel que informava, em inglês, que o vaso sanitário estava dentro dos padrões higiênicos. Aprendemos a desfazer uma cama e a reanimar um hóspede que tivesse bebido demais ou quase morrido afogado. Aprendemos a levantar o tronco de um hóspede e bater nas suas costas com toda a força, quando um biscoito ou um amendoim descesse pelo lugar errado.

O que mais? Posso contar sobre o novo desejo que se apoderou dela como uma doença da mente. Ela esqueceu que era empregada.

Sim. Às vezes eu achava que estava enfeitiçada. Lá estava ela, uma empregada, e de uniforme, parada na área reservada aos hóspedes, debaixo das palmeiras, ocupando a sombra preciosa, vendo um homem branco e alto entrar no mar. Ela observa o mar subir e cobrir todo o corpo dele até ele desaparecer. O rasgão no oceano se fecha. Ela espera. E espera mais um pouco. Fica pensando se deveria chamar o capitão porteiro. O tempo todo ela fica prendendo a respiração. Só se dá conta disso quando a pessoa sobe à tona – e em outro lugar. Ele irrompe por outro rasgão no mundo que ele mesmo faz. Foi neste momento, ela me contou, que ela achou que gostaria de aprender a nadar. Sim. Esta é a primeira vez que a ideia passa pela sua cabeça.

Após dezoito meses – eu sei que disse dois anos. Está errado. Agora eu me lembro. Foi depois de dezoito meses que fomos transferidas para um hotel maior. Na Tunísia. O rasgão no mundo apenas ficou maior. Este hotel também fica na beira do mar. Pela primeira vez em nossas vidas era possível olhar na direção da Europa. Não que houvesse algo para ver. Isso não tinha importância. Não. Você pode achar o caminho para um lugar que não pode ver.

Pela primeira vez nós tínhamos dinheiro. Um salário, mais gorjetas. Mais dinheiro do que nós duas jamais havíamos ganhado. No nosso dia de folga, íamos ao mercado. Uma vez ela comprou um papagaio vermelho e verde. Ele pertencera a um engenheiro italiano que tinha sido encontrado morto no beco de jogar lixo atrás do bar das prostitutas. O engenheiro tinha ensinado o papagaio a repetir sem parar "Benvenuto Italia". Graças a um papagaio, isso é tudo o que eu sei de italiano. "Benvenuto Italia. Benvenuto Italia." Nós tínhamos nossos próprios quartos agora, mas eu podia ouvir aquele papagaio do outro lado da parede. "Benvenuto Italia." A noite inteira. Era impossível dormir. Uma outra moça disse a ela para cobrir a gaiola com um pano. Ela fez isso e funcionou. O papagaio calou a boca. Depois de um banho de chuveiro, depois de se vestir, depois de escovar os dentes, depois de fazer a cama, então ela tira o pano, o papagaio abre um olho, depois o outro, depois o bico: "Benvenuto Italia."

Na folga seguinte, eu fui com ela ao mercado. Nós nos revezamos carregando o papagaio de volta para onde ela o tinha comprado. O homem finge que nunca viu o papagaio e continua a arrumar sua mercadoria sobre um banco de madeira. Ela tentou dar o papagaio para um garotinho. Ele arregalou os olhos. Achei que a cabeça dele fosse explodir. Ele fugiu correndo. O papagaio olhou para nós por entre as grades, excepcionalmente calado, com um ar tão infeliz que eu fiquei com medo que ela fosse perdoá-lo. Mas não. Numa casa de chá, o dono flertou com ela, mas, quando ela tentou dar-lhe o papagaio de presente, ele recuou com as mãos no ar. Na rua, um homem parou para enfiar o dedo por entre as grades. Ele e o papagaio estavam se dando bem. Mas aconteceu a mesma coisa. As pessoas olhavam, admiravam, mas ninguém queria ficar com o bicho. Ela começou a achar que nunca mais ia conseguir se livrar daquele papagaio.

Tirei a gaiola da mão dela e nós entramos num ônibus. Os passageiros estavam esperando o motorista voltar com seus cigarros. Atravessei o corredor balançando a gaiola por cima da cabeça dos passageiros. Alguns se encostaram na janela, cruzaram os braços e fecharam os olhos. Um por um, eles sacudiram as cabeças. De volta ao mercado, as pessoas conversavam com o papagaio, enfiavam o dedo pelas grades para ele beliscar, arrulhavam para o papagaio. Ele virava a cabeça de lado e olhava para elas com uma expressão estranha que fazia todo mundo rir. Mas ninguém queria um papagaio. Ela me perguntou se havia alguma coisa errada com ela. Porque como podia ser a única pessoa que tinha pensado em possuir um papagaio?

Nós voltamos para o hotel. Ainda não estava escuro. Ouvimos barulho de água vindo da piscina. Eram umas crianças. Havia pessoas sentadas nos bares ao ar livre. Ela tirou o papagaio da minha mão e se dirigiu para a ponta da praia. Eu fui atrás dela porque tinha ido até ali, e a seguira o tempo todo, e naquele instante eu não pensei em outra coisa que pudesse fazer. Na areia, ela chutou fora as sandálias. Pôs a gaiola no chão e arrastou um dos botes para a água. Se tivesse pedido minha opinião, eu teria dito que não fizesse aquilo. Agora eu me arrependo de não ter dito nada. Eu estava cansada. Estava cheia de dividir o problema com ela. Eu só queria que aquilo acabasse logo. Enquanto ela empurrava o bote, o papagaio olhou-a como se entendesse sua decisão e tivesse optado em mostrar dignidade em vez de medo.

De noite começou a ventar. Eu fiquei na cama. Mas posso contar o que aconteceu porque ela me disse. Ela também acordou com as ondas batendo na praia, mas tornou a dormir sem se lembrar do papagaio. Da segunda vez que acordou ainda era cedo. Ninguém tinha se levantado quando atravessou o terreno do hotel. Ela encontrou o bote na areia. A gaiola tinha desaparecido. Mais adiante, na praia, ela encontrou o cadáver molhado do papagaio sobre umas folhas de palmeira. O empregado estava varrendo a areia com um ancinho. Quando lhe perguntou sobre a gaiola, ele desviou os olhos. Ela achou que ia ouvir uma mentira. Entretanto, ele lhe disse para segui-lo. Eles vão até o barracão. Ele abre a cortina de contas. No banco, ela vê as grades finas da gaiola. A gaiola em si não existe mais. As grades foram arrancadas. Ela pega uma grade – segura pela ponta de madeira, pressiona a ponta afiada na parte carnuda da mão. Bem, ela aceitou a faca como pagamento pela gaiola. Essa é a história da faca.

Certa vez ela me disse que, assim que você percebe que é esperta, vai ficando cada vez mais esperta. Comigo isso ainda não aconteceu. Isso não quer dizer que não vá acontecer. Quando a Bíblia fala em eternidade, eu vejo uma longa fila de surpresas. Não quer dizer que esta surpresa em particular não vá surgir no meu caminho. Eu só estou dizendo que ainda estou esperando. Mas ela chegou lá primeiro, quando foi promovida a supervisora da equipe. Agora era a vez dela de dizer aos novos recrutas que eles tinham o cheiro fresco das margaridas. Você devia vê-la agora. Como andava pelo hotel. Ela mudava a vasilha de frutas da recepção sem esperar que alguém pedisse. Ela diz "Tenha um bom dia", como foi ensinada a fazer, para as costas dos brancos robustos que atravessam o saguão na direção da piscina. Quando um hóspede lhe agradece por pegar uma toalha que caiu no chão, ela sorri e diz "De nada", e quando dizem que ela parece uma americana falando, ela sorri respeitosamente. Os turistas se sucedem. O mundo deve ser feito de turistas. Como é que eu não nasci um turista? Depois de quatro anos no hotel, eu podia me tornar uma turista porque sei o que aproveitar e do que me queixar.

Gente branca nunca parece tão branca como quando entra no mar sob o sol do meio-dia. As mulheres entram e então se sentam como se estivessem numa banheira. Os homens mergulham e depois nadam com energia. As mulheres já estão pegando suas toalhas na areia enquanto seus homens ainda estão dando braçadas no mar. Então eles param como se tivessem chegado inesperadamente onde queriam. Aí eles param e se deitam de barriga para cima, com o rosto voltado para o céu. Quando uma onda passa debaixo deles, eles sobem como restos de comida, depois a onda os faz baixar de novo. Eu costumava pensar se estas ondas eram contratadas pelo hotel. Ficava imaginando se, junto com as palmeiras, elas também tinham passado por um treinamento. "Veja com que delicadeza o mar os faz baixar", ela dizia. Olhe – e eu olhava. "Está vendo", ela dizia. "Não precisa ter medo."

Um dos homens flutuadores se chamava Jermayne. Ele a pegou observando os brancos que brincavam no mar. Não desta vez, mas de outra. Eu não estava lá. Mas foi isto que ela me contou. Eu ainda não tinha posto os olhos nele, então isto foi o que ela disse sobre Jermayne. Ele era negro. Sim, tinha a mesma cor de pele que ela e eu, mas não tinha sido criado com aquela pele. Isso era fácil de ver. Ele tinha um jeito todo dele.

Eu me lembro de perguntar a ela uma vez – isto deve ter sido no outro hotel no Mar Arábico. Nós estávamos deitadas em nossas camas, fazendo listas de desejos, e eu disse: "E quanto a amor?" Todo mundo precisa amar. Isso também está na Bíblia se você souber onde procurar. Eu disse: "Você não quer se deitar com um homem?" Ela caiu na gargalhada. Então, debaixo das palmeiras no pátio do hotel, tornei a lhe fazer essa pergunta. Desta vez ela desviou os olhos. Concentrou-se – como se houvesse tantas maneiras de responder a essa pergunta que ela não conseguisse escolher apenas uma.

Mas eu posso ver que ela está interessada neste homem. Quando eu a vejo com ele, paro o que estiver fazendo para observar. Ela começa a mexer no cabelo. Sorri de um jeito que eu nunca vi antes. Quando eu lhe disse o que tinha visto, ela disse que eu tinha sido enganada pelo meu desejo de que ela gostasse de alguém. Ela disse que Jermayne tinha se oferecido para ensiná-la a nadar. "Bem, isso é bom", eu disse. "Desse jeito é evidente que você vai se afogar." Veja como eu sou negativa. Não sei por que isso. Por que eu decido que não gosto de Jermayne? Talvez, em vez de ser esperta, eu tenha desenvolvido outro tipo de conhecimento.

Talvez fosse a confiança dele. Talvez fosse sua negritude não vivida. Talvez eu simplesmente não gostasse dele. Tem que haver uma razão? Então – eu vou dizer o seguinte, deixe assim por enquanto. Eu achei que o vi. Não. O que eu estou querendo dizer com "achei"? Eu o vi. Eu o vi com uma mulher. Eles estavam atravessando o saguão apressadamente. Depois disso, no entanto, eu não tornei a vê-la. Achei que ela devia ser outra hóspede que tinha entrado no elevador ao mesmo tempo que ele, porque no dia seguinte só havia Jermayne à mesa do café da manhã.

Quando eu os via juntos, minha amiga e ele, havia dois Jermaynes. Um ali com ela – o outro que ela via. Mas ao mesmo tempo, existe um outro Jermayne. Este está parado ali perto, assistindo e sorrindo consigo mesmo como se pudesse ler os seus pensamentos antes dela. Ele via a relutância dela em entrar na piscina sempre que outros hóspedes a estavam usando. Ele a lia como se ela fosse um livro aberto. Ele insistia – ela ria e fingia que não queria se molhar. Era a mesma coisa no bar da piscina. Antes de Jermayne, ela nunca tinha tomado um drinque com um hóspede do hotel. Nunca – não, não, não, e o barman sabia disso, as estrelas sabiam disso, a noite sabia disso, as palmeiras ficaram atônitas ao fundo, e as gotinhas que respingavam ao lado da piscina lembravam a todo mundo do silêncio e das regras. Ela dizia que Jermayne fazia aquilo parecer certo. Depois começou a parecer cada vez mais certo. Ela não estava acostumada a beber. Ele teve que explicar o que era uma canoa polinésia – o barco e o drinque, e depois daquele coquetel ela disse que seus pensamentos se desviaram para o papagaio e a noite que ele tinha passado no bote, e que só retornaram quando Jermayne começou a falar sobre sua infância. Pai americano e mãe alemã. Ele cresceu em Hamburgo, mas agora morava em Berlim. Tinha seu próprio negócio, algo a ver com computadores.

Ela está descendo do banquinho quando ele pega a mão dela, em seguida se inclina e dá um beijo de leve atrás de sua orelha. Um grupo de turistas estava rindo como chacais do outro lado do bar. Ela olhou para ver se alguém tinha visto. Ninguém tinha visto – mas Jermayne tinha, ele a tinha visto olhando, tinha visto os olhos dela procurando problemas, procurando censura. Ele sorriu. E disse a ela para relaxar. Ela estava segura. Ele não ia machucá-la nem fazer nada que pudesse lhe causar problemas. Esse não é o meu objetivo – foi o que ele disse a ela. Agora ouça – e ela ouviu.

No dia seguinte – isso foi depois do turno dela – eu os vi remando na direção do recife artificial. Eu os vi puxar o bote para a areia e caminhar até a beira do oceano. Esta era a primeira aula de natação dela. Eu não assisti. Isto foi o que ela me contou, bem mais tarde, meses depois dos eventos que vou relatar.

A sua primeira aula de natação começa com Jermayne entrando no mar até a cintura. Ele olha para ver se ela foi atrás. Ela continuou parada na areia. Ele diz a ela que não precisa ter medo. Se ele vir um tubarão, vai agarrá-lo pela cauda e segurar até ela correr de volta para a praia. Ela está com medo, mas entra na água. O tempo todo ela não tira os olhos dele. Ela tem a impressão de que, se fizer isso, vai cair num abismo. Então, lá estão eles entrando mais no mar. Ela também está confiando mais nele – isso também é verdade. O resto é óbvio. Ela fez o que ele pediu que fizesse. Deitou-se no mar. Transformou-se numa folha de palmeira flutuante. Ela sentia a mão dele sob a barriga. Depois, começa a flutuar sozinha. De vez em quando, a barriga dela toca a mão de Jermayne. Depois, ela disse, só a ideia da mão dele a mantinha flutuando. Eu nunca pus a cabeça debaixo do mar, então só posso repetir o que ela disse, que o mar entrou por seus ouvidos e narinas. Nunca vou fazer isso, pensei. Nunca vou deixar o mar me invadir. Mas ela tinha feito tudo errado. Essa é a questão – era isso que queria que eu soubesse. Ela se esquecera de fazer uma pausa para respirar.

Jermayne lhe deu leveza. Ele a ensinou a flutuar como uma migalha de comida. Mas foi um holandês quem a ensinou direito. Ele nunca usou as palavras "Confie em mim". Se ele as tivesse usado, ela não teria escutado. Ele dizia "assim..." e demonstrava o nado de peito e o crawl. Eu mesma não aprendi esses nados, só as palavras. Nado de peito. Eu gosto desse. Não tenho mais tanta certeza quanto ao significado da palavra "crawl" – rastejar –, especialmente quando olho para um mar que é tão vasto quanto qualquer deserto. Ela tentou me mostrar tudo isso deitada de barriga para baixo na cama. Era lá que ela costumava praticar os nados quando os hóspedes estavam usando a piscina. Eu tinha que fingir que a cama era o mar. Mas eu não queria nadar. Além disso, o que acabei de dizer pertence a outra história.

O que eu queria dizer era o seguinte. Com Jermayne, a questão era ela confiar nele. E ela confiava. Algumas das coisas que vou dizer agora são o que ela me contou. Eu não estava lá. Como poderia estar? Mas foi o que ela disse. Quando ele lhe perguntou se ela costumava se sentir solitária, ela precisou parar e pensar. Nunca tinha lhe ocorrido que pudesse se sentir solitária. Eu costumo pensar sobre essa mágica. De onde vem essa sensação? Talvez seja melhor não conhecermos a palavra que descreve nossos desejos. Mas continuando, eles estão no bar da piscina. Todo mundo já foi para dentro. Eles estão sozinhos. Talvez o barman esteja lá. Eu não sei. Depois de perguntar se ela não se sente solitária de vez em quando, ele toca sua mão, passa a mão pelo seu braço, depois pelo seu pescoço. Ele pergunta se pode ir ao quarto dela. "Não", ela diz a ele. Ela é a supervisora. Teria que demitir a si mesma. "Nesse caso", ele diz, "venha ao meu quarto. Venha se deitar comigo." Ela olha em volta para ver se alguém escutou. "Confie em mim", ele diz.

No quarto de Jermayne, há apenas um momento embaraçoso – pode ter havido outros que eu já esqueci, mas foi esse que ficou registrado na minha memória. Em determinado momento ele pergunta se ela quer usar o banheiro. Ela fica surpresa com a pergunta. Por que ele perguntou isso? Será que sabe que ela quer urinar? Então ela entende por que ele perguntou. É porque ela está pregada no chão, olhando fixamente para a privada branca. Era o encantamento de estar num quarto de hóspede sem ter de correr para limpar o vaso e prender uma faixa de papel em volta dele para declará-lo higienicamente pronto para uso. Ou jogar spray nas maçanetas das portas para o quarto ficar cheiroso ou afofar os travesseiros e desfazer a cama.

Ela passou a noite lá – bem, não toda, porque ela acordou com o barulho dos geradores. Tinha havido um corte de energia. Ela se levantou da cama, se vestiu e voltou, sem ser vista, para o alojamento dos empregados. Eu sei que ficou com ele na noite seguinte, e na outra. Depois Jermayne voltou para a Alemanha. Ele disse que ia ligar. Eu não achei que fosse. Mas eu o subestimei. Às vezes eu a via no telefone do saguão, e sabia que era ele ligando do estrangeiro. Um mês depois ele voltou, desta vez para uma curta estadia, e deve ter sido neste período que ela ficou grávida. Eu era a única pessoa que sabia. Quer dizer, no início. Porque depois não há como esconder uma gravidez.

Jermayne veio mais duas vezes. Da última vez foi para o nascimento. O hotel deu uma licença para ela. Jermayne alugou um apartamento numa boa vizinhança do outro lado de onde ficava o mercado. Eu a visitei uma vez. Era agradável, calmo. Não havia moscas. Ele insistiu que ela ficasse lá com ele. Por um curto período, eles viveram como marido e mulher. Ela me telefonou uma vez para o hotel. Disse que só queria ouvir minha voz, para ter certeza de que ainda ocupávamos o mesmo mundo. Ela foi visitada por um médico. Nunca tinha ido a um médico. Ele mediu a pressão dela e o pulso e pôs as mãos onde uma parteira poria. Jermayne estava lá, segurando a mão dela. Ela o ouviu fazer perguntas ao médico. Muitas perguntas. Até ter certeza de que o bebê seria saudável. Ela nunca tinha visto alguém se preocupar tanto. Quando a bolsa d'água rompeu, havia um táxi esperando para levá-la ao hospital. Aquele Jermayne pensava em tudo. Eles não tinham conversado sobre o que ia acontecer depois. Eu tinha certeza de que Jermayne ia levá-la para a Alemanha. Lá, ela poderia começar uma vida nova. Estava disposta. Eu percebia isso. Ela queria que esta fosse a intenção de Jermayne. Ela nunca perguntou. Ela não queria incomodá-lo com uma surpresa. É claro que esperava que não fosse uma surpresa, que os planos que ela via refletidos nos olhos dele a incluíssem. Ele esteve com ela o tempo todo, mesmo na hora do parto, e antes também, respirando junto com ela, segurando a mão dela.

Muitas horas depois, um menino está agarrado em seu peito. E lá está Jermayne com um buquê de flores. Há formulários para preencher. Jermayne pensou em tudo. Alguns dos formulários são em outra língua, em alemão. Ela checou com Jermayne. Ele explica, é como tomar posse de alguma coisa. Você tem que assinar. Como você assina por um quarto de hotel. Então ela assinou onde ele mandou. Depois de passar dois dias no hospital, um táxi a levou de volta para o apartamento de Jermayne. Ele tinha saído para comprar roupinhas para o bebê. Ele pôs ela e o bebê na cama. À noite eles se deitavam com o bebê entre eles. Uma vez ela pediu a Jermayne para se deitar ao lado dela. Queria sentir sua mão sobre ela, como nas vezes em que ele a estava ensinando a flutuar. Ele virou a cabeça para o outro lado. O farol de um carro iluminou a janela, e naquele instante ela o viu de olhos fechados.

Ele insiste que ela fique na cama. Ela precisa ficar boa. Ela diz a ele que não está doente. Mas ele não ouve. Jermayne tem que fazer as coisas do jeito dele. Ele não ouve o que não quer ouvir.

Uma manhã ela acordou com o chuveiro correndo. Era muito cedo, mas quando Jermayne saiu do banheiro ele estava todo vestido. Seu rosto fica um pouco alterado quando a vê sentada na cama. Ele força um sorriso. Sim. Um belo sorriso. Um sorriso para acalmar o mundo. Ele põe um dedo nos lábios para silenciá-la. Eles não querem acordar o bebê. Ele se senta na beira da cama. Inclina-se para amarrar o sapato. Ela o vê fazer isso, querendo falar, perguntar o que ele acha que perdeu porque está andando de um lado para o outro no apartamento. Ele achou o que estava procurando. Um carrinho de bebê. É a primeira vez que ela o vê. Ele vem até o lado dele da cama e pega o bebê. Ele enfia o nariz na barriga dele. Ele sempre faz isso. Ela gosta quando ele faz isso. Jermayne vai ser um bom pai, um pai amoroso.

O bebê se mexe, ele está com os olhos bem fechados quando abre a boca e resmunga. Pelo menos eles podem falar. Ele diz que está na hora do bebê tomar um pouco de ar. Ele não quer levá-lo lá fora com o sol alto. Vai estar muito quente. Ele enfatiza para ela a importância do bebê se acostumar com um ar diferente. Então ele vai levá-lo para dar um pequeno passeio. Não vai longe. Não quer cansá-lo. Só vai até o parque no final da rua e depois volta. Ele estende o bebê para ela. "Dê um beijo de despedida na mamãe", ele diz. Ela beija o rosto do bebê. Depois torna a se deitar, com a cabeça no travesseiro, as mãos na barriga, os olhos fechados. Depois ela põe a mão no espaço ao lado dela. Como é estranho encontrar esse espaço vazio. Como o apartamento parece silencioso de repente. Algo parece estar errado. Ela tenta manter os olhos fechados, mas não consegue. Não há nada para curar, não há cansaço para segurá-la. É então que ela se levanta da cama. E vai até a janela. Talvez consiga ver Jermayne e o bebê, e ela vê. Lá estão eles – bem, o alto da cabeça de Jermayne. Tem um táxi também. A porta de trás abre e uma mulher salta. Jermayne entrega o bebê e a mulher o toma em seus braços, embala o bebê, fita-lhe o rosto por um longo tempo, depois encosta o rosto nele. Jermayne segura a porta do táxi. Ele olha uma vez para a janela do apartamento. A mulher e o bebê entram atrás, seguidos por Jermayne, a porta é fechada e o táxi vai embora.

O resto eu não sei. Eu não sei como ela passou as horas esperando Jermayne voltar. Eu não sei o que ela pensou. Mas, pela segunda vez na minha vida, eu recebo um telefonema. Ouço a história toda, e quando ela fala da mulher desconhecida esperando no táxi, eu sei que é essa mulher; é a mesma mulher que eu achei ter visto com Jermayne meses antes. Eles atravessaram o saguão juntos. Num hotel, você aprende depressa quem está sozinho e quem são os casais, e quais são infelizes. E, quando você troca os lençóis deles, você fica sabendo mais ainda. Eu nunca mais tornei a ver aquela mulher. No café, só estava Jermayne.

Mas, assim que ouço a respeito da mulher saltando do táxi, eu vejo a mulher andando um pouco à frente na direção dos elevadores, e vejo Jermayne fazer um gesto com a mão para ela entrar primeiro, e vejo, como se fosse pela primeira vez, a mulher abrir e fechar a bolsa, e quando a porta do elevador está fechando, eu a vejo virar-se para Jermayne. Esta é a informação que está dentro da minha boca. Talvez um dia eu a cuspa para fora e conte a ela. Mas, enquanto ela está me contando sobre aquela mulher saltando do táxi, eu não digo nada e ao mesmo tempo sinto uma onda de calor dos pés à cabeça. Esta é a cruz que tenho que carregar. Mas ouça o que eu digo para mim mesma. Se eu contar a ela, sinto que vou perder uma amiga. Porque, se eu lhe contar, ela vai pensar que perdeu uma amiga. Uma amiga teria dividido esta informação. Por que eu não disse nada na hora? Ela vai querer saber. E eu não sei o que poderia dizer. Agora eu sei. Eu teria dito que queria que ela fosse feliz.

Faltavam dois dias para a minha folga. Atravessei a cidade e fui até o apartamento. Estava muito quente. Não tinha mais ninguém na rua. Havia carros. Mas não havia ninguém andando. Eu estava andando porque só tinha dinheiro para pagar um táxi de volta para o hotel.

Eu estava esperando que ela estivesse nervosa. Não estou dizendo que ela não estava. Mas a maioria das pessoas quando fica nervosa chora ou sacode os braços. Ela não. Estava muito quieta. Imóvel como uma palmeira de hotel num daqueles dias quentes e abafados. Dei um abraço nela, mas não posso dizer que tenha sentido carne, um corpo vivo, respirando. Ela baixou os olhos. Ela não

21

deixou que eu visse o que estava sentindo. Talvez não houvesse como me aproximar dela. Eu só sei que ficou contente por eu estar lá para levá-la de volta para o hotel.

Os gerentes do hotel ficaram surpresos ao vê-la de volta na escala. Como todo mundo, eles tinham imaginado que ela fosse embora com Jermayne. Acharam que a história dela fosse uma história feliz. Um pouco de poeira de estrelas tinha caído do céu sobre os pés dela. Era como eles viam. Confirmei que ela tivera um aborto. A gerência foi gentil. Deram-lhe uma licença. Uma das mulheres a abraçou. Um homem que nós raramente víamos, ele tinha algo a ver com a lavanderia, deu flores para ela. Em pouco tempo ela estava de novo usando uniforme, voltou a ser supervisora, mas não havia como voltar a ser a pessoa que tinha sido.

Ela não sorria para os hóspedes. Ela não prestava atenção quando eles faziam suas pequenas queixas. Ela não ligava. Eu a via pegar o bote e ir até o recife artificial. Fazia isso sozinha. Eu gostaria de ter ido até lá, mas ela não me convidou e eu não pedi porque aquelas eram peregrinações. Eu a via caminhando para cima e para baixo na beira do mar, olhando na direção da Europa.

Uma tarde, enquanto estou olhando para aquela figura solitária no recife, o sr. Newton da gerência vem por trás de mim e cochicha no meu ouvido. Eu gostaria de ser supervisora? Bem, eu ainda sou essa pessoa hoje. Não sei o que o amanhã irá trazer. Eu estou feliz. Acredito no amor. Gostaria que um pouco de amor caísse do céu e pousasse nos meus pés um dia. Mas, antes de me inclinar para pegá-lo, vou me certificar do que é aquilo.

Dois

O inspetor

O barco que ela pagou fedia a peixe. Ela diz que nunca viu o piloto. Havia uma tripulação. Alguns homens, sempre de costas para ela e para os outros. Devia haver um piloto. Ela nunca viu a cara dele. Era de noite, e por isso difícil saber exatamente quantos homens havia. Carga jamais pensa em contar.

Para pagar pelo seu beliche, ela fez sexo de hotel com estrangeiros – inclusive o holandês que a tinha ensinado a nadar. Economizara dinheiro de todas as nacionalidades. Achava que algum dinheiro fosse chinês, mas também tinha euros, libras e dólares americanos. Ela enrolou essas notas bem enroladas, formando um charuto que enfiou em si mesma por segurança.

Durante horas ela ouve apenas o mar batendo no gurupés. A carga vai sentada, encolhida. Gente de diferentes partes do continente. Ninguém fala. Eles têm medo que alguém possa ouvir. O perigo está em volta deles, em camadas espessas, ouvidos aguçados, olhos capazes de enxergar no escuro. Eles levam seus pertences em trouxas. Viajam com as barrigas vazias. Há horas que não comem, doze horas ou mais. Eles foram aconselhados a isso.

Ela tem um saco plástico com ela. Dentro dele está o seu uniforme de hotel e a faca feita com a grade da gaiola.

Quando o barco diminui a velocidade, todos se sentam mais eretos. Cabeças erguidas. Os que estão sentados do outro lado espiam por cima do ombro dela. Foi quando ela se virou e viu as luzes costeiras da Europa. Do lado da popa, ouve-se um barulho alto de algo caindo na água. Ela vê um rosto negro agarrar uma boia do lado do barco. O homem ainda está segurando-a quando o barco se afasta. Agora, pela primeira vez, ela estava ouvindo as instruções. Outro barco viria apanhá-los. Eles não precisavam se preocupar. Ficariam no mar no máximo por uma hora. Eles deviam se agarrar à boia e esperar. Não havia necessidade de ter medo. Tudo ia funcionar conforme planejado, como já tinha funcionado tantas vezes. Ela se lembra da voz usada no hotel para acalmar os hóspedes – amável, calma, sorridente. A água já vai voltar. Em pouco tempo a energia vai ser restaurada. Já mandamos um funcionário para o seu quarto. É claro que o senhor pode beber água, se quiser, mas não é aconselhável.

Algo foi jogado no mar. Outro corpo se encolheu diante do desconhecido, e, como antes, um par de olhos assustados desapareceu na noite.

Um homem mais velho, sentado mais adiante ao longo da amurada do barco, anuncia baixinho que não sabe nadar. Ele está sentado com uma caixa de pertences no colo, seus longos braços de camponês sobre ela. Ninguém disse nada, e ninguém se virou para olhar para o barulho que ele fez ao cair na água.

Pelo menos ela sabe nadar. O holandês a tinha enfiado na piscina do hotel durante a noite. Ele lhe dissera para deitar na água e fingir que era uma cama, depois mostrara a ela como mover os braços e pensar que a coisa que ela estava tentando alcançar estava sempre fora do seu alcance.

Um rosto usando um gorro de lã preta se agacha ao lado dela. Quando o barco dá a volta, ela vê a boia. Ela havia tirado os sapatos e estava se inclinando para pegá-los quando uma mão a empurra e ela cai de lado no mar. Por um breve instante, milagrosamente, ela não parece estar molhada. Ela está na água, mas a água não está nela. Isso foi só por um centésimo de segundo, algo para se agarrar com esperança e espanto. Então, de repente, a água encharcou sua roupa e ela se debateu no mar, em choque, até sentir o plástico duro da boia.

O barco foi embora, e a noite e uma sensação de vazio a rodearam. Ao longe, ela ouviu outro ruído de algo caindo no mar. Do barco, as luzes costeiras estavam claras e próximas. Agora ela não consegue mais vê-las. O mar está na frente, levantando-a e arrastando-a em volta da boia. Quanto tempo ficou na água? O que é o tempo nestas circunstâncias? Foi uma hora? Foram dez minutos? O tempo pode ser medido de outras maneiras. Pelo frio. Pelo medo. Pelo tempo que a carne leva para ficar entorpecida e depois apodrecer e soltar dos ossos. Ela começou a duvidar das palavras da tripulação. Ou então alguma coisa tinha acontecido. Isso era mais provável, porque sempre acontecia alguma coisa. O que devia acontecer raramente acontecia. A boia é difícil de segurar. É grande demais, redonda demais. Ela tem que se contentar em segurar na corda e trocar de mão sempre que o braço fica cansado.

Ela viu o sol nascer e se arrastar pelo céu. As últimas luzes pararam de piscar. O mar cresceu e a linha da Europa se transformou em neblina.

O holandês lhe ensinara a nadar como um cachorro. Nadar cachorrinho. Sozinha, ela só tinha conseguido atravessar a piscina uma vez. Mas ele a tinha encorajado a continuar praticando. Transcorrido um mês, ela já conseguia atravessar a piscina cinquenta vezes. Certa vez, para divertimento de um americano que ficou sentado numa espreguiçadeira, tomando um drinque e contando quantas vezes ela atravessava a piscina, ela atravessou cem vezes para ganhar uma aposta de dez dólares.

Seus ombros doem. Seus lábios estão inchados, seus olhos ardem. Sua pele não quer ter mais nada a ver com ela. Perdeu o toque sedoso que sempre chamava a atenção dos hóspedes. Sempre que eles paravam para acariciá-la, ela gostava de assistir ao lento milagre de si mesma surgindo nos olhos e no rosto de um desconhecido.

No fim da tarde ela resolveu nadar. Resolveu levar a boia com ela.

A primeira tarefa é pegar a faca. Apesar das horas passadas no mar, seu uniforme ainda está seco. Dentro do saco plástico, ela pode sentir a dobra de uma das mangas. A faca está enrolada dentro da saia. Ela tem que desfazer o nó com os dedos de uma das mãos. A outra mão está segurando a boia. Mais de uma vez, ela larga a corda e tenta desfazer o nó com as duas mãos. Toda vez ela consegue algum progresso antes de afundar. Uma vez, quando pensou estar quase conseguindo, sua cabeça ficou submersa enquanto tentava em vão abrir o plástico. Mas não consegue de novo. Ela flutua – apavorada ao ver que podia afundar tão depressa, tão facilmente, que para isso bastava um lapso de concentração. Certa vez, viu uma mulher cortar um cordão umbilical com os dentes. Quando corta o nó do saco plástico com os dentes, ele solta uma baforada de ar doméstico, limpo.

Ela tem que tirar a faca sem deixar molhar o uniforme. E depois precisa refazer o nó, não tão apertado dessa vez, nem tão frouxo que o mar consiga penetrar.

Leva muito tempo para cortar a corda, poucos fios de cada vez; quando corta os últimos fios, a boia dá um salto para longe e ela tem que nadar atrás dela. Seu corpo não a obedecia. Comportava-se como uma tábua. Todos os seus membros estão enrijecidos. Cada vez que alcança a boia, esta se afasta quando toca nela, e é obrigada a ir atrás dela. Achou que tinha perdido a boia, achou que estava acabado, que tinha ido muito longe, muito perto do continente, quando sua mão entra em contato com a corda amarrada na boia. Agora, pelo menos, ela não vai afundar. O resto depende dela. Com uma das mãos empurrando a boia e a outra agarrando a corda, começa a dar pernadas de rã em direção à costa.

Ela ainda está dando pernadas quando o sol se põe. Tem a terrível sensação de estar se afastando da praia, e não nadando em direção a ela. Continua dando pernadas. Não tem outra opção. Então, em algum momento durante a noite, ela tem a sensação contrária. Tem a sensação de estar sendo arrastada em direção à praia. Lá estão as luzes que viu na noite anterior. Não é tão longe quanto havia pensado.

* * *

Quando era criança, ela desenhava o mar e o mundo acima dele. Onde os dois se encontravam, ela costumava desenhar uma plataforma que subia como uma rampa de hotel para cadeiras de rodas. É assim que a Europa chega. Ela se vê naquela água insípida, cheia de xixi de gente e de cachorro. Ali, um monte de papel encharcado. Aqui, os olhos vidrados de uma cabeça de peixe girando numa espiral de lembranças. Após duas noites no mar, ela tira o rosto da água rasa e suja de urina e o ergue no ar cheio de vozes e avista uma fileira de pés apontando para o mar.

Um por um, os banhistas se levantam de suas espreguiçadeiras. Eles erguem os troncos, rostos cobertos por óculos escuros e chapéus brancos. Eles apontam. Ela tenta se levantar sobre joelhos bambos. Consegue dar alguns passos, cambaleando como uma velha aleijada. Mas, como aquelas pessoas estão todas olhando para ela, sente que precisa andar, precisa se mover. Segura com força o precioso saco plástico com o uniforme de camareira e a faca de grade de gaiola. Força um sorriso no rosto tenso. Escolhe uma direção e se mantém na beira da água. Se sorrir mais, seu rosto vai partir ao meio como se fosse uma melancia. Ela se permite olhar para a praia. A ideia de olhar lhe dá uma sensação de perigo. No primeiro hotel, ela costumava ter a mesma sensação de culpa sempre que olhava por muito tempo para a tigela de frutas colocada na recepção para uso dos hóspedes. Aquela pontada de culpa era um mistério para ela, porque não lhe faltava comida no hotel. Aquilo tinha a ver com abundância – e ela sabia que havia abundância logo atrás daquela praia. Então ela pôs no rosto sua expressão de hotel e se manteve na beira da água até se afastar dos banhistas. O chão é cheio de pedras. A maré passa apressada ao redor dos seus tornozelos, arrastando detritos e pedaços de plástico de volta para o mar. Ela não vai olhar ainda. Não vai se permitir uma olhada na direção da praia. Era assim que costumava evitar as atenções indesejadas de certos hóspedes do hotel. Então o ar muda. Ele cheira a barco, aquele cheiro de peixe. Ela chega num quebra-mar, num muro de pedras. Ela chegou no final. Não há mais praia para seguir. Ela vai se arriscar. Vira a cabeça e olha para a direção oposta. Vê uma fileira de barcos a remo deitados de lado. Vai até o primeiro. Deixa-se cair na areia e puxa o barco a remo para cima dela.

Três

O inspetor

Em maio, o sul é a primeira parte da Europa a ficar quente. Os pássaros despertam dos pequenos monumentos do inverno. Chega o primeiro ônibus cheio de turistas. Os ciganos começam sua mudança para o norte. As flotilhas da Líbia e da Tunísia retomam suas viagens arriscadas pelo Mediterrâneo. Os voos de inspeção aumentam – e, com uma regularidade deprimente, chegam notícias de africanos no mar, pulando como rolhas, africanos agarrados a embarcações naufragadas, pendurados nos destroços, esperando. Às vezes um barco de salvamento aparece, outras vezes não.

Os cafés ao redor da estação fornecem café, cinzeiros, tira-gostos. Os barmen se parecem com barmen, criados desde pequenos para serem barmen. Eles têm os mesmos rostos largos, com mandíbulas que puxam o rosto para baixo, sob camadas de carne que guardam segredos. Foram treinados para ouvir e esquecer. Eles são como representantes eleitos de fantasmas.

Eles aceitam que ela possa ter passado por lá, sim, eles aceitam logo esta possibilidade, mas nenhum parece lembrar. Ela era alta? Assim, assim? Não? Mais baixa? Eles não têm certeza, relutam em dizer. Dada a sua incerteza, dizer uma coisa e não outra seria enganoso. Você sabe como é. Eles não querem enganar.

Ela não pode notar cada caranguejo deixado pela maré.

Então onde procurar? Uma pista, por favor.

Eles vão até a porta e apontam para a rampa que vai dar na rodovia. É por ali que um fantasma poderia desaparecer na Europa.

* * *

Numa pequena parada de caminhão, o homem atrás da caixa registradora inclina a cabeça na direção de uma das mesas do canto onde um motorista forte, barrigudo e de joelhos redondos está sentado de boca aberta e testa franzida para um jornal aberto entre os braços abertos. Ele perdeu os óculos uns dias antes, e os óculos da mulher não lhe servem tão bem quanto os dele. Então seus olhos quase furam o papel – um obituário de alguém importante, um chocante resultado esportivo, a proposta de um novo imposto, seu horóscopo do dia. É difícil dizer daqui. Ele não se importa em ser interrompido. Estica o jornal com um estalo e olha por cima da armação de óculos feminina. Seu olhar é direto, prestativo. Ele enrola a língua grossa. Empurra a cadeira. Dá um puxão no cinto, transfere seu peso, e então eles estão na janela. Mas como foi que o motorista de caminhão chegou lá? Sem nenhum movimento discernível dos pés. Sua respiração sai em golfadas rápidas, as palavras viajando em cada sopro de tapete mágico. Antônio é a pessoa certa. O caminhão dele chega na balsa que vem de Messina. E se ele perguntar o nome do homem que o indicou? Gatti. Você pode dizer que foi Gatti. Gatti de quê? Só Gatti. Gatti. Gatti. Pronto, peça para Antônio.

Antônio está sentando em sua cabine. Você pode ver em seu rosto o longo caminho percorrido. Seu vidro está aberto. Ele está prestes a acender um cigarro. Tira o cigarro da boca para ouvir. Então, sem uma palavra, ele aponta para a porta do lado do passageiro. Esses caminhões são altos. Tem que fazer um esforço – por que será que tantos motoristas de caminhão são gordos como Gatti? Mas não Antônio. Ele é bem magro. Só pele e ossos. Mangas da camisa abotoadas no pulso. Uma das mãos pousada na alavanca de mudança. Rosto pálido. Suas sobrancelhas são escuras, assim como o cabelo, e ele não tem um só fio branco. Possivelmente tem raciocínio lento. Que idade? Trinta e muitos, quarenta e poucos? Quarenta e um seria um bom palpite. A pele em volta da garganta é cor de brotoeja. Em momentos variados, a brotoeja sobe até o rosto, em outros momentos o rosto fica todo pálido, evasivo, sua respiração é irregular, nervosa diante de autoridade. Ele tira a mão da alavanca de mudança, torna a enfiar o cigarro na boca e o acende. Solta a fumaça na direção da janela e depois segura o cigarro na frente do rosto. Houve essa pessoa, ele diz balançando a cabeça. Ele se lembra. Ela estava parada na estrada, longe das prostitutas. Negra? Sim, era ela. Como era óbvio que ela não era uma prostituta, ele parou para ela. Por quê? Por que ele parou para ela? Ele pensou em parar para uma das prostitutas, uma das moças búlgaras ou albanesas. Ele pensou nisso, depois se arrependeu. Segundo ele mesmo, algumas dessas moças são insolentes. Elas competem umas com as outras. Uma delas tem coragem de puxar a blusa e sacudir os peitos na luz do farol. Outra levanta a saia. Ao passar, ele nota que ela não está usando calcinhas. Aí quem sabe ele segue adiante com uma lembrança que o deixa arrependido e, então, quando uma mulher sai do meio das árvores um pouco mais adiante, ele age com mais determinação, diminui a marcha e para.

Quatro

O motorista de caminhão

Ela era africana. Eu já disse isso? Não tinha nenhuma bagagem. O que o fez pensar que fosse uma prostituta. Ela usava um casaco. Um cachecol em volta do pescoço. Quando subiu na cabine, ela tirou o cachecol e o guardou no bolso do casaco. Eu não me lembro da cor. Era escuro. Perguntei para onde ela ia. A princípio, ela não entendeu. Não falava dialeto. Não falava italiano. Apontou para o mapa no painel. Apontou para as estradas. Eu lhe mostrei em que estrada nós estávamos. Então torno a perguntar para onde quer ir. Desta vez ela entende. Fica claro. Ela não sabe. Ela falou em inglês. Eu entendo um pouco de inglês. Nomes. Beckham. Peter. Sally. Alguns palavrões. Foda. Ela queria ir para o norte. Norte, eu entendo. Bella! Eu não me importo. Às vezes é bom para um motorista ter alguém com quem conversar. Eu tenho meu rádio. Sempre que há uma partida de futebol, eu ouço. Tenho meu celular. Toda noite eu ligo para os meus filhos. Geralmente minha esposa está cansada demais para falar. Às vezes ela está na cama quando eu ligo e, do meu trecho distante de estrada, canto para ela. As pessoas dizem que tenho uma bela voz. Às vezes, do outro lado, ouço minha esposa suspirar e é como se fôssemos jovens de novo. Então, para passar o tempo, canto para a mulher negra. Todo mundo entende música. Por quê? Porque na minha humilde opinião, a música dispensa o sentido. Ela se dirige ao coração.

Enquanto eu cantava, ela manteve os olhos na estrada, eles não se desviaram, mas ela sorriu. Eu cantava e, quando parava, ela continuava sorrindo. Eu sempre levo chocolate. Ofereci um pouco para ela e ela guardou no bolso do casaco. Isso me aborreceu. Eu fiquei zangado. Mas por quê? Eu lhe ofereci chocolate e ela aceitou. Essa parte não me deixou zangado. Era o que eu esperava que ela fizesse, foi por isso que ofereci. Mas por que o guardou no bolso? Essa foi a parte que me deixou zangado. Eu não sei por quê. Ela não olhou para mim. Ela olha para a estrada. Fiquei imaginando se estaria atrasada. Do jeito que olhava para a estrada, sabe, como se estivesse atrapalhando, e houvesse mais estradas ainda para atravessar antes de ela chegar onde queria.

Ofereço-lhe um cigarro, desta vez ela sacode a cabeça. Parece um zumbi. Não consegue tirar os olhos da estrada à sua frente. Agora eu me arrependo de tê-la apanhado. Ligo o rádio. Não é como o meu canto. A música piora as coisas, aumenta a tensão que estou sentindo na cabine. O silêncio, a estrada escura passando pela janela, a noite fechada à minha volta e essa mulher negra que não fala nem come chocolate nem comenta nada sobre o meu canto. Que, se me perdoam a falta de modéstia, é diferente. Eu costumava cantar no coro na minha aldeia. Nós participávamos de competições. Eu poderia ter sido um cantor. Minha esposa, que não era minha esposa na época, mas uma bela garota, ficou grávida. Timing é tudo no mundo. Um coelho atravessa a estrada e é esmagado sob meus pneus. Um outro sai correndo e consegue chegar do outro lado.

Finalmente, nós chegamos ao cruzamento. Eu sei que ela quer ir para o norte, então é para lá que vamos. Começo a diminuir a velocidade, a trocar de faixa. Pela primeira vez – não, talvez pela segunda – desde que eu a apanhei, ela olha para mim. Ela não entende por que estamos parando. Eu lhe mostro no mapa para aonde tenho que ir, e depois aponto para a estrada que vai para o norte. Mas ela se recusa a entender. Se recusa. Ela não entende a bifurcação na estrada. Pego um papel e faço um desenho. Faço um desenho dela e de mim. "Norte", ela diz. Eu entendo. Está claro. Eu chamo a atenção dela para o mapa. Mostro a estrada que tenho que pegar. Nós paramos. Eu sou um motorista muito prudente. Nesta hora não há muito tráfego. Principalmente caminhões, alguns carros, não muitos.

Nós ficamos ali sentados enquanto os carros passam por nós. Do lado de fora, as sombras compridas das árvores que margeiam a estrada se movem. Eu abaixo o vidro. Está mais frio. Subimos a serra. Não é uma sensação agradável largar uma mulher jovem no meio da noite. Já é muito tarde. A essa hora acontecem coisas que as pessoas de bem que estão dormindo em suas camas nem podem imaginar. Eu não me sinto bem com isso. Eu penso – e se fosse minha filha? Eu a deixaria aqui? Eu me ofereço para levá-la para oeste. Ela pode vir comigo, e quando o dia clarear eu a deixo na estação ferroviária. "Norte", ela diz. "Eu tenho que ir para o norte. Por favor." Então eu olho no mapa. Tem uma estrada alternativa que posso pegar. Mas isto significa dirigir uns cem quilômetros a mais. A empresa vai querer saber por que gastei tanto diesel. Eu vou ter que dar conta das estradas percorridas. Essa é uma conversa para depois. Por ora, eu não vou aborrecer a moça com minhas preocupações. Então eu mudo de ideia outra vez. Tomo uma decisão. Ela tem que saltar. Aponto para fora. Explico a ela, aqui nós temos que nos separar. Eu tenho que seguir o meu caminho.

Ouvidos surdos. Ela não se mexe. Não diz nada. Fica olhando para a estrada à frente, mas não como antes quando ela parecia se inclinar para a frente procurando o norte. Agora ela fica ali sentada teimosamente, de braços cruzados. Ela está pensando. Respira fundo e solta o ar. Então solta o cinto de segurança e se inclina para pôr a mão na minha coxa, ela desliza a mão na direção da minha virilha, só um pouquinho, como água do banho subindo pelos lados, de um jeito muito, muito gostoso. Ela sorri, mas não como antes, quando eu estava cantando, este é um sorriso diferente. Eu não gostaria de dizer como, mas é, e é um sorriso que eu entendo. Eu já o vi no rosto de prostitutas conversando com motoristas que pararam no acostamento.

"Eu preciso ir para o norte", ela diz. Eu acendo um cigarro. A mão dela ainda está na minha coxa. Embora a sensação agora seja outra, diferente de antes, apenas um peso. Três carros passam por nós, um caminhão, um bem grande que sacode a cabine e toca a buzina no meio da noite. Um ruído solitário que nos deixa de novo sozinhos. Eu me sinto responsável. Ela só vai conseguir outra carona quando o dia nascer. Ela é filha de alguém. Enquanto estou fumando e pensando nisso, ela abre meu cinto e desabotoa minha calça. Ninguém está apontando um revólver para a minha cabeça, é verdade, mas eu me sinto igualmente indefeso. Nós todos temos nossas fraquezas. Então eu mostro a ela no mapa onde vai ter que saltar da cabine, para que não haja mal-entendidos. Ela concorda. Tudo bem. Só mais uma hora e vinte minutos. Obras na estrada forçam um desvio, bem mais longo. Agora a empresa vai fazer perguntas difíceis. O que vou dizer a eles? Não faço ideia. Mesmo assim, não faço nenhum comentário. Ela mantém a mão na minha virilha. É uma sensação agradável. Não vou negar. Eu não minto sobre essas coisas. Agora entendo a natureza do trato. É tarde, 2 horas da manhã. Enquanto estou dirigindo, imagino o que norte significa. Se você perguntar a alguém do norte, a pessoa vai lhe indicar um lugar mais ao norte. Suponho que você chegue num ponto em que o norte de repente se torne o sul. Na minha opinião, nós todos vivemos com o norte e o sul dentro de nós.

Ligo o rádio. A música agora me parece adequada. Ela me ajuda a relaxar. Eu cantarolo e ela mantém a mão firme sobre a rocha. O tempo passa depressa. Depressa demais, para ser honesto. Sim. Eu sou honesto. Por que não? Eu sou um motorista de caminhão e trabalho duro. Não ganho muito, apenas o suficiente, e tenho uma bela esposa e belos filhos. E sou homem. Não tenho nada a esconder. Nada mesmo.

Chegamos ao entroncamento. Fica logo à frente, há luzes e movimento. Diminuo a velocidade. Nas janelas iluminadas da parada para motoristas de caminhão há pessoas acordadas. Elas estão sentadas ali, tentando se manter acordadas. Eu acho que ela vai ficar segura. Então eu estaciono. Quando tiro o pé do freio, ela retira a mão de repente e estica o corpo. Quando estende a mão para a porta, eu a tranco do meu lado. Fico surpreso. Eu não achei que ela fosse esse tipo de mulher. Na minha parte do mundo, a honra de uma pessoa está em sua palavra. Fico muito desapontado. Eu agi de boa-fé. Saí do meu caminho. Fiz isso com boa intenção. Ainda vou ter que responder pelo combustível. Mas ela... Ela esqueceu o nosso acordo, que não preciso lembrar que foi ela quem propôs. Eu não sou uma pessoa política. Os parentes da minha esposa eram comunistas, todos eles. Quando o velho perguntou quais eram minhas tendências políticas, eu disse a ele que eu era um cantor. Eu não sou movido a crenças. Eu me deixo levar pelo coração. A bondade tem um jeito de cantar que todo mundo reconhece. É isso que nos torna humanos. É nisso que acredito sinceramente. Honestamente. Na palavra das pessoas. É por isso que eu me deixo guiar. Até certo ponto, o mundo depende deste entendimento e da obediência a essas regras. Eu agi de boa-fé. Eu me desviei do meu caminho. Vou ter que compensar este tempo.

Bem, ela compreende o seu erro. Precisa fazer o que deve. Desabotoa o casaco. E chupa o meu pau. É uma vida solitária. Mas há momentos felizes. E não se deve menosprezá-los. Nunca se pode saber quando a sorte irá brilhar de novo. Estou satisfeito. Eu destranco a porta. Ela está livre para ir embora. Então ela abre a porta com um chute, como um carabinieri arrombando a porta da casa de um criminoso, faz isso com a minha cabine, e ao mesmo tempo, embora não possa ter sido exatamente no mesmo instante, talvez eu esteja confundindo, talvez eu ainda esteja furioso pelo que ela fez com a porta, talvez esteja ainda naquele momento em que ela se debruça para dizer "Obrigada". Sim, por que não. "Obrigada", ela diz. Foi no segundo "obrigada" que ela cuspiu meu sêmen nas minhas calças e na minha cara. Não foi um acidente. Não. É claro que não. E eu perdi a cabeça. Foi uma reação impensada. Eu bati nela. Então ela lutou comigo. Ela mordeu minha mão. Achei que minha mão estava nos dentes de um cachorro. Ela cortou minha pele. Posso mostrar. Tem uma descoloração aqui, uma mancha. Durante meses eu fiquei com marcas de dentes na mão.

Dois dias depois eu chego em casa. Estou comendo a comida que minha linda esposa preparou, quando ela nota as marcas de dentes na minha mão. Eu sou o homem mais feliz do mundo e não quero que nada perturbe essa felicidade. Sabe o que eu disse a ela? Disse que fui atacado por um cachorro. Quando eu lhe disse isso, não pensei nem por um momento que estivesse mentindo.

Cinco

A velha colecionadora de caracóis

Um caracol deixa uma trilha viscosa. A certa hora, os telhados do trânsito ficam embaçados, tornam a voltar-se para seu elemento central e se dissolvem. Eu me pergunto o que as montanhas veem, penso na paciência de séculos. Por que não se pode confiar no céu, mas se pode confiar nas montanhas? Isso tem a ver com a disputa entre os respectivos valores de imobilidade e mutabilidade? As discretas montanhas. O mesmo não pode ser dito com relação ao céu. Sempre que procuro os vestígios que restam do "antes" – antes da devastação causada pelo transporte de massa, pelas estradas, pelas rodovias, pelos caminhões rugindo na noite, e sem nada da delicadeza de navios se dissolvendo no horizonte, sem a sutileza das ferrovias – eu espero ver o movimento sereno do caracol. Coleciono caracóis como outros colecionam trens elétricos antigos. Eu sou uma colecionadora. Coleciono o caracol romano e o maior, o Helix aperta. Eles são notáveis. A concha é tão delicada. Que criatura iria criar sua obra de arte a partir da mesma fragilidade que a condena? Veja suas espiras. Veja a cor da sua concha. À primeira vista, você pensa: "Ah, sim, uma concha marrom." Ela é marrom apenas porque você esperava que ela fosse. De fato ela é verde, mas é diferente de qualquer outro verde que já tenha visto. De qualquer outro. Por falar nisso, detesto a palavra "parecida". "Diferente" é só um pouco melhor. O que eu quero dizer é o seguinte: a concha é uma coisa única. Diferente de qualquer outra. Suficientemente parecida, mas sutilmente diferente. Sua exclusividade se expressa numa normalidade simples e comum.

Foi de manhã bem cedinho que eu a vi, encolhida debaixo de uma árvore. Seus joelhos estavam contraídos e as mãos enfiadas entre as coxas. *Achatina fulica* – esse é o caracol africano gigante. Estranho que eu pensasse nisso naquele momento, mas eu pensei. Um saco plástico cheio de roupas era seu travesseiro. Naquela época do ano e nesta altitude, as noites são frias. Ela deve ter puxado um casaco azul sobre o corpo como se fosse um cobertor. Durante a noite deve tê-lo chutado porque ele estava ao lado dela, desocupado, se é que se pode dizer isso de um casaco. Eu tenho mais de onze mil conchas de caracol na minha coleção. Pego o meu caracol e a primeira coisa que tenho que fazer é me livrar do seu ocupante. Dou para o gato comer. Embora eu coma alguns. Certas variedades. Não todas. É preciso tomar cuidado, não tanto cuidado quanto com cogumelos, mas mesmo assim é preciso tomar cuidado. Eu limpo a concha. Depois passo verniz para ela não quebrar. Quando olho para a minha concha, nunca penso em seu antigo ocupante. Se fizesse isso, teria que comparecer a um tribunal de crimes de guerra. Eu não posso ser sentimental. Ao mesmo tempo, não consigo olhar para uma concha sem pensar nela como sendo um espaço desocupado. Não sei se alguém acha isso interessante. Eu acho. Porque eu pergunto a mim mesma: como é que essas duas observações podem ser a respeito da mesma coisa, por que elas não combinam, por assim dizer, na minha cabeça?

Voltando ao assunto, eu vi a mulher encolhida debaixo da árvore, adormecida, como uma criatura saída de um conto de fadas. Ela é africana. Como chegou aqui? Aqui debaixo de um carvalho nos arredores de uma aldeia com uma população permanente de duzentas pessoas, na maioria idosas. Eu só a vi quando já estava quase em cima dela. Isso porque, quando ando, fico procurando caracóis. Se eu fosse um observador de pássaros e me concentrasse em copas de árvores, talvez não a tivesse visto. Mas eu ando como se tivesse medo de que os cadarços do meu sapato se enrolem um no outro. Foi assim que um colecionador de cogumelos me descreveu um dia. Um velho tolo que dava em cima de mim e que usava a minha distração como desculpa para me seguir porque temia que eu despencasse de uma ribanceira ou caísse num buraco. De todos os homens que me perseguiram nesses últimos setenta anos, os mais velhos são os mais inventivos. Eu desconfio que seja porque eles não esperam mais que se acredite neles, não importa o que digam, então enfeitam um pouco a verdade. Às vezes eu sou suscetível a essa criatividade. Desconfio que seja porque no mundo do caracol tudo é possível. Que outra criatura é uma fêmea numa estação do ano e macho na outra? Eu ainda estou esperando para ouvir uma história que rivalize com essa.

Fiquei a certa distância olhando para ela. Eu me aproximei e parei, depois avancei um pouco mais. Ela não se mexeu. Então eu me sentei ao lado dela. Comi um sanduíche. Servi-me de chá de uma garrafa térmica. Ainda era muito cedo. Eu tinha esquecido meu caracol africano gigante. Estava vendo o dia nascer por entre as árvores. A luz subiu pelas pernas dela, pelo quadril, foi até o rosto e ela abriu uma pálpebra. Ela me viu. Sentou depressa. Puxou o casaco para si. Aos setenta e oito, quem espera dar um tal susto em alguém? Eu ri. Eu a acalmei. Tentei. É difícil acalmar alguém quando a pessoa não fala a sua língua. Dei-lhe um sanduíche. Ela o cheirou antes de comer. Quando lhe passei minha xícara, ela não cheirou o conteúdo. O chá estava quente, pude ver que ela queria bebê-lo mais depressa do que ele permitia. Mostrei-lhe minha sacola de caracóis. Então ela me olhou de um jeito diferente – eu vi o pensamento se estampar em seu rosto: eu era uma velha inofensiva. Acho que eu preferia quando ela estava com medo de mim. Então ela abandonou aquela expressão e sorriu.

Ela ficou dois dias comigo. É claro que era uma imigrante ilegal. É claro. Eu não precisei perguntar. Ela era muito educada. Eu cozinhava alguma coisa, depois ela tirava os pratos e lavava a louça. De manhã, ela fazia a cama dela. Eu nunca tinha visto uma cama tão bem-feita. Mapas. Ela estava interessada em mapas. Eu não tenho um mapa. Tive que pedir emprestado um livro de mapas à irmã do meu falecido marido. Acordei uma manhã e a casa estava silenciosa. Fiquei ali deitada olhando pela janela. Eu sabia que ela tinha ido embora. Finalmente eu me levantei. Fui cantando pelo corredor até a cozinha. Pus água para ferver. Depois chequei o quarto dela. A cama estava perfeitamente arrumada. Normalmente você diria que ninguém tinha dormido numa cama assim. No caso dela, no entanto, eu não acredito. Deve ter partido muito cedo. Levou o guia de estradas com ela.

Seis

O jogador de xadrez

Eram duas ou três da manhã quando eu a vi pela primeira vez. Tinha me levantado para dar uma mijada. Ao atravessar a sala da frente, olhei pela janela. Vi alguém dormindo num banco do outro lado da rua. É um pequeno parque, sem nada de mais. Durante o dia, mães levam seus bebês para brincar ali. Pessoas passeiam com seus cachorros. Tem uma fonte que está sempre quebrando. E tem aquele banco que eu mencionei. Achei que era um bêbado, depois concluí que não, e, como não era da minha conta, voltei para a cama. Na noite seguinte eu me levanto. Estou em cima da cisterna mijando quando me lembro da pessoa da noite anterior. Ao voltar pela sala da frente, eu abro a cortina. Lá está ela, deitada no banco. Eu não penso mais no assunto. Então no dia seguinte, ao voltar do trabalho, faço um desvio pelo parque e me sento no mesmo banco onde vi a pessoa dormindo. O banco está gasto, brilhante. Eu me deito nele, mas não consigo achar uma posição confortável. Ele é muito curto e muito duro. Eu não tenho carne suficiente no osso do quadril, mas tento me encolher como vi a pessoa fazendo. Minha esposa está voltando para casa depois de lavar a roupa na casa da irmã – nossa máquina está quebrada – quando me vê encolhido no banco. Ela atravessa a rua para perguntar o que estou fazendo. Essa foi uma das perguntas mais difíceis que tive que responder nos últimos tempos. O que estou fazendo? Só existe uma resposta que posso dar a ela. Digo que não sei. Ela diz que eu tenho que saber, senão por que eu estaria deitado no banco. Ela larga a trouxa de roupa. E pergunta: "Aconteceu alguma coisa?" Eu estou tendo dores no peito – de novo? Ela insiste e toma meu pulso. Mas agora, já estou sentado. Eu lhe digo que estou bem. Que ela está se preocupando à toa. Só porque me viu deitado num banco não quer dizer que eu esteja morrendo. Muitas pessoas se deitam em bancos. Eu mesmo já vi. "Quem?", ela pergunta. Eu quase respondo "gente negra". Em vez disso, eu digo: "Membros do público." Ela diz que não se lembra do nome de uma única pessoa que tenha visto deitada num banco como se fosse um bêbado qualquer. Então o problema é esse. Mas ela é suficientemente esperta para mudar o rumo da conversa. Ela me lembra da morte do meu pai, da morte do meu tio, da coleção inteira de corações avariados em cujo clube eu sou obrigado a aceitar ser membro. Por fim, ela me faz prometer ir ao médico.

O fato é que minha próstata é mais problemática. Aquela noite eu me levanto para urinar. Olho para fora a caminho do banheiro. Desta vez a mulher está sentada no banco, bem ereta. Decido não dar descarga no vaso. Eu não quero acordar minha mulher. Visto um roupão e enfio os pés num par de tênis. Na porta, eu mudo de ideia. As únicas pessoas que saem de roupão e tênis no meio da noite são doidas. Então eu volto e me visto. Saio sorrateiramente do apartamento. Desço as escadas. O elevador a essa hora pode acordar o prédio inteiro. É muito tarde. Quatro horas da manhã. Para algumas pessoas, é muito cedo. Para mim, são as duas coisas. Possivelmente mais tarde do que cedo. Dependendo das noites de xadrez. Não há ninguém por perto. Assim que eu saio do prédio, a mulher levanta a cabeça. Imagino que estivesse dormindo. Um rosto africano. Isso é uma surpresa. Não se veem muitos negros por aqui. Lá no norte, em Roma, sim. Nas praias, vendendo quinquilharias, aqueles caras altos usando túnicas e gorros, e na TV. Eu costumava assistir muito ao NBA; isso foi quando eu morava em Split. Atravesso a rua, com as mãos nos bolsos da jaqueta. Ela se levanta. Estendo a mão para dar a entender que não pretendo importuná-la. Ela usa um elegante casaco azul. Ao lado dela há um saco plástico com roupas. Quando me vê, ela pega depressa o saco. A visão da janela me enganou.

Eu vejo que não é uma pessoa caída, vítima das drogas ou do azar. Deve ser por isso que eu pergunto se ela quer uma xícara de café. Eu nunca ofereci uma xícara da café a uma estranha antes. Fico surpreso com o quanto isso soa normal e natural aos meus ouvidos. Também fico surpreso ao me ouvir dizer que sofro de insônia, o que não é verdade, mas poderia ser. Ela põe o saco em cima do banco. Em inglês, explica que não gosta de café. Eu sei um pouco de inglês por causa dos soldados britânicos baseados em Split. O meu inglês não era suficientemente bom para comunicação. Socialmente, era razoável. Engraçado pensar neles ainda lá, jogando tênis e críquete, enquanto agora nós estamos na Itália. Minha esposa é italiana, por isso é que estamos aqui, mas essa é outra história.

Um táxi com uma única pessoa esparramada no banco de trás passa na rua. Começo a notar os gatos. Durante o dia, eu nunca os noto, mas a essa hora as ruas estão cheias de gatos vira-latas. O lugar que eu tinha em mente para um drinque está fechado. Então nós nos dirigimos a outro, que até prefiro. Depois de dez minutos de caminhada, descobrimos que este também está fechado. Nossa falta de sorte deixou-a nervosa. Ela quer voltar para o parque. Estamos parados debaixo de um poste de luz. Pela primeira vez, eu dou uma boa olhada nela. É jovem. Vinte e poucos anos. Talvez fosse mais velha. É difícil dizer com negros. Pergunto onde ela mora. Ela não responde – a princípio. Mas como eu continuo esperando uma resposta, ela diz que não tem casa.

Todo mundo tem uma casa. A pessoa pode odiá-la, mas, ainda assim, é sua casa. Eu digo isso, mas ela não responde. O silêncio deve indicar alguma história ruim. Eu acho. Mas não é da minha conta. Mesmo assim, fico imaginando, como você. Imagino como chegou a este bairro, a esta cidade, por que ela dorme no banco, e, se tem que dormir fora, por que naquele banco. Tem alguma coisa especial naquele banco? Nós estamos de volta no banco. Olho para cima, para as minhas janelas. Minha esposa deve estar dormindo. Vou voltar de mansinho para a cama e ela não vai saber que eu saí. Quando penso que ela engoliu a língua, ela responde – Berlim. Berlim. É para lá que ela quer ir. Então ela me pergunta que estrada deve tomar. Eu quase rio. Digo a ela que não existe nenhuma seta no final de uma rua apontando para Berlim, Alemanha. Ela diz que planeja ir de carona. Mas está perdida. Pelo menos por ora. A última pessoa que lhe deu carona ficou zangada por algum motivo. Deixou-a num lugar fora de mão. Ela andou até aqui. Andou até chegar neste parque. A rodovia fica a dez quilômetros, muito longe para ir a pé. Ela tem um guia de estradas com ela. Mas nossa cidade é pequena demais para ter um guia de ruas. Eu me ofereço para levá-la até a saída da cidade. Ela me olha como se eu pudesse estar querendo algo em troca. Mas eu não estou. Só quero ajudá-la. Digo a ela para esperar. O carro está estacionado na casa da minha sogra, Gina, mais adiante. Mas, primeiro, preciso subir a escada de volta ao apartamento para pegar as chaves. Na sala da frente, eu olho pela janela. Ela está parada ao lado do banco, olhando para os dois lados como se estivesse esperando alguém. Penso em desistir e voltar para a cama. Seria bem mais fácil.

Eu ainda estou pensando nisso quando fecho a porta do apartamento e desço correndo a escada. Ela está pronta para partir, agarrada ao saco plástico. Nós subimos a rua até a casa de Gina. Agora, Gina sofre mesmo de insônia. Seria típico dela, para meu azar, olhar pela janela e ver o genro, que eu acho que ela tolera mais do que gosta, andando na rua com uma mulher negra desconhecida. Olho para as janelas dela esperando ver um espantalho de rolos no cabelo. Na verdade, eu nunca vi Gina de rolos no cabelo. Não sei por que eu disse isso. Esqueça. A garagem tem uma porta de enrolar. Faz um ruído surdo que eu nunca ouço durante o dia. Termino de abrir a porta e aponto para o lado do passageiro da caminhonete. Ela entra e fecha a porta sem fazer barulho. É uma coisa pequena, mas eu noto. Fechar a porta assim tão silenciosamente. Isso me deixa um tanto inquieto. Mas em seguida ela prende o cinto, e isso me tranquiliza. Pelo menos ela não é nem uma criminosa nem uma viciada. Um dia ela teria sido um explorador e eu teria sido um beduíno oferecendo-lhe minha hospitalidade no meio da noite. Está vendo – está vendo o que está acontecendo aqui? Eu já estou pen-

sando na minha história, e como explicar, caso minha esposa acorde no meio da noite e veja que não estou em casa.
Há pouco trânsito. Alguns caminhões voltando para a autoestrada. Tenho que parar antes da saída. Não quero entrar na autoestrada. Senão vou levar meia hora para poder sair de novo. Então estaciono e saio do carro. Ela sai pelo outro lado. Aponto para a direção certa. Nós podemos ouvir o barulho do trânsito, aquele rugido baixo mais acima. Sinto como se estivesse prestes a empurrá-la do alto de um penhasco. Ela é jovem. Só Deus sabe o que vai ter que enfrentar. Berlim. Eu estive lá anos atrás. Minha esposa tirou fotografias. Senão eu não saberia que estive lá. Eu fui para uma reunião e bebi durante três dias. Tem uma foto minha, parado diante do portão de Brandenburg. Estou olhando para cima e sorrindo para alguma coisa que não faço a menor ideia do que seja. Antes de nos despedirmos, eu dou a ela todo o troco que tenho comigo. Dez euros. Ela fica tão grata que eu digo: "Espere, tem mais." Tem uma nota de vinte euros no meu bolso de trás. Ela reluta em aceitá-la. Tenho que enfiá-la na mão dela. Pelo menos ela não vai passar fome por um dia ou dois. Eu a acompanho até o último poste de luz. Lá, quando trocamos um aperto de mão, vejo o que parece ser roupa e uma outra coisa, alguma coisa em seu saco que brilha uma vez e desaparece quando ela se afasta. Alguma coisa que me deixa gelado. Eu me viro e volto para o carro. Fico vários minutos sentado atrás do volante. Eu a vejo subir a ladeira até a beira da estrada naquele seu casaco azul. Examino sua silhueta contra aquela parte do céu, aquele saco plástico ao seu lado, suas pernas finas. Ela vira a cabeça. Diversos veículos passam velozmente. Então tudo fica escuro. E ela desapareceu. Fico ali mais dez minutos. Eu meio que espero vê-la. Não sei por quê. Mas espero. Fico parado ao lado do carro até o céu clarear. Então fico preocupado que minha esposa acorde e não me encontre. Ou então que Gina esteja regando as plantas da varanda quando seu imprestável genro croata entre com o carro em sua garagem. Elas vão querer saber onde estive. Quando revejo a verdade, ela não parece verossímil. Elas vão achar que isso não é tudo. É quando resolvo ir até a delegacia. É a única ma-

neira de justificar ou de dar sentido ao que eu fiz. Para convencer Gina e minha esposa, vou precisar da ajuda da polícia. Na delegacia, o policial de plantão está indo para casa quando apareço na porta. Ele me indica uma cadeira ao lado de sua escrivaninha e toma nota de tudo. As perguntas mais difíceis vêm depois – da minha esposa. Ela quer saber o que havia na mulher que despertou minhas suspeitas. Afinal de contas, ela não estava fazendo nada. Só estava acordada tarde da noite, sem um telhado sobre a cabeça. Na primeira noite, estava adormecida. Na segunda, estava ali sentada como se esperasse que um ônibus fosse passar por ali. Então esta foi a única coisa que inventei. Eu disse à minha esposa que ela estava chorando. Que a mulher negra estava chorando. De repente, tudo fez sentido para ela, e sem aquele detalhe nada do que eu fiz ou o motivo por que fiz fazia sentido. Uma semana depois um policial ligou para mim. Ele me pediu para ir até a delegacia quando eu pudesse. Queria me mostrar umas fotografias.

Sete

O caçador & guia alpino

A melhor maneira de preparar uma perdiz – pode anotar isto, se quiser. Primeiro, uma perdiz. De preferência, morta de manhãzinha sob nevoeiro. Assim a ave não pode ver as sombras se aproximando. No que se refere à perdiz, a ave morta veio das encostas das montanhas. Não houve tempo para ela sentir medo. Eu já comi muitas perdizes. Sei, pelo gosto delas, qual perdiz sentiu um instante de medo e qual não sentiu. Adrenalina é o sabor do medo, e deixa um gosto marcante. Em seguida, você precisa de castanhas e alho. Para preparar a perdiz – arranque as penas, passe sal e azeite na pele, remova as entranhas e substitua por castanhas assadas e alho. Tire a casca do alho, é claro. Depois costure a barriga da perdiz. Ou use um clipe de metal. Eu não uso, meus colegas de caçada são menos exigentes, especialmente à noite, em volta de uma fogueira. O que vou dizer em seguida é importante. Gire lentamente a perdiz sobre uma chama baixa. Costumamos levar conosco um instrumento especial para girar a perdiz sobre as brasas. Depois que todos terminam de se gabar, e esgotam as lembranças de mulheres do passado, a perdiz está pronta para ser comida com pão, cuscuz e uma garrafa de chianti.

 Agora vamos ao dia em questão. Tínhamos chegado na véspera. Eu, Paolo, Leo, Tom, um escritor de livros de gastronomia americano que tinha se mudado um mês antes para nossa aldeia com a esposa, Hester. Hester? Não. Desculpe, Cynthia. Cynthia. Paolo, Tom, Leo e eu. Tom foi junto para experimentar o início e o fim da receita de perdiz.

Acampamos onde costumamos acampar, numa choupana de pastor abandonada. Cabras costumavam dominar as montanhas. Agora já não há tantas. Umas poucas cabras selvagens. Da choupana, partimos com os cachorros, caminhamos até o sopé da montanha e tornamos a voltar. Sabe o que é uma peneira? Nós somos uma peneira humana. Se houver uma perdiz, ela não escapa à nossa atenção. Leo está resmungando por causa da luz. Tem luz demais. Leo tem um restaurante. Eu mencionei isso? Conheço Paolo e ele desde a época do colégio. Paolo é jogador de futebol. Jogou no time reserva da Liga italiana de futebol. No final da carreira, voltou para casa. Ele não sabia o que fazer da vida. Na época, Leo era chef em outro restaurante. Paolo disse a Leo que ia comprar um restaurante para ele e ia torná-lo um chef famoso, mais famoso do que ele tinha sido como jogador de futebol. E isso realmente aconteceu. E foi por isso que o escritor de livros de gastronomia foi parar na nossa aldeia.

A previsão é de tempo nublado. Perfeito. Mas as nuvens ainda não chegaram. Sombras escuras passam sobre a encosta. Leo tem razão. A luz está muito forte. Mas Paolo está impaciente. Ele quer esticar as pernas. Ele não liga tanto para o gosto puro da perdiz. Neste aspecto, ele não é nenhum perfeccionista. E talvez seja por isso que sua carreira no futebol não alcançou as alturas que seu talento natural prometia. Mas estou divagando. Então nós cedemos à impaciência de Paolo e vamos examinar a encosta. É bom estar no campo. Uma brisa suave tira as preocupações da sua mente. Os cachorros correm excitados, enfiam os focinhos na vegetação, sacudindo os rabos. Os cachorros estão felizes. Eu estou feliz.

Transcorrida uma hora, não tivemos sorte. Os cachorros latiram uma ou duas vezes. Leo está aborrecido. Nós devíamos ter esperado, como ele sugeriu. O escritor de livros de gastronomia, Tom, está suando muito. Ele tem que tirar os óculos toda hora para enxugar o suor que brota nos olhos. Quando se inclina para a frente, pinga suor do seu rosto. Eu nunca vi isso antes num homem. Num ciclista, sim – mas não num homem fazendo uma caminhada agradável no campo. Paolo está olhando para o terreno rochoso.

49

As cabras estão lá em cima. Mas nós não viemos preparados. Só temos tiros para aves. Em outras ocasiões, fomos até o cume para esperar pela cobertura de nuvens. Lá de cima você pode avistar a Suíça e a Áustria. É sempre uma surpresa ver como estamos perto. Um escorregão e nós estaríamos na Suíça ou na Áustria. E, com esse escorregão, estaríamos comendo comidas diferentes e recitando poetas diferentes. Fiquei contente quando os Azzurri venceram a Copa do Mundo. Desfilei com uma bandeirinha italiana no carro. Eu buzinei junto com os outros. Depois que derrotamos a França, dancei com a mulher mais feia e mais gorda naquela noite. Acho que a sorte deve ser estendida a todos ao redor. Depois da conquista da Copa, guardei a bandeira. De forma geral, o nacionalismo me repugna.

Enquanto estamos pensando no que fazer, as nuvens anunciadas chegam. Não se fala mais em cabras ou coelhos. Temos que esperar mais vinte minutos. Tomamos alguns goles do conhaque de Leo. Sempre fazemos isso. A garrafa é feita de peltre e pertenceu ao seu bisavô, foi tomada de um dos soldados de Napoleão, segundo o que conta Leo. Esta é uma daquelas histórias que ninguém ousa questionar e em que todo mundo quer desesperadamente acreditar.

Nós soltamos os cachorros e nos espalhamos. Logo há um rebuliço. Os cachorros se juntaram. Então não é uma perdiz. Talvez seja um coelho. Leo tem uma receita maravilhosa de coelho, mas exige que alguém, Paolo, vá até o cume para catar ervas. Ou então é um fantasma. Cachorros são criaturas extremamente nervosas. Estamos abrindo caminho no meio da vegetação quando ouvimos uma voz de mulher. Paolo sai correndo na frente. Nós ouvimos uma mulher gritando com os cachorros. Os cachorros estão latindo. Paolo está sendo bem severo com eles, xingando-os, chutando-os.

Quando chegamos, vemos uma mulher negra. Ela está usando um casaco azul. Essa é a primeira coisa que chama minha atenção. Que estranho estar usando um casaco daqueles lá no alto das montanhas. Não. Essa é a segunda surpresa. A primeira surpresa é, sem dúvida, a mulher. Uma mulher africana. Uma vez, muitos anos atrás, nós achamos que tivéssemos tropeçado em bosta de urso. Paramos para tirar fotografias. Em outra ocasião, vimos dois periquitos. Provavelmente domésticos – fugitivos. Já encontramos uma ou outra pessoa – andarilhos – nas trilhas que vão dar no primeiro vale da Suíça. Mas nunca uma mulher negra. Nunca uma africana. Ela está com os braços erguidos em rendição. Ela tem um saco plástico pendurado na mão.

Eu tenho que gritar com Paolo para ele baixar a espingarda. Ele nem tinha se dado conta. Mais tarde, aquela noite, sentados ao redor da fogueira, bebendo, enquanto a perdiz que acabamos matando naquela tarde gira sobre as brasas, ele pede desculpas quando lembram a ele que tinha apontado a arma para a pobre mulher. De fato, ele não parava de pedir desculpas para ela. De tal forma que Leo teve que dizer a ele "chega". A mulher olhava para Paolo como se ele fosse um dos cachorros que lambiam os pés dela. Com uma sombra de sorriso. Ela não falava italiano. Descobrimos isso mais cedo. Ela falava inglês. Todos nós falamos um pouco de inglês – e Tom, o escritor de livros de gastronomia, é claro. Mas foi Leo quem fez mais perguntas. Leo e eu. Ela respondeu o melhor que pôde. Tom poderia ter feito algumas perguntas, mas só ficou ouvindo. De vez em quando uma chama iluminava o seu rosto. Por baixo do suor seco, por baixo daquela outra camada de empenho (ele me fez repetir três vezes a receita de perdiz, depois me fez checar se o que ele tinha escrito estava correto), e por baixo daquela camada eu imaginei vislumbrar outra que era pura frieza. Foi naquele momento que resolvi que não daria a ele a receita de coelho nem a de truta com amêndoas, que ele já demonstrara grande interesse em obter.

Nós fizemos as perguntas óbvias. De onde ela era, e ela nos disse. Eu esqueço o país. Um lugar qualquer na África. Perguntamos para onde ela estava indo, e ela nos disse. Para Berlim, Alemanha. Isso levou alguns instantes para ser digerido. Paolo tinha passado uma temporada lá, emprestado ao FC União Berlim quando sua carreira estava decadente. Ele não gostou. Disse que os fãs eram um bando de racistas bebedores de cerveja. Leo também tinha estado em Berlim, para visitar sua filha Maria, a caçula rebelde. Ele a encontrou morando com outros vinte e seis jovens – italianos, sérvios, australianos, ingleses, poloneses, gente de toda parte, até um cara do Vietnã, numa fábrica abandonada. Leo disse que as janelas estavam quebradas. À noite, eles cozinhavam em volta de uma fogueira. Esperei que ele dissesse que era um horror, e que ele ficou envergonhado de encontrar a filha morando daquele jeito. Mas ele não disse. Ele estava aceitando, não queria criticar. De fato, depois dessa viagem, houve um breve período em que o casamento dele andou abalado. Depois a filha voltou, e as coisas melhoraram em casa.

Perguntamos à mulher por que ela queria ir para Berlim. Ela ficou olhando para o fogo. Eu não achei que fosse contar. Houve algumas perguntas que ela fingiu não ter entendido. Ela poderia ter mentido, e nós não saberíamos. Mas ela finge não entender, o que é melhor, em minha opinião, mais gentil. Então quando perguntamos a ela – por que Berlim? – eu não espero que responda. Ela usou a palavra italiana – bambino. Bambino. Bambino. Ela ficou muito emotiva. Leo se levantou e se agachou ao seu lado. Ele esfregou o ombro dela. Ela encostou a cabeça nele e chorou. Leo conseguiu acalmá-la. Ele lhe deu um pouco de chianti. Tom então se lembrou da perdiz. Fez bem. Mais alguns minutos e teria passado do ponto.

Ela comeu com apetite. Mas não com apreciação. Comeu para encher a barriga. Devorou a perdiz, o que eu admito que tenha estragado a ocasião. Ela não saboreou a ave. Tudo desceu da mesma maneira. Ela mal tocou no chianti. Passado algum tempo, nós a esquecemos e a conversa voltou para a perdiz. Tom pegou seu caderno. Ele fez muitas perguntas. Depois, tirou uma foto. Mas só de mim, de Paolo e de Leo. Leo tinha trazido um pouco de grappa. Nós servimos cinco copos – para a mulher africana também. Leo fez um brinde. Nós viramos os copos e engolimos o fogo. A africana cuspiu o dela. Ela pôs a mão na garganta. Alguém lhe entregou uma garrafa de água.

Nós voltamos a prestar atenção nela. Depois da grappa, ela pareceu menos familiar, mais do jeito que os cachorros a tinham encontrado. Eu lhe perguntei sobre o bebê. Por que ele estava em Berlim. Por que ela estava aqui. Como eles tinham se separado. Ela fingiu não entender. Ela se encolheu mais para dentro do casaco, ficou olhando para as brasas. Então Tom disse que no país dele ela seria considerada uma ilegal, uma forasteira, acho que ele disse – uma forasteira a respeito da qual teríamos que informar às autoridades. Nós o ignoramos. Isto é, ninguém disse nada. Mas isso me fez pensar – e agora? O que devemos fazer com ela? Nós lhe fizemos mais perguntas. Ela nos contou que um homem numa van cheia de bandejas de ovos a tinha deixado na estrada da montanha e apontado para ela a direção da Suíça. Depois ela abriu o saco plástico. Tirou um livro de mapas. Abriu na página que mostrava a Itália, Áustria, Suíça e o sul da Alemanha.

Paolo tem a vista melhor. Ele confirmou para ela que nós estávamos na fronteira. Ela lhe pediu que mostrasse onde, exatamente. Mas naquele mapa era inútil. Era impreciso demais. Então, Paolo, Leo e eu começamos a discutir a melhor maneira de chegar a Berlim saindo dali. Esta é uma conversa que eu nunca tinha tido antes. Tampouco Paolo e Leo. Mas nós todos tínhamos nossas opiniões a respeito. O americano ficou sentado em silêncio. A Suíça era perto. Muito perto. Duas horas, se ela fosse rápida. Era só um palpite. Nenhum de nós tinha cruzado aquela fronteira. Provavelmente já tínhamos passado algumas vezes para o lado austríaco, sem nos dar conta disso. A Suíça era mais perto, mas Leo, apoiado por Paolo e por mim, achou que a Áustria seria melhor. Nós conversamos em italiano e rapidamente entramos em acordo. Paolo se ofereceu para levá-la até a primeira cidade. Ele a poria num ônibus ou num trem, o que houvesse. Para levá-la a Viena. De lá, ela poderia pegar um trem para Berlim.

Nós fazemos esses planos para ela como se estivéssemos planejando para nós mesmos. Era o melhor a fazer. Em primeiro lugar, ela evitaria problemas com as autoridades suíças. Eles são um pouco mais relaxados do lado alemão, especialmente nos trens. Então a questão óbvia. Este plano tem um custo. Nós não paramos para perguntar se ela tem dinheiro. Seria impertinente perguntar. En-

53

tão Leo dá início ao plano. Ele se levanta, enfia a mão no bolso e tira todo o dinheiro que tem lá dentro. Trinta e sete euros. Paolo faz a mesma coisa. Ele consegue arranjar setenta e oito euros. Fico surpreso ao ver que tenho tanto dinheiro comigo. Três notas de cinquenta e uma de vinte. Leo dá a volta na fogueira e vai até o escritor de livros de gastronomia. O americano está olhando para as brasas. Ele está com as mãos nos bolsos. Os ombros erguidos em volta das orelhas. É claro que deve estar vendo Leo ali parado. Ele viu cada um de nós tirar dinheiro do bolso. Finalmente ele fala. Diz que não acha que devamos ajudar e proteger uma imigrante ilegal. Que nós estamos infringindo a lei. Pior. Que estamos infringindo a lei de propósito. Nós digerimos isso. Ninguém diz nada. Então Paolo fala. Muito calmamente, ele pergunta a Tom se ele tem dinheiro. Ele não responde. O americano. Este maldito americano. Ele engoliu a língua. Paolo já está prestes a tornar a perguntar quando o escritor de livros de gastronomia diz que talvez tenha. Leo não saiu do lado dele. O americano se encolhe ainda mais. Ele diz que não quer infringir a lei. Ele não quer ter problemas com as autoridades. Dar dinheiro para uma atividade ilegal pode lhe causar arrependimento.

Leo olha para mim. Paolo também. Quanto à mulher – nós nos esquecemos dela. Mas ela está por ali, na sombra de Paolo, à direita dele. Eu sei o que preciso fazer. Eu me levanto para fazer meu discurso. Digo ao escritor de livros de gastronomia que ele pode achar que está numa região de perdizes. Mas que durante a guerra aquela era uma região de resistência. Os membros da resistência infringiam a lei simplesmente por existirem. Então o medo dele de infringir a lei não era um argumento convincente. Ele abaixa os olhos. Pega um galho e o atira no fogo. Parece um homem fingindo que a chuva não está caindo sobre ele, só sobre os outros. Então eu digo a ele. Sou obrigado a dizer a ele – e sinto muito que tenha chegado a este ponto. Digo a ele que, a menos que esvazie os bolsos, não haverá receita nem de coelho nem de truta com amêndoas. As fotos serão apagadas de sua máquina, todas as outras que ele tirou da famosa cozinha de Leo e de Leo sorrindo debaixo do seu chapéu branco de chef, e que eu irei pessoalmente atirar o caderno com a receita de perdiz no fogo. Agora está chovendo – no sentido figurado. Pelo menos ele pode sentir a chuva. Agora ele quer sair da chuva. Ele faz uma careta. Vejo por um segundo como devia ser a cara dele no playground da escola. Há muita dor dentro dele. Vagarosamente, ele fica de pé. Seus olhos permanecem semicerrados. É como se não quisesse ser testemunha de suas próprias ações. Ele parece uma criança. Cuspo no chão ao lado do seu pé. Tenho nojo dele.

Felizmente, ele foi o único que levou a carteira. Tira duzentos euros e entrega o dinheiro a Leo. Leo fica onde está, com a mão estendida... até que outra pontada de dor por trás dos olhos fechados faz com que o escritor de livros de gastronomia tire mais cinquenta euros que achou que Leo não tinha visto. Leo pega o dinheiro, depois vai até a africana e estende o dinheiro. Ela não pode acreditar que aquilo é para ela. Leo tem que insistir. Ela olha para Paolo. Talvez ela pense que ele vai atirar nela. Ele faz que sim com a cabeça, então ela pega a nota de cinquenta que está por cima. Leo ri e continua com a mão estendida. Ela olha para cada um de nós. Eu balanço a cabeça afirmativamente. Paolo também. O escritor de livros de gastronomia está olhando para o chão. Ela estende a mão, e Leo transfere o dinheiro para ela.

De manhã nós partimos da choupana do pastor bem cedinho. Leo e o americano descem a montanha. Digo a eles que vou em seguida. Fico ali e observo Paolo e a africana subirem até o topo e desaparecerem do outro lado. É uma linda manhã. Céu azul. Ar parado. Nada boa para perdizes. Mas eu sinto uma leveza no coração. Saio atrás de Leo e do americano.

De volta na aldeia, deixo o americano em seu carro alugado. Depois deixo Leo em casa. Em seguida, vou até a bela casa de Paolo nos arredores da cidade. Sua esposa é mais jovem, de Granada. Eu explico tudo a ela. Ela fica espantada, insegura. Eu a tranquilizo.

Na manhã seguinte, vou apanhá-la e nós subimos a estrada da montanha. Vamos até a choupana do pastor e esperamos. Por volta do meio-dia, Paolo aparece no topo da montanha. Sua jovem esposa começa a subir a escarpa. Eu fico para trás. A figura no topo para. Então ele dá um pulo – incrível de ver – um homem saltando na encosta de uma montanha. Ele desce pela escarpa e, quando alcanço Paolo, barbado e suado, ele está abraçado com sua jovem e bela esposa. Ele a está beijando, ofegante. Então, para minha surpresa, vejo que ele está chorando. Paolo, "o homem forte da defesa". Eu me viro e caminho na direção do carro.

PARTE DOIS: Berlim

Oito

O inspetor

Nesta tarde de domingo, num parque cujas colinas e caminhos sinuosos estão construídos sobre os escombros da guerra e sobre os mortos, jovens mães contemplam o gramado cheio de novos amantes. Há uma nova energia no ar. O cheiro doce é de flores de amendoeira. A luz é verde e filtrada. Em momentos assim, o mundo treme ao pensar em si mesmo.
    Neste parque, as camadas do mundo surgindo e desaparecendo são mais óbvias. Nos restos cor de cobre das folhas da última estação, os pombos ciscam. Eles só estão preocupados com o que possam achar. Um homem à procura de emprego ocupa um banco, se inclina para a frente sobre os joelhos abertos – veja como ele abaixa a cabeça. Tem demasiada esperança e honestidade penteada em seu cabelo. O inverno é a estação em que a separação é mais sentida. No ar gelado, as multidões da hora do almoço se encolhem nas mantas e esperam o lago de patos congelar, e depois descongelar. As folhas ainda não nasceram, só os brotos duros. O novo mundo está chegando.
    Cães ferozes cheiram o chão onde estavam os pombos, e anos atrás neste mesmo lugar uma mãe desesperada vestindo um casaco e com as pernas nuas trouxe seu filho morto num carrinho de mão. Com as pernas adolescentes do filho penduradas dos lados do carrinho, ela cavou um túmulo de quatro no chão. E aqui também, na extremidade dos arbustos, mais ou menos no mesmo lugar, um homem se estende em cima de uma mulher que também olha para

o chão. O rosto dele está enterrado no ombro dela. Enquanto isso, ela olha para cima com um sorriso tolo e intumescido. Parece estar sendo espremida para fora de suas roupas. Com o resto da luz fantasmagórica suspensa nas árvores, os caminhos levam ao anoitecer. Agora as lanternas se acendem e as pessoas transbordam para fora da floresta.

Do outro lado da rua onde estão os adúlteros do parque, há uma grande Kirche com seu emaranhado de corredores administrativos indicando responsabilidades pela África, Ásia e Eurásia. Aqui, os anônimos, os informais, os carregados pelo vento e a gentalha sobem os degraus externos. Ao longo dos corredores que fedem a desinfetante eles se esgueiram, de boné na mão, passando por portas com nomes desconhecidos e territórios alocados.

O homem encarregado da África é um padre da ordem Ibo, um homem corpulento, acostumado à sua escrivaninha e ao espaço que o separa do seu visitante. Raramente passa um dia sem que tenha motivo para lembrar que é um homem bem alimentado e importante. Ele sorri enquanto a linguagem da calamidade e da morte movimenta seus lábios. Ele sorri sem parar, e às vezes seu sorriso chega às raias do regozijo. O sorriso nunca lhe abandona o rosto.

Nove

Um padre da ordem Ibo

Se eu estou rindo é porque você veio aqui para Berlim para perguntar a um padre, um homem negro, sobre fantasmas. Possivelmente, você se refere a fantasmas brancos. Sim. Eu estou sendo brincalhão. Peço desculpas, talvez só um pouquinho. Eu falo quatro idiomas. Além de ibo, falo italiano, inglês, oirish. Fui treinado pela Congregação do Espírito Santo, uma ordem de homens brancos queimados de sol de Dublin. Outros como eu formaram a ordem Ibo "Filhos do Solo". Eu prefiro falar alemão, já que, afinal de contas, estamos em Berlim. Mas nestas circunstâncias, italiano pode ser mais apropriado.

É verdade que eu sou especialista em alguns fantasmas. Por exemplo, existem os fantasmas que não vemos, os fantasmas assombrados, os fantasmas da imaginação americana, criaturas que aparecem nas portas, vestidas com lençóis com buracos na altura dos olhos. É destes que as crianças pequenas têm medo de noite quando vão dormir. Estes fantasmas são um enigma. Eu gosto de filmes americanos. Mas o que eu não entendo sobre estes fantasmas é que nunca vemos as consequências do encontro. O fantasma permanece um espectro, nada mais do que uma possibilidade. Algo para se temer. Uma manifestação de medo, igual aos partidos da oposição em cada um dos regimes não democráticos da África.

Os outros fantasmas – os fantasmas de verdade, se posso chamá-los assim – são simplesmente aqueles que preferimos não ver.

Estas pessoas não foram sempre fantasmas. Deus as pôs na Terra como seres humanos. Aqui, eu vou lhe mostrar no mapa. Foi aqui que a vida começou. Ao redor do chifre da África. Libéria. Serra Leoa. Senegal. Gâmbia. Costa do Marfim. O Saara ocidental. Muitos eram pescadores. Enquanto foram pescadores, eles foram seres humanos. Mas então as multinacionais, com traineiras de alta tecnologia, tiraram todos os peixes do mar, e o pescador, com sua rede, foi deixado no mesmo estado que seus irmãos, contemplando terra arrasada pela seca. Não restou mais nada ao pescador a não ser partir.

Este é o caminho que eles seguem. Eles andam, pegam ônibus, um ônibus do interior, pedem carona. É um progresso lento. Em alguns casos que conheço, uma dessas almas de Deus levou dois anos para chegar aqui e aqui, Tunísia e Líbia. E lá os traficantes de gente sentam-se em cafés com seus cordões de contas para aliviar o estresse. Atualmente o processo pelo qual um homem se transforma num fantasma está bem avançado. Um ser humano não vale mais do que um saco de arroz. Um ser humano é uma mercadoria. Depois, quando o dinheiro muda de mãos, ele é uma carga. A carga segue em barcos precários. Velhos barcos de pesca. Barcos abertos. Com excesso de gente, poucos recursos. Sem comida e água em quantidade suficiente – desde quando mercadorias precisam disso? E eles desaparecem. Desaparecem no mar.

Uma balsa dinamarquesa emborcando no Mar do Norte é uma calamidade. É notícia internacional. Cinquenta e uma almas perdidas. Uma tragédia. Vinte, trinta, cinquenta mil negros... Bem, é um número grande demais para contemplar. É apocalíptico. É uma tempestade de areia soprando pelo continente africano enquanto a fortaleza Europa fecha suas janelas com pregos. Ela finge, finge como a criança com medo do fantasma debaixo da cama. E, ao contrário, exercita sua simpatia e choque e horror pelas cinquenta e poucas vidas perdidas no Mar do Norte. Eu compreendo. Eu não quero fazer pouco daquele evento. Também é uma tragédia. Vemos pela televisão as famílias chorando na praia. Nós as ouvimos falar dos seus entes queridos que se afogaram. Diante de nossos olhos, aquelas cinquenta almas se tornam indivíduos, rostos, arrastando vidas, famílias. Os negros continuam a descer para o leito do Mediterrâneo, onde se tornam comida de tubarão. O mais perto que a Europa vai chegar deles é quando comer o tubarão. O maior traficante de seres humanos é a Líbia. Alguns negros atravessam a Europa. Lampadosa. Se eles consultassem um mapa antes de partir, eles veriam que Lampadosa é um lugar pequeno. É a pedra que a bota da Itália tenta chutar de volta para o outro lado do mar. Eles desembarcam num centro de detenção. Estes ainda têm a aparência de seres humanos. Eles ainda têm nome. Logo irão se transformar em fantasmas. Há tantos deles que a Europa recorreu a Gaddafi. Aquele que se autoproclamou o pai da África construiu um imenso centro de detenção no meio do deserto da Líbia. Os africanos que conseguiram chegar às praias da Europa agora são colocados em aviões e levados de volta para a África, não para o lugar de onde saíram, isto seria caro demais, mas para o centro de detenção no deserto da Líbia. Ali eles se transformam em fantasmas. Aqueles que não se transformam enlouquecem. O resto é abandonado no deserto para encontrar seu criador.

Então, quando as autoridades vêm ao meu escritório e pedem ajuda para achar determinado imigrante ilegal, eu faço o que a Europa faz. Eu finjo que essas pessoas não existem. Eu não me importo de não poder ajudar.

Tem mais uma coisa. Antes de entrar para a Igreja, eu estudei geologia. Uma companhia de petróleo tornou isto possível. Esperavam que eu fosse achar petróleo para eles no futuro. Em vez disso, o que encontrei me fez tomar outro caminho. Você sabia que um dia houve uma ponte de terra entre a África e a Europa? Isso foi há muitos, muitos milhares de anos. Naquela época, um africano poderia ter chegado à Europa simplesmente seguindo a linha da costa.

Dez

Um homem chamado Milênio Três

Eu não como desde ontem. Isto é um fato. Agora uma declaração. Medo do inexplicável, no entanto, ainda não empobreceu a existência do indivíduo. Não. Eu não quero dinheiro. Ainda não. Acredito na troca justa de mercadorias. Aceitarei o seu dinheiro, mas apenas como pagamento. Então. O que eu tenho para dar? Está tudo aqui na minha cabeça. Riquezas fantásticas. Por exemplo, você pode ter reconhecido as palavras de Rilke um momento atrás. Ouça de novo – cuidadosamente... Mas o medo do inexplicável ainda não empobreceu a existência do indivíduo. E isto – da terceira estrofe. Ouça. Nós não somos prisioneiros. Não há armadilhas nem ciladas preparadas para nós, e nada deveria nos intimidar nem preocupar. Nós estamos instalados na vida como no elemento a que melhor correspondemos e, mais do que isso, durante milhares de anos de acomodação, nós nos tornamos tão iguais a esta vida do que quando ficamos parados nós somos. Por meio de um mimetismo afortunado, mal nos distinguimos de tudo o que nos cerca. Não é um poema muito bom, em minha opinião, mas contém alguns versos que eu só preciso recitar e de repente a centelha que eles produzem me aquece por dentro. Rainer Maria Rilke. Ele está morto, então não faz mal. A linguagem pertence a toda a raça humana. Rilke está morto. Em compensação, eu estou muito vivo e, quando preciso de uma refeição, recito alguns versos. Como poderíamos esquecer aqueles antigos mitos sobre dragões que no último momento se transformam em princesas: talvez todos os dragões de nossas vidas sejam princesas que só desejam nos ver uma só vez belos e corajosos... Ontem eu recitei estes versos sem citar sua fonte, e uma mulher quis me levar para jantar. Foi gentil da parte dela. Mas ela entendeu mal. Eu não estava atrás de gentileza. Eu estava atrás de pagamento. Ela pagou dez euros por um outro poema, também de autoria do meu amigo e padrinho, Rainer Maria Rilke, este sobre um cachorro.

    Eu escolho meus fregueses com cuidado. Rilke não é para todo mundo. Alguns dos meus fregueses preferem minha piada de pulga. É um tanto picante. A piada não é minha, quer dizer, eu não a inventei. Eu a ouvi em algum lugar, de alguém, não me lembro mais de quem nem onde. Piadas são como dentes-de-leão. Erguem-se de nossas mãos estendidas e flutuam pelo mundo. Ninguém se lembra de onde veio o dente-de-leão. Ninguém pensa em sua origem. Mas todo mundo instintivamente estende a mão para pegar um. Por falar nisso, não foi Rilke quem disse isso, fui eu.

    Milênio Três? Mudei meu nome em cartório antes de vir para Berlim. Você percebe como é fácil se tornar o outro – florescer com a mesma flor quando enxertado no mesmo caule. Rilke é o meu caule. Mas há outros também. Minha piada de pulga, por exemplo, ela é mais universal do que muitos dos poemas de Rilke. Talvez eu lhe conte a versão mais curta. A versão mais longa você vai ter que pagar para ouvir. Mas vamos voltar a Rilke. A segunda estrofe do poema "Medo do inexplicável". Onde ele diz "Quando pensamos na existência do indivíduo como sendo um quarto maior ou menor" parece evidente que a maioria das pessoas só conhece um canto do quarto, um lugar perto da janela, uma faixa de chão onde elas caminham para cima e para baixo. Estes versos mudaram minha vida. Estes versos me atingiram com a força de um raio. Minha faixa de chão era tão estreita. Era de dar pena. Ela se resumia ao seguinte – uma carteira diante de uma turma de adolescentes que se ressentia da minha presença e que não queria poesia imposta às suas almas anoréxicas. Nos olhos deles, eu via a mim mesmo como uma espécie de opressor. Mas eu continuava. Eu insistia. À noite eu planejava minhas aulas. Procurava poemas que pudessem abrir seus corações e suas mentes. Mas os versos de Rilke não me saíam da cabeça. Por fim, eu arranquei as tábuas do assoalho da existência acanhada. Mudei meu nome para Milênio Três. Escrevi um manifesto. De agora em diante, nada de armadilhas ou ciladas. Nada de ter medo do inexplicável. Larguei minha vida em Paris e vim para Berlim. Foi fácil assim. Eu estava em busca de outros espíritos livres. Eu o encontrei tarde da noite nos trens. Artista de uma espécie ou outra. Não da espécie que usa papel e lápis, embora alguns usassem. Nem pintores, escultores ou cineastas. Conheci outro tipo de artista cujo meio de expressão não era linguagem ou tinta ou filme... mas a vida. Anarquistas. Alguns. Sim, por que não. Tarde da noite nos trens, nós encontramos uns aos outros. Concordamos com alguns princípios. Um deles, que fronteiras são intrinsecamente más. Elas criam a consciência da diferença. Conversamos até tarde da noite sobre o tipo de diferença que podíamos tolerar. Por um lado, nós adotamos a indiferença. Por outro, detestamos os delineamentos e definições de diferença feitos pelo Estado. Fronteiras. Cidadania. Ricos. Pobres. Direitos. Nós formamos laços políticos com outros grupos subversivos. Os mais radicais eram discretos. Por definição, eles não podiam ser organizados. Sua marca era a espontaneidade. Nossos movimentos provocaram explosões fantásticas de nossas ideias e valores que choveram sobre os telhados sonolentos de Berlim. A ideia era que a cidade pudesse acordar sentindo-se mudada, mas sem saber por quê.

Bem, alguns não gostaram desta invisibilidade voluntária. Estes se expunham com suas exigências, suas paixões. Eles queriam evidência. Presença. Manchetes. Fama. Eles queriam ser comentados. O modelo era o FFF (Fuck the Fucking Fuckers). Os FFF, em nossa opinião, não eram verdadeiramente anarquistas. Eles participavam de desfiles de May Day. Vendiam camisetas e canecas. Marchavam com cartazes. Em outras palavras, eles viviam em sua estreita faixa de chão e em seus pequenos quartos, encolhidos ao lado de pequenas janelas, sonhando em se tornar o que não eram. Nós resolvemos nos separar. Depois disso, ficamos no Leste e eles foram para os trilhos de trem em Mitte e para regiões de prostituição como Prenzlauer Berg.

Quando a vi pela primeira vez, eu estava num trem. Naturalmente. Foi uma noite, em maio. Maio? Ou então no início de junho. Não, acho que está errado. As noites ainda eram frias. Eu digo que foi em maio. Na plataforma, pessoas sozinhas, com as golas levantadas. Ocupando seus buracos no ar da noite. Isso é uma expressão? Acho que Rilke a aceitaria. Então. O trem chega, juntando as pessoas, e então é como se baixasse a doença do sono, o trem balança, as pessoas balançam e cochilam como bebês no berço. Berço. Cama. Mesma coisa. É tudo a mesma palavra. A cabeça de um homem adormecido caiu sobre ela e ela se levantou e foi para junto da porta. Se não fosse pela cabeça do homem adormecido, eu não a teria notado, exceto por aquela bolota, aquela maçã...Eu não teria despertado da doença do sono e tirado os joelhos do caminho para ela passar.

Estamos entrando na estação seguinte quando um inspetor entra em nosso vagão. Como sempre, há um aumento no nível de tensão. Eu me levanto para fazer minha jogada, e é então que vejo a mulher negra indo para o vagão seguinte... E sei... Muitos entram no trem sem bilhete, especialmente tarde da noite. Esta manhã, por exemplo, houve uma debandada. Ergui os olhos do meu jornal roubado. Era uma chinesa. Ela correu pelo vagão. Parecia estar fugindo de um incêndio ou dos japoneses. O coletor de bilhetes a seguiu calmamente. Parecia disposto a deixá-la fugir. Eu já vi mocinhas sentadas com os joelhos apertados um contra o outro, as cabeças abaixadas de vergonha, algumas em prantos. Eu já vi tanta gente sendo retirada do trem. Turistas também, com um ar confuso e zangado. Normalmente consigo identificar com um só olhar quem tem bilhete ou não. Mas esta mulher... Não. Eu não a teria identificado.

Ela usa um elegante casaco azul. Muito chique. De design italiano. O rosto dela possuía dignidade. Eu não a teria identificado. No vagão seguinte, eu a encontro perto das portas, aparentando nervosismo. Parado bem atrás dela, um cara alto e magro de olhos fechados. Então, ela não está sozinha. Em Alexanderplatz, nós todos saltamos. No aperto e na pressa, ela deixa cair alguma coisa. Eu estou logo atrás, então pego o que deixou cair, um saco plástico que lhe devolvo. Ela o arrancou de volta. Arrancou é uma palavra? Então, quando viu que não sou ladrão, ela conseguiu dizer "obrigada". E com isso uma expressão cordial passa pelo seu rosto como que para compensar o momento de acusação, um segundo antes. Estou acostumado com essas correções. Meus fregueses sempre veem um ladrão, um oportunista, antes de ver o comerciante prestimoso que me considero, um consertador de almas, um regulador de humor, o que consigo fazer com a troca adequada de bens e serviços.

Agora. O quê? Eu não sei. Mesmo agora eu não sei dizer por quê. Simplesmente brota de mim. Eu digo a ela: "Meu nome é Bernardo." Há dezoito meses eu tenho sido Milênio Três. Eu não usei nem uma vez o nome Bernardo. Por quê? Por que naquele momento? Inexplicável? Sim. Acho que sim. É um momento confuso. E ali estamos nós, um de frente para o outro, como se devesse haver mais, como se mais alguma coisa devesse fluir naturalmente deste encontro. Os outros passageiros passaram por nós, o trem acabou de partir, e então, de uma forma quase natural, nós vamos juntos até o alto da escada rolante. Nada é falado. Entretanto, nós estamos em sintonia. Saímos da estação na praça. Há um certo número de barracas de linguiça. Eu não estou com fome. Raramente sinto fome. A fome é só um fato físico. Se não consegue ultrapassá-lo, você não pode viver como nós vivemos. Mas, naquele momento, o Bernardo de existência parisiense surgiu dos escombros do meu novo ser. Bernardo sabe o que fazer de um jeito que Milênio Três esqueceu. Ele – quer dizer, eu, é claro – pergunta se ela quer uma linguiça. Para minha surpresa – quer dizer, de Milênio – ela diz que sim. Ela comeu duas. Enquanto está comendo, eu consigo examiná-la direito. É óbvio que não tem onde dormir. Nem teto nem cama. Ela acabou de saltar de um trem vindo de algum lugar, e é nova na cidade. Então o passo seguinte é bastante óbvio. Eu a tomo sob minha proteção. Mais uma vez, nada é dito ou proposto. Apenas acontece, como o tempo.

Nós saímos da barraca de linguiça, esperando passar um bonde, atravessamos os trilhos até a estação, subimos mais escadas rolantes, esperamos dois minutos na plataforma, e durante esse tempo nada é dito, nem há chance de sentir o frio; depois, dentro do vagão, os cheiros usuais de casacos, cerveja, cinzas. Estamos no S-Bahn, indo para o leste da cidade. Em Warschauer, nós saltamos do trem e eu a levo para um lugar que, se posso dizer que algum lugar é meu, é este. Na realidade, trata-se de uma região dos FFF. Mas aqueles de nós que saíram da estreita faixa de chão se estabeleceram num espaçoso armazém abandonado. Esta região e a de chão de pedras, árvores e cafés estão ligadas por um buraco num muro alto. Eu mostro a ela onde fica, e a guio no escuro, passando pelas fogueiras.

Devo admitir que é bom ter a companhia de alguém. Alguém com quem deitar sob a noite. Tenho um colchão e um travesseiro. Faço uma pequena fogueira. Ainda tenho uma garrafa de Grand Marnier que me foi dada por uma mulher agradecida que chorou ao ouvir o poema de Rilke, "Solidão". Ela também me deu alguns euros. Como você sabe, eu insisto numa troca adequada de bens e serviços. O Grand Marnier foi um presente.

Finalmente eu tenho um nome. Inês.

Inês não quer beber. Ela está cansada. Ela só quer se deitar. Eu dou o lado bom para ela. Fico com o lado encaroçado do colchão. Dou a ela um travesseiro, mas não sem antes enfiá-lo numa camiseta limpa que roubei esta manhã no mercado turco. Ela é vermelha e tem o símbolo da Turquia.

De manhã eu acordo e a encontro ainda lá. Seu rosto africano lindo contra o vermelho turco.

Eu fico surpreso. Mas só por um momento. Depois fico surpreso por estar surpreso. Por que não? Por que ela não estaria lá? Eu saio para urinar. As fogueiras estão apagadas. Ao longo da paisagem, as pessoas estão dormindo. Uma mulher sai de dentro de um saco de dormir. É como ver uma lagarta sair do seu casulo. Ela está nua, e, quando se agacha, seu púbis escuro se dilata. Atrás dela, rapazes sonolentos estão urinando distraidamente. Enquanto estou urinando, percebo que estou feliz. O que é interessante.

Muito interessante para mim. Porque se estou feliz naquele determinado momento, como estava antes desta mulher chegar à minha vida? Num breve instante, revejo todas as minhas ligações filosóficas e políticas – mas só enquanto estou urinando. A crise logo passa. Assim que abotoo a calça, tudo é esquecido, todo aquele questionamento, e volto à inexplicável chegada desta mulher na minha vida e a estes novos sentimentos inexplicáveis.

Passamos os próximos oito dias juntos. Não há sexo entre nós. À noite, quando nos deitamos juntos, ela permite que eu descanse a mão em seu quadril. Às vezes ela fala durante o sono. Eu ouço com atenção. Mas é numa língua que eu não conheço. Nós temos que falar inglês entre nós. Ela só sabe três palavras em francês. *Bonjour* e *merci beaucoup*. Ela consegue dizê-las com bastante naturalidade, ao contrário dos ingleses que, depois de dizerem essas palavras, ficam sorrindo orgulhosos como se quisessem receber uma medalha por causa disso.

Durante esses oito dias, passamos praticamente vinte e quatro horas por dia juntos. Exceto por duas horas durante a tarde quando ela me deixa. Eu não sei aonde ela vai nem o que faz. Uma vez eu tentei ir junto. Ela me disse "Não" – ela tinha que ir sozinha. Ela não me disse explicitamente para não segui-la. Tampouco me passa pela cabeça fazer isso, até ela chegar desses passeios num estado deplorável. Da primeira vez, eu noto que andou chorando. Ela se recusa a dizer por quê. Então, de outra vez, quando demora a chegar, eu a encontro sentada perto do muro, soluçando, com o rosto nas mãos. Recusa-se a baixar as mãos. Ela não me deixa compartilhar seu sofrimento.

Então, esses passeios misteriosos são para ver alguém? Eu pensei, bem, isso é direito dela, e eu não deveria segui-la, mas sigo. Eu a sigo ao longo dos trilhos de bonde, por ruas laterais, pelo labirinto de Kreuzberg, até chegarmos no canal. Lá existe uma ciclovia, algumas árvores. Há uma barraquinha de linguiça no canto, perto da saída da pequena ponte por onde escoa o tráfego.

Fico do outro lado do canal. Já estou bastante perto. Posso ver perfeitamente. Inês está parada debaixo das árvores, olhando para uma janela no terceiro andar de um prédio. Inexplicável? Sim. Um mistério. Um completo mistério. É claro que eu quero descobrir. Eu tenho que descobrir. Isto está na nossa natureza. Nós não damos as costas a um mistério. Somos atraídos para ele como mariposas. O tempo passa. Meia hora. Cinco minutos. Tudo na mesma. Então, enquanto estou vigiando, um homem sai do prédio. Um homem negro. Bem-vestido. Como uma camisa branca acetinada. Calças escuras. Sapatos caros. Ele caminha rapidamente até onde está a minha Inês sob as árvores. Eles conversam por alguns minutos. O homem está muito agitado. Bem, eu diria zangado. Ele tenta intimidá-la. Mas, ao mesmo tempo, ele não está confortável com a situação porque fica olhando para os dois lados da rua, como se estivesse com medo de ser visto.

Inês também está agitada. Eu nunca a vi assim. Ela precisa olhar para cima para falar com ele porque ele é alto. Agora os dois estão falando. Os dois estão discutindo. Quando ela começa a socar-lhe o peito, ele não se afasta. Chega até mais para perto, olha para um lado da rua, depois para o outro. Ele dá um empurrão nela. A força faz com que ela dê alguns passos para trás. Depois ela avança e torna a bater no peito dele. Agora eu consigo escutá-la, um grito fraco acima do ruído do trânsito.

No terceiro andar, alguém levanta uma vidraça. Algo é gritado para a rua. Depois a vidraça torna a baixar. Tudo isso acontece tão rápido que depois eu não consigo lembrar se vi mesmo alguém na janela. Quando torno a olhar para as duas figuras debaixo das árvores, ele está batendo nela. Eu não paro para pensar. Se parasse, teria sido para lembrar a mim mesmo de sair da minha estreita faixa de existência. Eu não sou um lutador. Sou um poeta. Bem, um poeta ladrão. Mas lá estou eu correndo pela ponte, no meio do tráfego. Eu estou correndo, e depois estou voando como um pássaro, uma águia magra e subnutrida, e dou um encontrão no ombro dele, fazendo-o cair esparramado no chão, comigo em cima dele. Eu bato nele do lado da cabeça. Ele tenta morder minha mão. Eu dou uma joelhada nos testículos dele. Ele enfia o polegar no meu olho. Eu agarro a orelha dele e torço até ele gritar como um porco.

Depois eu o acerto na boca. Várias vezes. Então ele me bate na têmpora até que, meu Deus, sinos tocam na minha cabeça, todos os sinos de Paris e da Alemanha estão tocando na minha cabeça. Então eu me lembro. Eu não estou em Notre Dame. Eu não estou no Berliner Dom. Eu me lembro de bater nele. Ele tenta se levantar. Isto é algo que eu tenho que evitar. Se ele se levantar, vai bater em Inês. Então eu o arrasto para o chão e nós rolamos sob as árvores, por cima da terra e dos cocôs de cachorro. Nós agarramos um ao outro. Ele está tentando enfiar o polegar de novo no meu olho. Soco seu nariz e sua boca até ele tirar o polegar. Ele agarra o meu cabelo e puxa. Eu acerto o nariz dele, e torno a dar uma joelhada em seus testículos, e nós rolamos outra vez sobre cocô de cachorro. De repente eu me dou conta de uma roda de bicicleta, depois de outra e mais outra. Um grupo de ciclistas parou para olhar. Nessa altura, eu estou sem fôlego. Meu inimigo também está ofegante. Nós batemos um no outro quando nos lembramos ou quando um de nós encontra energia para isso.

Então uma mulher começa a gritar. Uma mulher negra. Não Inês. O homem rola para longe de mim. A mulher está gritando com ele e comigo, mas comigo a voz dela muda de tom. Eu sou um vira-lata que ela afastou do seu cachorro de raça. Ela gostaria de me enxotar, de jogar pedras em mim, quer dizer, até o homem, meu inimigo, levantar a mão para silenciá-la. Tem um fio de sangue saindo da narina dele, o que me deixa encantado. Ele tem terra de um lado do rosto. Sua camisa cara está rasgada, o que me deixa também bastante satisfeito. Fico imaginando o que Inês irá dizer disso.

Olho em volta, mas não a vejo na multidão. Os ciclistas estão montando de volta em suas bicicletas. Dois passeadores de cães continuam ali parados. Eles estão sorrindo, e até os cachorros parecem contentes. Não vejo Inês. Ouço uma sirene se aproximando. Embora possa ouvi-la, não me preocupo com isso. Dirijo minha atenção mais uma vez para o agressor dela. Ele parece surpreso. Em alemão, ele pergunta: "Quem é você?" Na realidade, ele pergunta: "Quem é você, porra?" E eu tenho que parar e pensar, parar e pensar de verdade: Quem sou eu? Porque responder naquele momento "Eu sou Milênio Três" me parece tolice. Soaria implausível. Por outro lado, Bernardo também não é correto. Se Inês estivesse lá, talvez eu respondesse Bernardo. Mas ela não está. Eu não a vejo. Não sei sequer em que direção ela foi.

Eu nunca mais tornei a vê-la.

Onze

O pesquisador de cinema

Ela estava sentada na borda de concreto. Talvez eu não a tivesse notado em outro momento ou, quem sabe, em outro estágio da minha vida. Uma mulher africana sentada sozinha. Eu poderia ter olhado para ela uma única vez e pronto. Quando passei por ela, ela levantou os olhos para mim. Continuei andando e, perto do cassino, parei e olhei para trás. Foi quando notei o saco plástico; o modo como estava pousado nos joelhos dela e como ela o segurava com as duas mãos. Ela não parecia uma mendiga porque a outra coisa – e que formava um contraste gritante – era seu caro casaco azul. Já tinha visto dias melhores, mas seu estilo e corte ainda sobressaíam. E eu diria o mesmo da pessoa.

Eu tinha passado quase todo o inverno em Berlim, andando pelos arredores de Alexanderplatz – que foi onde eu a vi – observando as Roma como se observasse uma gaiola de periquitos. Foi John Buxton da Sun Rise produções que me deu a dica para pesquisar as Roma, todas elas mulheres e todas mendigas, ao redor da estação. Apenas anote suas impressões, ele disse. Isso é muito impreciso. Preocupantemente impreciso para alguém que só terminou a London Film School há dois anos.

Eu estava trabalhando num curta-metragem em Lambeth, sobre jardineiros do asfalto. Você sabe, pessoas que cultivam repolhos em ilhas de trânsito e colocam colmeias nos tetos das barcas do canal. Então surgiu isto. Graças à minha tia Júlia. Ela costumava trabalhar com cinema. Conhece todo mundo. Ela e JB são amigos há muito tempo. JB mencionou o projeto, e Júlia, que é incontrolável a maior parte do tempo mas particularmente quando defende meus interesses, disse que tinha o pesquisador ideal. Cheguei no final de agosto. Um colega de JB me pegou no aeroporto e me levou para o apartamento em Friedrichshain. Logo deixamos para trás os belos prédios antigos – nós estávamos na Karl Marx Allee – e eu me vi morrendo de saudades do projeto dos jardins do asfalto e pensando no erro que tinha sido vir para cá, que quando eu voltasse para Londres tinha que bater um papo com minha tia e pedir a ela delicadamente que pare de fazer essas coisas por mim, quando entramos numa rua calma, arborizada, e tudo ficou perfeito outra vez.

Em meados de setembro, o clima ficou outonal, mais cedo do que em Londres. Outubro foi frio. Até o início de novembro, todas as manhãs eu subia de bicicleta a Karl Marx Allee até a Alexanderplatz. Na ciclovia, eu me inclinava sobre o guidão. Devia dar a impressão de alguém que estivesse atrasado para o trabalho. As Roma que definiam o meu cronograma diário normalmente chegavam na platz por volta das dez horas e sempre iam embora antes de escurecer.

Eu nunca tentei me aproximar delas ou conversar com elas. JB tinha sido claro quanto a isso. Fazer amizade com elas – mesmo imaginar que isto seja possível me parece absurdo agora. Observar estas mulheres tenazes durante o inverno me endureceu. De tal forma que, quando eu vi aquela mulher negra, vi apenas outra vagabunda que não precisava conhecer. As Roma fazem isso com você. Elas o endurecem. São pegajosas como moscas. E quando acham que conseguiram atrair seu interesse, você está perdido. Então, quando fiz contato visual com a negra, eu desviei rapidamente os olhos. Com as Roma, quando é feito contato visual o rosto delas se alegra e lá vêm elas com seus passinhos acelerados nas meias grossas e sandálias de praia. Elas estão sempre muito satisfeitas em ver você.

Elas se moviam como corvos. O movimento do olho e do pé nem sempre perfeitamente alinhado, como se não quisessem perder nenhuma oportunidade. Eu passei a considerar a mim mesmo e a qualquer outra pessoa como sendo uma migalha de pão. O modo como os corvos corriam na direção de novas migalhas de pão que surgiam nas saídas da estação. Algumas pessoas detestavam ser abordadas. Era como se uma parte delas, que elas queriam que permanecesse secreta, fosse subitamente exposta. Elas se ressentiam do que havia de público nisso. Estas entravam em alguma travessa, primeiro o pensamento, depois os olhos, seguidos das pernas e do corpo. Algumas passavam sobre pernas de pau, com a cabeça nas nuvens. Elas não querem saber de mendigos, nem daquela em particular nem de mendigos em geral. Eu me lembro de uma jovem loura que passou por uma Roma olhando para as copas das árvores. Tinha acabado de ver um papagaio de cauda azul ou talvez uma girafa. Tendo escolhido esta ficção, ela é obrigada a mantê-la. Em pouco tempo, seu rosto ficou vermelho de vergonha. É horrível sentir-se mesquinho. Horrível. Uma mulher de pernas compridas, as pernas mais compridas que eu já vi, levantou o queixo e fixou o olhar num ponto qualquer na direção da Dinamarca, deixando a mulherzinha Roma com sua saia rodada numa sombra da última era de gelo.

Os punks? As mendigas nunca chegavam perto deles. Elas se aconchegavam com frio e bêbadas ou quase bêbadas, seus rostos parecendo pão dormido. A mulher negra? Elas também não chegavam perto dela. Eu sei, porque no dia seguinte ela está de volta onde eu a vi, no mesmo banco, e as Roma se movimentam de cada lado dela, a caminho da estação e de gente mais promissora.

Após seis meses, eu não aguentava mais Berlim. Não aguentava mais o motivo de estar lá. Não aguentava mais ser uma migalha. E já fazia onze dias que chovia sem parar. Se ao menos parasse de chover. Se ao menos essa gente de merda parasse de estragar o dia. Desculpe, mas estas são minhas impressões também.

Nessa altura, as Roma estavam acostumadas comigo. Eu sempre sabia quando elas me vigiavam, um traço de irritabilidade, algo assim, puxando para baixo os cantos de suas bocas. O que eu estava fazendo ali? E, como devia parecer para elas, sempre desviando os olhos delas e ao mesmo tempo olhando – como eu tinha feito com a mulher negra. Meu ideal de invisibilidade exigia isso. Num instante, eu não consigo encontrar nenhuma delas, nem uma única Roma, e no instante seguinte as mulheres surgem de todas as direções como se surgissem do nada – cordas grossas de cabelo preto, olhos brancos e rápidos, rostos ovais e marrons. Eu tinha que ser ligeiro, girar rapidamente, fazer um ar espantado de aborrecimento como se tivesse esquecido alguma coisa e precisasse correr para buscar. Então eu dava a volta na estação e voltava para encontrá-las num canto da platz, as cabeças juntas formando um círculo apertado. Ao anoitecer, os corvos voavam do telhado do Berliner Dom e as mulheres pequenas de sandálias de praia desapareciam sob as árvores úmidas. Não era para eu ir atrás delas. JB tinha deixado isto bem claro. Às vezes eu as seguia, mas só até o cassino, e foi lá que eu vi a mulher negra.

Nós reconhecemos um ao outro. Desta vez ela se levantou e foi embora. Eu não pensei mais nela naquele dia. Mas no dia seguinte, eu pensei. Eu me vi procurando por ela, do modo como eu costumava procurar pelo entregador de panfletos, pelo vendedor de jornais, pelo acordeonista cego. O que eu quero dizer é que ela passou a fazer parte daquele círculo variado de pessoas que passava o dia em volta da estação. Eu me vi procurando por ela, observando onde estava. Ela preferia os becos, o pequeno parque abaixo do cassino onde uma pessoa pode ficar sentada à toa.

Ela era diferente das Roma. Ela não estava querendo tirar nada de ninguém. Embora isso não signifique que não quisesse, se soubesse como fazê-lo. Bastava olhar para ver que ela não tinha onde morar, e que estava com fome também, imagino. Mas como não carregava uma placa dizendo "Eu estou com fome", achei que seria grosseiro e presunçoso de minha parte oferecer-lhe alguma coisa. Isso é outra coisa engraçada. Exatamente aquilo que as Roma fizeram desaparecer em mim – boa vontade, caridade, ação cristã, chame do que quiser – voltou com ela.

Isto foi perto da mudança de clima. Um vendedor de sorvete apareceu, de repente você ouvia os filhos das Roma rindo – o inverno inteiro, eles passaram enfiados debaixo dos braços das mães como miniaturas de sacos de dormir. Havia mais gente na platz. Mais Roma também. Caras novas. Mais jovens e mais grudentas. Houve outros eventos inexplicáveis. Cheguei à porta da Galleria uma manhã e achei um bote comprido sobre um monte de areia. Não havia explicação para aquilo. Sua amurada estava presa numa corda grossa. As tábuas de madeira cobertas de piche. Mais decorativamente, um salva-vidas e uma corrente de âncora estavam atirados na areia. A mulher africana estava parada ao lado da corda. Ela estava olhando para o barco. Quando me viu, deu a impressão de alguém que tinha sido apanhado andando em local proibido. Afastou-se rapidamente dali. Eu gritei para que esperasse. Mas ela não olhou para trás.

Os dias de cão se acumulavam. Às oito da manhã, as ruas cheiravam a restos de comida. No último quarteirão, eu estava acostumado a ver um morador de rua contratado para pôr para fora as mesas e cadeiras dos cafés, um homem de cerca de sessenta anos. Sua camisa imunda ficava pendurada nas costas de uma cadeira para secar enquanto ele trabalhava. A parte superior do seu corpo era coberta de pelos grossos e escuros como um animal. Eu aprendera a admirar seu orgulho profissional, o modo como ele contava com o dedo o número de cadeiras em casa mesa, aquele método infantil de contar, e o rosto barbado. A mesma dignidade não se estendia aos bêbados pelo quais eu passava todas as manhãs, deitados num estupor alcoólico sobre a grama queimada e coberta de terra na ponte Warschauer. As calças deles só cobriam metade de suas nádegas queimadas de sol. Seus rostos vermelhos pareciam exortar ao mesmo tempo os terrores do alcoolismo e as bênçãos do sono enquanto o sol avançava no céu sobre a cidade. Eu tinha parado de andar de bicicleta – uma antiga lesão no joelho provocada pelo hóquei tinha voltado a me incomodar –, então usava o trem. O calor nos vagões era cruel. As pessoas brigavam com janelas emperradas ou que tinham sido estupidamente trancadas. Elas olhavam por cima umas das outras, pela janela, viam a paisagem passar – o crescimento hormonal das plantas, plantas enormes e inúteis se espalhando por terrenos cheios de lixo até a beira do conjunto habitacional de Platen, cujas janelas tinham ficado opacas com sua marca especial de feiura. Em Alexanderplatz, eu saía do ar pesado do vagão e entrava no calor de forno de assar pizza.

Quando foi que houve aquele ataque às Roma em Nápoles? Eu diria que foi em junho. Nesse mesmo período, em Berlim, as Roma desapareceram. A Platz pareceu mais vazia. Com todo aquele espaço, a mulher africana chamou mais atenção. Toda vez que nossos olhos se encontravam, ela se afastava. Uma noite, querendo saber mais sobre os ataques em Nápoles, eu entrei na internet e encontrei um artigo sobre um governante romeno que, por esporte, costumava fazer as Roma subirem em árvores para ele poder atirar nos "corvos". Tive uma terrível sensação de vergonha. Reli minhas anotações. Em quase todas as páginas, encontrei uma referência ao comportamento voraz de corvos, seu cabelo preto e grosso, seus olhos pretos e ligeiros. Eu me senti muito incomodado com estas anotações. Será que eu devia riscar a palavra "corvo" sempre que ela aparecesse, rompendo assim o elo entre a minha linguagem impressionista e o comportamento do governante romeno? Por outro lado, o cineasta, aquele gênio anônimo, se apegaria satisfeito à ideia de "corvo"? Ele podia até ficar agradecido – que vergonha de minha parte pensar assim, mas para ser honesto é melhor confessar que eu achei que a ideia de "corvo'" poderia me proporcionar alguma vantagem. Eu não sabia o que fazer. Ou sabia, mas não era capaz.

Quando torno a aparecer na platz, estou sem os meus cadernos. Desta vez, estou determinado a falar com as Roma. Se elas quiserem dinheiro para falar comigo, isso não é problema. Mas não há nenhuma Roma lá – só a mulher africana, e desta vez eu me aproximo dela sem pensar duas vezes.

Ela ergueu os olhos como sempre fazia, com aquele ar um tanto amedrontado. Sentei-me ao lado dela no banco. Disse-lhe o meu nome. Como não respondeu nada, perguntei com calma e delicadeza se falava inglês. Ela balançou a cabeça afirmativamente. Perguntei se estava com fome. Ela tornou a balançar a cabeça. Perguntei se tinha um lugar para ficar. Desta vez ela desviou os olhos. De

perto, eu fiquei surpreso em ver que ela era apenas alguns anos mais moça do que eu. Até então ela era negra, africana, outra. Mas agora eu via uma jovem mulher que parecia ter a mesma idade que minha irmã Alison. Eu poderia estar olhando para Ali, exceto pelas diferenças óbvias. Agora eu sabia o que precisava fazer.
Eu a levei para um dos cafés. Ela só quis suco de laranja. Você tem que respeitar isso, quer dizer, naquelas circunstâncias imagino que estivesse faminta, mas tudo o que ela quis foi uma garrafa plástica de suco. Isto me deu confiança para convidá-la para ficar comigo até se ajeitar melhor. Nós tomamos o S-Bahn que cruzava a cidade. Em Warschauer, passamos pelos bêbados, nessa altura já acordados e esbravejando com os demônios. Ela andava ao meu lado, agarrada ao seu saco plástico. Nós devemos ter andado meia hora antes que ela dissesse alguma coisa. Tinha uma voz doce, e falava um inglês surpreendentemente bom. Ela disse: "Meu nome é Inês." E em seguida o poço de palavras secou.

A presença dela era uma presença diferente. Ela não era uma pessoa que exigisse atenção constante. Ela não falava. Era introvertida. Toda a sua atenção estava voltada a não ocupar espaço. Eu não sei se isso faz sentido. Vamos ver se consigo explicar. No apartamento, tive que dizer para ela se sentar. Quando se sentou, não foi como alguém ocupando adequadamente uma cadeira. Eu nunca tinha pensado no que significava "ocupar adequadamente uma cadeira" até então. Ela se sentou como se a cadeira fosse quebrar sob ela. E então, por cortesia, como me pareceu, ela imitou a ideia de alguém se sentando, mas eram seus joelhos, coxas e músculos da barriga que a estavam realmente sustentando. Ela ficou me olhando. Inteiramente imóvel, exceto pelos olhos. Em pouco tempo eu passei a me conscientizar de todos os meus movimentos dentro do apartamento. Tive a impressão de que ela estava prestando atenção em cada gaveta que eu abria, em cada porta que eu fechava, cada vez que a torneira era aberta. Enquanto ficava ali sentada – esperando, não exatamente sentada, mas pairando sobre a cadeira – com aquele saco plástico pousado nos joelhos, tentei fingir que ela não estava lá, mas não consegui. Todo o ar do apartamento foi sugado para dentro daquela sala onde ela estava sentada, como tinha sido convidada a fazer, esperando talvez um convite para se levantar, para ir até a janela, para contemplar o dia lá fora, para usar o banheiro. Eu me lembrei de quando tomava conta da filhinha de Ali. Sempre que eu a deixava sozinha num cômodo, não podia parar de pensar se ela estava bem. Foi a mesma coisa com Inês. Eu tinha que correr de volta para a sala para ver se ela não tinha parado de respirar.

O sofá é de armar. Ela dormiu nele pelas seis noites seguintes. Eu passei todas essas noites em claro, deitado na cama sem conseguir dormir. Era o peso do silêncio que vinha da sala. Às vezes eu ouvia uma tábua do assoalho ranger. Então eu me sentava na cama, enrolado na colcha, e prestava atenção. Mas não ouvia nada. Só o longo silêncio e as batidas do meu coração.

De manhã, eu a encontrava já vestida na sala, segurando o saco plástico. Os lençóis e as cobertas tinham sido dobrados. A cama tinha voltado a ser um sofá. No banheiro, a toalha estava molhada. Eu não a tinha ouvido levantar-se nem abrir o chuveiro. Então eu devia ter dormido. Ela ficava imóvel, olhando para mim. Ela é a gazela, eu sou o leão. Seus olhos se movem quando eu me movo. Sinto os olhos dela me seguindo para fora da sala. Eu posso ouvi-la escutando o que estou fazendo. Eu passo a andar pelo apartamento na ponta dos pés.

Tentei fazê-la falar – mas foi inútil. Ela simplesmente repetia o que era óbvio. Ela não tinha onde ficar. Ela não conhecia ninguém. Então por que tinha vindo para Berlim? Ninguém vem para Berlim por acaso. Ela desviava os olhos. Segurava com mais força seu saco plástico. Parecia pensar que, se simplesmente esperasse a pergunta, desapareceria como todas as outras vezes. Desta vez eu disse a ela: "Inês, do que é que você tem medo?" Ela sacudiu a cabeça, depois se virou para olhar por cima do ombro para o som do trânsito que entrava pela janela. Pensei que ela fosse chorar – mas nenhuma brecha se abriu em suas defesas. Nenhum desabafo súbito. Continuamos dois estranhos, um de nós olhando por cima do ombro dela para fugir do outro.

Eu não sabia o que fazer com ela. Liguei para Londres. John Buxton não pôde acreditar no que eu tinha feito. "Você está louco?" Ele perguntou. Ela pode ter Aids. Pode ter cicatrizes de alguma droga de guerra da qual nunca ouvimos falar. Tire-a daí enquanto você ainda pode respirar. Eu liguei para Júlia. Como sempre, minha tia estava cheia de sugestões práticas. Então na manhã seguinte, quando levei Inês para fora do meu apartamento pela última vez, eu me sentia vergonhosamente alegre. De Alexanderplatz nós seguimos a linha do S-Bahn que passa por Hackescher e Friedrichstrasse, e vai até o Tiergarten e o Centro Africano de Refugiados. A cada passo o meu coração ficava mais leve. Em breve eu estaria livre dela. Estaria livre da minha responsabilidade.

Alguns meses mais tarde, em Brighton, eu vi uma mulher negra sentada sozinha num banco e pensei nela. Outra vez foi a locutora de televisão, como é mesmo o nome dela, o jeito que ela mexia com a boca, alguma coisa no modo como mexia com a boca, sim, estranho porque Inês raramente falava.

Quando as pessoas me perguntam sobre as Roma, eu nunca incluo minha história a respeito de Inês. Embora Júlia tenha perguntado. Estava interessada em saber o que tinha acontecido com ela. Eu não soube dizer. Eu só pude levar minha tia até a porta do Centro de Refugiados. Depois disso – eu não sei.

No verão seguinte eu vim para Berlim com o cinegrafista Harry Porter Lee. Eu estava ali para mostrar a ele as armadilhas, para guiá-lo pela Alexanderplatz, para apontar os rostos familiares. As Roma estavam de volta. E sem nenhum incentivo meu, notei que Harry estava olhando para o Berliner Dom. O anel verde de óxido e as penas pretas entraram brevemente em contato e depois se separaram. Ele ficava me perguntando por que eu estava sorrindo.

Estava quente naquele dia, então nós atravessamos a estação e fomos para a sombra das árvores do outro lado. Harry estava se queixando de dor nos pés. Acabamos na fonte de Netuno, onde Harry tirou os sapatos e as meias e mergulhou os pés na água suja. Ficamos algum tempo ali sentados. A estrela-do-mar que estava boiando era na verdade um adesivo encharcado. No fundo havia a marca da pegada de um punk que andava em volta da fonte com uma garrafa de cerveja na mão erguida numa saudação. A solenidade de Netuno empunhando o tridente não foi nem um pouco abalada.

Depois que os pés de Harry se recuperaram, nós fomos até o cassino na esperança de achar um lugar para sentar. Havia uma quantidade de Roma espalhadas pelo gramado. Uma delas estava dando de mamar. Mais três, uma bem jovem com um bebê, chegaram. Uma delas pescou uma roupa de bebê cor-de-rosa de dentro de um arbusto e, com a ajuda das outras duas, enfiou a roupa pela cabeça do bebê. Atrás da mulher que estava amamentando, um homem asiático mais velho, usando jeans e jaqueta, um funcionário do partido comunista nos dias gloriosos da RDA (eu imagino), pôs para fora um pintinho cor-de-rosa e mijou em jatos irregulares sobre o gramado.

Harry estava apontando para um lugar para nos sentarmos, e foi então que eu vi Inês; ela estava sentada com dois homens, um mais velho, cego, isso ficou claro imediatamente. Mas era mesmo ela? Ela não tinha um saco plástico, e sem o saco plástico não parecia possível ser ela. Parecia mais quieta, mas do jeito certo, composta é o que eu quero dizer, com uma expressão menos assustada. Em vez de um saco plástico, tinha no colo um saco grande de papel com cerejas dentro. Ela passou o saco para o cego. O outro homem se serviu. Então o cego devolveu o saco para o colo dela.

Eu podia sentir a agitação de Harry. Ele estava desesperado por um lugar para sentar. Eu lhe disse que entrasse na estação onde estava mais fresco, e ele poderia comprar uma bebida. Eu o encontraria lá. Então uma mulher de saia de xadrez se aproximou do trio, com um bebê junto ao peito. O cabelo dela era castanho-avermelhado, a pele clara. Poderia ser filha de uma filha de uma geração anterior vinda de Manchester, digamos, que tivesse atravessado a Europa, descalça, nos dias inebriantes da emancipação de faz de conta, e se viu atraída para as fogueiras de um acampamento cigano nos arredores de uma cidade no Leste. Era quase atraente, mas tinha perdido alguns dentes da frente. Os dentes que restaram tiveram que assumir uma responsabilidade maior, e então sugeriam os vestígios de um antigo orgulho. Um ídolo em miniatura nas florestas de Java. A Roma estendeu a mão, inclinou a cabeça para um lado e abriu um sorriso transparente. Dúzias de pombos se juntaram em volta dos pés deles. O cego deu um chute neles, sem perceber que o companheiro tinha partido um pãozinho para alimentá-los. O cego continuou a chutar. Eu não acho que ele tenha percebido a jovem Roma ali perto. Inês tornou a passar as cerejas para o cego. Enquanto enfiava a mão no saco, ele inclinou o ouvido para ouvi-la. Ele balançou a cabeça e estendeu uma cereja. A jovem mãe Roma apanhou-a, inclinou a cabeça e agradeceu. Ela se afastou e ficou comendo a cereja, com os olhos voltados para o Berliner Dom.

    O cego enfiou a mão no saco e estendeu outra cereja, e a jovem mão voou na mão dele. Então duas meninazinhas vieram correndo. O cego deu uma cereja para cada uma. A jovem mãe virou-se para pegar outra. Então, uma das mulheres sentadas na grama se levantou e se aproximou; seu rosto sorridente gritou alguma coisa para a outra mulher. A mãe com a cereja na boca balançou a cabeça afirmativamente. O rapaz sentado do outro lado do cego amigo de Inês se levantou. Ele era branco, e tinha costeletas compridas, fora de moda. Era um pouco gordo para estar usando uma camiseta. Não estava satisfeito com tantas bocas para alimentar. Ele queria enxotá-las. Mas não podia fazer isso enquanto o cego continuasse a alimentá-las, então ele tornou a sentar.

    Agora era Inês quem estava distribuindo cerejas. Seis aparições esfarrapadas estavam ali cuspindo caroços. Os pombos tinham se retirado para o gramado com um ar triste de penúria. Encantados com a própria generosidade, o cego e Inês continuavam distribuindo cerejas. As Roma não mostravam nenhum sinal de que iriam embora. Mais uma vez, o homem de costeletas longas se levantou, como que para se afastar, embora não pudesse ir embora sem os outros dois. Nessa altura, as Roma estavam aceitando as cerejas com menos cerimônia. Os sons explosivos eram os caroços cuspidos batendo na calçada. Pop. Pop. Pop. Chegaram mais algumas Roma. Inês tirou o saco de cerejas do colo do cego e o entregou para uma mulher mais robusta que usava uma blusa de lã. Ela pegou o saco da mão de Inês e, como um cachorro com um osso, foi até o gramado com as outras mulheres e as garotinhas dançando ao lado dela, com as mãos estendidas, o que elas devem ter pensado que tinha funcionado como um encantamento momentos antes.

Eu queria ficar. Teria ido atrás deles, também. Ainda estava pensando nesta oportunidade quando achei Harry na estação. Ele tinha se perdido, é claro. Estava conversando com um bêbado. Eu o agarrei pelo pulso e o arrastei para fora da estação. Mas eles tinham ido embora. E as Roma também. Harry ficou me perguntando o que eu estava procurando. Ali no chão, em volta do banco, havia manchas vermelhas e uma pilha de caroços de cereja.

Doze

Hannah

Eu não estou particularmente contente em ter esta conversa. Mas, para que você fique sabendo, posso dizer uma coisa? Eu nunca falei com ela. Bem, posso ter falado uma vez quando liguei para o apartamento. Normalmente quem atendia era Ralf. De vez em quando era uma voz de mulher. Quando você já foi essa mulher, é estranho ouvir outra atender o telefone, embora Ralf e eu estejamos separados há nove anos, então há uma breve hesitação de minha parte. Imaginei que fosse a mulher africana. Berlim é uma cidade grande. Mas descobri que uma pessoa só ocupa um pequeno número de ruas, um ou dois trens, um punhado de restaurantes, uma livraria favorita, um cinema e um canto do Tiergarten ou do Volkspark. Surge um padrão. O padrão de nossas vidas, sim, se você seguir alguém por um período, vai conhecer esse padrão.

É claro que não estou me referindo a nada que eu fiz ou que tivesse aprovado. Depois de um casamento de quarenta anos, posso dizer com alguma certeza que eu sei, mesmo agora, onde ele está, dependendo da hora. Eu nunca o segui. Fazer isso seria uma falta de dignidade. Essa não é uma opinião compartilhada por Ralf. Dignidade desse tipo exige um processo mental que infelizmente está fora da capacidade emocional dele. Você vai notar que eu não digo "capacidade intelectual". Não. Ralf é um homem muito inteligente. Mas até a inteligência pode se deteriorar se não for cuidadosamente monitorada. O meu próprio padrão é conhecido por Ralf, e ele nunca hesitou em tramar um encontro. Eu me acostumei a isso como uma pessoa se acostuma com o horário de um ônibus. Então dávamos de cara um com o outro em Wertheim, no cimetière da Dorotheenstrasse onde eu trabalho. Eu vou fazer setenta e um anos no meu próximo aniversário, e tenho orgulho em dizer que ainda sou útil nesse mundo. Vou continuar a trabalhar até cair morta, o que espero que ainda demore, mas não demore tanto que se torne obsceno.

Eu nunca me incomodei em vê-lo em Wertheim ou no Café Einstein ou no Unter den Linden, onde costumávamos tomar café da manhã. Não se pode mais fumar lá. Então eu não vou mais com a mesma frequência de antes. Dorotheenstadt era mais problemático. Acompanhando um grupo para um tour ou uma palestra, eu não tinha tempo de falar com ele. Trabalhando num cemitério, como trabalho, andando por entre os túmulos de gênios e pessoas notáveis, estou mais consciente do que a maioria das pessoas de que não devo prolongar minha estadia.

Toda a história pós-guerra do panteão cultural da RDA está enterrada naquele pequeno cemitério. Pense nisso. Inimigos da vida inteira estão deitados lado a lado no chão. Velhos amantes, amantes rejeitados. O status das pessoas está sempre mudando. Lá estão todos eles, discutindo e brigando até a morte. Então, eu o via através do nevoeiro da história, sentado lá longe, no banco debaixo do cipreste, geralmente com a mulher africana, e mais tarde com o homem também, eu esqueci o nome dele, acho que Ralf o chamava de "Defoe", mas Ralf gosta de dar às pessoas nomes que ele acha que são mais adequados do que os verdadeiros. Eles se sentavam no limiar da minha visão, como fantasmas de cemitério, espectros. Nestas circunstâncias, ele não esperava que eu me afastasse do meu grupo para falar com ele. Entretanto, depois que eu o via, ficava consciente da sua presença. Ele devia saber disso. Sim. Acho que sim. Pense no que uma janela oferece e quantas vezes nós nos distraímos com um sujinho de mosca. Era assim.

Depois que eu me recuperei da surpresa de vê-lo aparecer desse jeito, comecei a procurar por ele. Foi quando surgiu meu interesse em ser sua ajudante. Até onde eu pudesse ver, ela nunca falava nada. Ficava sentada como uma pessoa costumava sentar num cinema esperando o filme começar, isto é, com um ar meio obrigatório de tédio. Ao contrário do meu ex-marido, que parecia estar sentado num estado de grande concentração, como se pudesse ouvir o que eu estava dizendo. Sempre no fundo da minha mente, eu temia uma interrupção inoportuna de Ralf, uma mão levantada, uma pergunta impertinente vindo do fundo do cemitério. É verdade. O cemitério é um dos seus lugares favoritos. Eu não posso me opor que ele o visite. O que eu não concordava é que ele o visitasse naquele horário, e eu disse isso quando liguei para o apartamento dele, e isso foi numa das vezes em que a mulher negra deve ter atendido o telefone.

Por favor, não interprete mal. Mas é engraçado pensar em Ralf com uma mulher negra. Eu não estou dizendo que estava com ela naquele sentido. Meu Deus, não. Ela era jovem. Vinte e poucos anos, suponho. Ralf fez setenta e três em maio. Eu mandei um cartão para ele. Não. Impossível. Eles têm quarenta ou cinquenta anos de diferença. Além disso, meu ex-marido é discreto quando se trata de exercitar sua libido. Há lugares em Berlim. Portas que têm a discrição de uma pedra.

A tarefa para a qual ele precisava da mulher negra é a mesma que nos separou.

Foi depois que o pai dele morreu; nós estávamos arrumando as coisas dele. Ralf, nessa época, ainda não era inteiramente cego. Ele ainda conseguia ver um avião no céu, mas não um pássaro numa árvore. Uma palavra num outdoor, mas não uma palavra num livro. Ele via o carro se aproximando, mas não o ciclista. Seu mundo visual era seletivo, aleatório, mas a cada dia os pontos cegos aumentavam. Vagarosamente, ele se tornou um perigo para si mesmo. Finalmente não pôde mais ser deixado sozinho. Mas antes disso, quando ainda tinha alguma capacidade de visão e autonomia, nós estávamos arrumando as coisas de Otto.

O pai de Ralf era um homem muito agradável. Ralf costumava brincar dizendo que eu tinha me casado com ele, mas que era pelo pai dele que eu estava apaixonada. Talvez haja alguma verdade nisso. Ele era amável e atencioso. Desde a primeira vez que Ralf me levou à casa dele, o pai se encantou comigo. Eu era atraente naquela época. De uma forma convencional, é claro. Loura. Olhos claros. Isso tinha as suas vantagens. Sabe de uma coisa? Ralf e eu nos conhecemos num set de filmagem. Isto é absolutamente verídico. Um filme promocional sobre Berlim. Eu sou a mocinha bonita do interior que chega na cidade. Ralf é o rapaz sofisticado da metrópole. Nós nos conhecemos num bonde, e ele combina de me mostrar a cidade. Amor em Berlim. Era o nome do filme. Era uma estratégia, entende – dois jovens descobrem juntos a cidade recém-construída de Berlim. Lá está ela, erguendo-se dos escombros e das cinzas. Bem, foi assim que nós nos conhecemos. Eu era mesmo do interior. Era o feriado de Primeiro de Maio. Eu não tinha para onde ir, então Ralf me levou para a casa dele. Otto me cercou de atenções. Ele conversou comigo, me fez perguntas e ouviu atentamente as respostas, não como o filho que ouvia com um brilho impaciente nos olhos como se um taxímetro estivesse rodando. Ele prestava atenção no que eu dizia. E suas perguntas derivavam das minhas respostas; o que é sempre um sinal. Ralf ficou em silêncio. Como um estudante infeliz, contemplando melancolicamente o prato. Depois do almoço, Otto me levou à sua estufa. Ele amava suas plantas, e amava dividir essa paixão. Colecionava talhas de madeira, arte popular, não muito boa, naif, e não o que eu chamaria de arte, mas isso não vem ao caso; ele adorava suas talhas do lenhador, do pescador, do bebedor de cerveja. Eu nem mencionei Edith, a esposa de Otto, Edith Grossman. Ela era mais reservada – mais parecida com o filho, talvez. Ela morreu de câncer antes dos cinquenta anos. Aí Otto conheceu uma viúva, uma horticultora como ele, e eles se mudaram para Hamburgo. Nós passamos a vê-lo menos. Depois, quase nunca, até ele ficar doente com leucemia. Nós resolvemos visitá-lo no Natal. Ele morreu no dia seguinte. Esperamos até o Ano-Novo para voltar e empacotar as coisas dele. Eu me esqueci de dizer que a horticultora também tinha seguido em frente. Acontece que ela é uma ótima artista, muito procurada. Uma editora lhe ofereceu um contrato para pintar todos os suportes de planta em um dos museus. Eu esqueci qual deles. Lá ela se apaixonou por um dos curadores.

Eu o vi uma vez e não simpatizei com ele. Embora ele e Ralf tenham se dado muito bem.

Então, de volta a Hamburgo. Só Ralf e eu estávamos lá para tirar as coisas de Otto. Roupas velhas que ele não conseguia jogar fora. Sapatos que tinha parado de usar anos antes. Sapatos bons, com as pontas cobertas de pó. Gravatas. Uma gaveta cheia. Isso foi uma surpresa. Nem Ralf nem eu nos lembrávamos de quando o havíamos visto usar uma gravata pela última vez. Otto se vestia descontraidamente. A única vez que eu o vi usando sapatos formais foi deitado no caixão. Camisas. Algumas ainda dentro de suas embalagens originais. Duas camisas muito bonitas que eu lhe comprara de presente no seu aniversário de sessenta e seis anos, que ele usara para receber nossa visita e depois tornara a guardar cuidadosamente na embalagem, quando fomos embora. Então nós embalamos tudo isso, junto com panelas, travessas e bibelôs, velhas vasilhas e cenas rústicas, os peixes pulando obedientemente para morder a isca. Eu me lembro dessas vasilhas com afeição. Nós já estávamos terminando quando descobri outro guarda-roupa que Ralf, é claro, não tinha visto, onde encontramos seu uniforme de soldado pendurado no cabide. Em outra caixa, uma velha máquina fotográfica. Numa pasta amarela, eu achei a foto.

Quando eu era criança, vi um cachorro que tinha sido atropelado por um carro. Ouvi seus latidos e seus ganidos de dentro de casa. Ele estava estendido na rua, com o corpo todo tremendo, os olhos vivos e conscientes, e foi isso o que me tocou mais, que de fato eu nunca esqueci, a sua autoconsciência. Ele estava com a barriga aberta, e, enquanto eu ficava ali parada, olhando horrorizada – mas também com uma fascinação mórbida – vi seus órgãos vitais escorrerem para fora. Foi um momento complicado. O sangue e os tecidos me horrorizavam e, no entanto, eu não conseguia ir embora dali. Eu tinha que ver. Minha necessidade de olhar era, obviamente, maior do que a minha repulsa. Então o dono dele veio correndo de dentro de uma casa. O motorista do veículo tinha parado. Ele caminhou rapidamente até o cachorro. Dois estranhos, sim, e o cachorro, e eu. Os dois estranhos olharam para mim como se eu tivesse visto tudo, como se só eu pudesse dizer de quem tinha sido a culpa, mas eu só tinha visto o resultado.

Naquele momento, diante do guarda-roupa aberto de Otto, Ralf e eu, que tínhamos sido razoavelmente felizes no casamento durante tantos anos, estávamos prestes a nos tornar dois estranhos. A fotografia era de uma ravina na Ucrânia. A ravina estava cheia de corpos, todos eles nus, todos eles de mulheres, algumas mortas, algumas vivas, mas prestes a morrer. A fotografia tinha sido tirada numa fraca luminosidade de inverno. Um momento sem importância: é isto que o dia quer que o espectador pense. Era como tantas outras fotografias que nós vimos depois da guerra. Então eu não fiquei chocada, não tão chocada quanto da primeira vez que vi coisas assim, e possivelmente não tão chocada quanto ficara ao ver aquele cachorro com o pelo escuro rasgado, cheio de sangue. O choque foi por ter achado aquela fotografia no armário de Otto.

Nós tínhamos tido aquela conversa que os jovens casais costumavam ter naquela época. Estávamos interessados – alguns de nós, pelo menos – em saber como nossas respectivas famílias tinham sido afetadas pela guerra. Que papel elas tinham desempenhado, e assim por diante. Ralf tinha dez anos quando a guerra terminou. Suas lembranças se resumem a verões em Rügen. A praia sob os rochedos brancos. As longas ausências do pai. Ele sabia que o pai tinha sido recrutado e trabalhava com comunicações. O meu estava na Luftwaffe. Não havia nada no passado de Otto, até onde sabíamos, ou segundo o que Ralf tinha contado, e sem dúvida ele tinha sabido pelos pais dele, que pudesse apontar para aquela fotografia escondida no armário.

Primeiro, ficamos olhando espantados para ela. Nós a contemplamos por muito tempo, ambos querendo segurá-la, um espiando sobre o ombro do outro. Depois, imaginamos como teria ido parar no meio das coisas de Otto. Ralf estava determinado a achar que se tratava de um engano. Que tinha ido parar no meio das coisas do pai como uma mariposa vai parar entre as páginas de um livro que nunca foi aberto. Ele persistiu nesta linha de pensamento ou de fé, pois era realmente isso, fé ou esperança, imagino, e entendo por que escolheu pensar assim. Todo mundo entende. Em outra pasta, nós encontramos a explicação.

Otto fora um fotógrafo enviado para as unidades de extermínio utilizadas para acabar com os judeus no Extremo Leste. Aí está, eu disse, e enfiei o dedo na prova irrefutável. Estava escrito em seus papéis. Mas por que o velho tinha guardado aquilo no meio de suas coisas? Será que tinha esquecido? Pouco provável. Bastava ele abrir aquele armário para ver o seu uniforme de soldado e as pastas. Nós imaginamos se Edith teria sabido a respeito daquilo. Possivelmente... Mas era improvável que ela fosse fazer alguma coisa a respeito. Que dizer – destruir os papéis. A horticultora? Ralf poderia ligar para ela para descobrir. Essa foi minha sugestão. Mas assim que ele disse "Sim, eu podia...", eu soube que ele não ia ligar.

Pobre Ralf. Senti pena do meu marido e lamentei por ele. Deve ter acreditado, como eu, que o passado do seu país não tinha sido capaz de atingi-lo e de manchá-lo. Então. Um após outro, os mistérios foram solucionados. Todos menos um, eu diria. Por que Otto teria conservado esta prova desagradável e comprometedora? Foi para que o filho um dia viesse a saber? Então por que não lhe contar pessoalmente enquanto podia fazer isso? Dependendo do modo como você encare o fato, a questão da fotografia se reflete bem ou mal em Otto. Ele poderia ter escolhido queimá-la, e, nesse caso, o seu envolvimento teria permanecido ignorado. Mas ele a guardou, sabendo com certeza que seria encontrada depois de sua morte, exatamente como aconteceu. Ele queria que soubessem disso, mas não queria ser obrigado a enfrentar a indignação e o ódio do filho. Esta é a minha conclusão.

Mas nós tínhamos que decidir o que fazer com ela. Eu deveria dizer – Ralf tinha que decidir. Ela pertencera ao pai dele. Agora era responsabilidade dele. Nós voltamos para Berlim com a foto na banco de trás do carro. O que deveria ser feito com ela? Nós debatemos e brigamos. A fotografia ainda estava na pasta sobre o assento do carro. Nós falávamos dela como se fosse uma coisa viva.

Ela era mais do que uma fotografia, era um registro de um evento criminoso. Além do mais, ela continha outra capacidade – de mudar minha opinião a respeito de Otto, e mesmo a respeito de nossas próprias vidas e de nosso relacionamento com o falecido, que, espero ter deixado claro, era um homem bom e amável. Não existia resposta fácil. Não existia uma maneira cômoda de saltar para fora da história.

A fotografia não podia ficar dentro do carro. Então passamos a discutir onde colocá-la no apartamento. Não se tratava de algo que você quisesse deixar à vista. Nós concordamos sobre isso; fazia todo o sentido. Pronto. Estávamos de acordo. Então, se não íamos deixá-la em qualquer lugar onde poderia ser descoberta por nossos amigos, onde íamos guardá-la? Isso suscitou outra difícil questão. Nós não estaríamos fazendo o que Otto tinha feito? Ao guardá-la fora do alcance da vista, estaríamos, com efeito, escondendo-a. A cena daquela ravina não é algo que eu desejaria ver todo dia do mesmo jeito que convivemos com um vaso de flores ou um tanque de peixes. Era muito difícil saber o que fazer com ela.

Sugeri o armário da cozinha – e me arrependi imediatamente. Eu não queria cadáveres perto da comida. Meu Deus – isso soa duro, não é? Não foi exatamente o que eu quis dizer. Ralf disse que um armário não era melhor do que um guarda-roupa. Então nós fomos de cômodo em cômodo no apartamento, procurando um lugar apropriado. Por fim, achamos um. É assim que eu me lembro disso: primeiro, a voz triunfante de Ralf. Eu o encontrei parado na porta do seu escritório. Ele não precisou me dizer nada. Eu vi imediatamente que a escrivaninha dele era o lugar certo. E o espaço escolhido foi ainda melhor. Ralf pôs a pasta com a fotografia dentro no topo de correspondência e contas. Foi um golpe de mestre. Não ia ficar escondido. Nem ia ser visto e tratado imediatamente. Ao contrário, ia ficar sobre uma pilha de coisas que deveriam ser despachadas num futuro próximo. Perfeito.

Depois disso, nós conseguimos esquecer por algum tempo do assunto, a fotografia e Otto e a sensação iminente de mortalidade que a morte de um pai provoca, especialmente agora que a cegueira de Ralf tinha se acelerado. Tem uma janela à direita da escrivaninha dele. Ela dá para um castanheiro alto que cresce ao lado de um edifício. Uma manhã ele me chamou do escritório. Eu o encontrei muito agitado. Ele queria saber o que tinha acontecido com a árvore. Com ordem de quem ela havia sido cortada? Por que não tínhamos sido informados com antecedência para podermos fazer alguma coisa a respeito? "Meu caro Ralf", eu disse. "Você está olhando para a parede." É impossível saber como alguém vai reagir a uma notícia dessas. Com raiva? Com perplexidade? Entrando em depressão? Qualquer uma dessas reações poderia ser perdoada. Ralf escolheu rir.

Houve outros incidentes que nós classificamos como "engraçados". Chá derramado no chão. Açúcar derramado sobre a salada. Eu o encontrei nu, brigando com as portas do armário de rouparia. Estava tentando entrar no chuveiro. Havia poucos anos que ele estava aposentado da universidade. Era preciso lidar com cuidado com seu estado de espírito. Então, quando conversávamos sobre o futuro, considerávamos a vida como a tínhamos vivido e não levávamos em consideração a sua doença. Para manter as aparências, por minha causa, sim, acredito, ele arrumava coisas, roupas, livros, objetos e media a proximidade entre eles para se mover em sua direção com a mesma confiança de uma pessoa que enxergava. Eu jamais descreveria Ralf como sendo vaidoso, mas na época tive a impressão de que ele tinha sido tomado por um estranho tipo de vaidade.

Uma manhã – espere, posso ser mais precisa, foi no dia 23 de abril, na véspera eu tinha andado pela cidade encantada com as novas cores e perfumes no ar –, bem, na manhã do dia 23 de abril eu acordei e o vi sentado na beira da cama. Ele ouviu quando eu me mexi. Disse que não conseguia dormir. Que devia estar no meio da noite. Ele queria desesperadamente voltar a dormir. Sentia muito por ter me acordado. Eu lhe disse que já era de manhã. Ele levantou a cabeça na direção da janela. Pelo menos isso conseguiu fazer sozinho. Eu não esqueci seu olhar de tristeza. Então o orgulho venceu. Ele sorriu – disse que estava brincando. E eu entrei no jogo dele.

Fingi que ainda era de noite. Como é mesmo o ditado? Um cego conduzindo outro cego. Bem, depois disso sua decadência se tornou uma questão particular. Ele tinha o cuidado de evitar declarações sobre o estado de um mundo que não via. Seu orgulho exigiu mais cautela da parte dele. E então, tornou-se realmente o caso de um cego conduzindo outro cego. O cego dava ordens. Eu tinha que trazer para ele isso e aquilo. Leia isto, entregue aquilo. Eu me tornei seu faz-tudo. Minhas pernas e braços e minhas habilidades foram direcionados para os seus objetivos. Sua cegueira me transformou numa escrava. Eu deveria ter tido mais compaixão. Bem, gosto de pensar que tive por um tempo. Mas não durou. A carência de Ralf não invocava compaixão. Ele não me permitiu esta reação. Ao contrário, eu fiquei com raiva. Ele dizia ainda ter uma vaga noção do objeto ou da presença de outra pessoa. Acho que devia ser verdade. Eu o via contemplando as próprias mãos, olhando seu rosto no espelho. Quando perguntava o que estava fazendo, ele dizia que estava gravando sua aparência na memória. Isto se tornou uma tarefa urgente. Antes que a cegueira apagasse o mundo, ele estava determinado a planejar uma relação de coisas que desejava estudar, para suprir seu mundo sem visão. Era como um viajante fazendo as malas para uma longa viagem. Ele tinha que decidir quais lembranças e conhecimentos queria levar para este novo mundo para onde estava indo.

Houve alguns momentos doces. Por exemplo, meu marido olhava para mim como costumava me olhar quando nos conhecemos. Ele me olhava intensamente. Ficou surpreso ao descobrir que meus olhos eram verdes e não azuis como tinha declarado antes. Eu deveria tê-lo corrigido naquela época. Pensei que talvez fosse daltônico. Então, muito mais tarde, descobri que ele era seletivo ao olhar. Mesmo quando ele parecia estar olhando, às vezes não estava. Estava apenas apresentando seus olhos para o mundo. Para mim. Enquanto seus pensamentos estavam em outro lugar. Agora ele percorria o meu rosto com olhos de um joalheiro. Tinha que ficar muito perto para enxergar. Era uma experiência muito íntima. Era agradável, envaidecedor, suponho, saber que eu também estava sendo embalada junto com as talhas de madeira do pai dele, que ele examinava com atenção, e com os livros cujas lombadas ele percorria com o dedo.

Nós fomos a lugares que ele nunca tinha demonstrado interesse em ir antes. A loja de flores, por exemplo. Ele queria ver uma flor. Empurrou as pétalas para trás e olhou para dentro. Nós visitamos lugares – Schloss Charlottenburg – que estavam no filme *Amor em Berlim*. Ralf e eu fomos filmados andando de mãos dadas. Isto não sobreviveu à edição. Alexanderplatz. Tiergarten. Tomamos trens e bondes para visitar velhos bairros no Leste, Friedrichshain, Prenzlauer Berg. Visitamos galerias, museus. Eu tinha que descrever a cidade passando pela janela do bonde. No Bode, eu o conduzi pelas suas talhas favoritas. Algumas vezes parecia que ele estava se despedindo. Mas, como eu digo, era o contrário. Ele estava armazenando um bocado de coisas.

O que nos leva de volta à fotografia. Embora estivesse com ele, no apartamento, podia cair legitimamente na invisibilidade porque ele não podia mais enxergar os detalhes da foto. A cegueira oferecia uma saída. Esta ideia o alegrou momentaneamente. Mas então ele decidiu, corretamente eu acho, que isto era uma fuga. Então a fotografia foi acrescentada à lista de coisas de que ele precisava lembrar. É claro que ele não podia ver a foto. Ele precisou de mim. Eu tive que descrevê-la; ser uma guia de excursão. E isto não pode ser feito de uma vez só. Havia centenas de corpos naquela ravina. Tive que procurar detalhes em cada um porque o objetivo dele era tentar lembrá-los como indivíduos. Estava determinado a ver a fotografia de um modo diferente do modo que Otto, o fotógrafo, tinha tencionado. É claro que isto significou que fui obrigada a caminhar no meio dos mortos para lhe informar o que não era capaz de ver. Foi uma experiência terrível, terrível sob muitos aspectos, mergulhar de cabeça naquela ravina com sua pilha de cadáveres.

Então, sou obrigada a dizer, depois de passar semanas vagando naquela cena, foi horrível adquirir uma estrutura de pensamento voltada para estatísticas. Gostaria de não ter que dizer isso, mas é verdade. Eu não via mais os corpos como sendo os indivíduos que eles eram. Eu não imaginava mais suas vidas interrompidas prematuramente. Eu não pensava mais nos segundos que precederam sua queda na ravina. Eu até esqueci o papel desempenhado pelo amável e equilibrado Otto em tudo aquilo. Eu tinha chegado no mesmo lugar e no mesmo estado de espírito que acomoda o olhar imparcial. Assim que reconheci isso, eu recuei. Eu me recusei a olhar de novo para a fotografia. Eu me recusei a lidar com ela de novo. Eu disse a Ralf, disse a ele – chega. Eu posso ler para você, pegar coisas para você, preparar sua comida, mas isto eu não vou fazer. Ele ficou furioso. Ele me xingou de coisas que eu nunca tinha ouvido dele antes. Acima de tudo, ele disse, eu era cruel. Senão por que lhe negaria o que ele precisava ver. Precisava, ele disse. Mas que necessidade é essa, exatamente? O que ele estava procurando que eu ainda não lhe havia passado? Mais do que isso, como considerei na época, aonde esta necessidade iria levar? A pornografia? Eu teria que informar esses detalhes sórdidos também? Suas necessidades, como ele dizia, estavam batendo de frente com minha dignidade e meu respeito próprio. Não, eu disse a ele. Chega. Eu não posso fazer isso. Outra pessoa vai ter que fazer. Eu lhe disse exatamente isso. Num segundo, a fúria de Ralf passou. Eu quase pude ver a ideia florescendo em sua mente. Isso se tornou atraente para ele. Novos olhos iriam informar novos detalhes. Ele ia poder ver mais – melhor.

    Então nós pusemos um anúncio pedindo um ajudante. Ele queria estrangeiros. Jovens mulheres procurando um lugar para morar em troca de tarefas de cão de cego. Essa era a nossa piada. Possivelmente de mau gosto. Então essas guias de cego vinham ser testadas. O zoológico é perto, e era lá que ele as levava para testar sua capacidade de observação. Isto fazia sentido para Ralf. O zoológico era um lugar ideal para testar a capacidade delas em contar algo de novo sobre coisas com as quais ele estava familiarizado. Bem, elas vinham e iam. Algumas ficavam uma semana. Aí Ralf começava a reclamar de suas deficiências. Elas eram burras. Elas não sabiam falar inglês ou alemão. Uma moça tcheca abandonou-o em Tiergarten enquanto fazia as pazes com o namorado, um ciclista francês.

Uma moça polonesa deixou o amante entrar escondido no apartamento. Isto foi uma semana antes de ele ser descoberto e Ralf mandar os dois embora. Houve outras.

E depois a mulher negra. Ele não a mencionou até a tarde em que eu o vi com ela. Isto foi em Wertheim. Ralf gostava de doces. Wertheim foi um dos principais lugares que nós visitamos durante as semanas loucas que passamos percorrendo a cidade. Bem, ele estava sentado na mesa ao lado da fonte romana. A mulher negra estava sentada defronte a ele, calada, fazendo-lhe tanta companhia quanto um vaso, eu me lembro de ter pensado, e, pobre Ralf. Mas nessa altura nossas vidas tinham se separado. Eu estava saindo com outro homem. E essa era a última coisa que eu esperava que acontecesse, mas aconteceu. Ralf ficou sabendo. Interrogou-me pelo telefone até eu lhe dizer que não falaria mais no telefone com ele se continuasse assim. Ele calou a boca. Tão depressa, de fato, que eu me senti pior ainda. Que raio de sol eu fornecia nesse estágio dos acontecimentos eu não posso imaginar. Mas devia haver alguma coisa para ele ter calado a boca tão depressa.

Passaram-se alguns meses até eu tornar a vê-lo. Ele ainda estava com a mulher negra e com um homem mais moço, de uns quarenta e poucos anos, que, olhando melhor, parecia um turista. Cheguei mesmo a pensar: sim, é isso. O homem é um turista e Ralf e a mulher negra estão dando informações a ele. Mas então tornei a vê-los – e eles eram um trio. No Kudam, uma pequena gangue de três, completamente improvável, misteriosa até, navegando por ali em busca de um pedaço de terra favorável. Eu estou sendo grandiloquente. Ralf costumava reclamar comigo desses meus "floreios". Ele sempre queria apenas "os fatos". A descrição da coisa em si. Não opiniões. Assim, minha personalidade foi purgada, considerada supérflua. Levou muito tempo, um ano talvez, e então já tinha me mudado para o meu próprio apartamento, para a minha personalidade voltar, para eu me tornar "eu" de novo, com todas aquelas partes que abrigam memória e opinião retornando do exílio. A mulher negra ficou mais tempo do que as outras. Deve ter encontrado um modo de conviver com a fotografia. E com as exigências de Ralf. A surpresa constante de uma nova jovem conduzindo Ralf pelo braço tinha se tornado uma coisa do passado. Agora era só a mulher negra. Tornou-se impossível para mim imaginá-los separados um do outro. Então, quando eu soube do hóspede, já estava diferente. A mulher negra, Inês, Ralf e esta pessoa nova cujo papel não ficou claro para mim. Outro estrangeiro. Foi possível perceber isso à primeira vista. Eu já disse isso. Ralf cercado de hóspedes estrangeiros. Percebi como sua vida doméstica devia ser diferente da que eu me lembrava, quando ele gostava de passar horas sozinho em seu escritório. Quando as primeiras jovens chegaram para ajudar Ralf, eu costumava imaginá-las vagando pelo apartamento. Costumava perguntar a mim mesma o que pensavam naquele lugar novo, desconhecido. Desconhecido para elas, não para mim. Já faz sete anos agora, mas eu imaginava que seria capaz de entrar no apartamento e ainda saber onde encontrar cada coisa.

A chegada de Inês mudou isso – mudou a história do apartamento. Agora ele era uma coisa nova que eu não conseguia enxergar por dentro. E isso ajudou, mais do que qualquer outra coisa, isso ajudou a colocar a minha vida e a de Ralf em bases totalmente diferentes. Pela primeira vez nós nos separamos realmente. Foi como se Ralf tivesse ido morar num país estrangeiro do qual eu nada sabia.

Treze

Ralf

Querida Inês. Lamento dizer que não vou ser muito útil. Não posso nem dizer como é a aparência de Inês. Ela ficou comigo durante dois anos. Eu sei que ela é africana. De que lugar da África? De algum lugar como Lichtenstein na Europa, o equivalente lá, sem dúvida. Ela pode ter dito o nome do lugar. Por favor, não considere o que eu disse sobre Lichtenstein. Não havia leite na geladeira hoje de manhã para o meu café. São as pequenas coisas que me irritam incrivelmente hoje em dia.

Inês veio para esta casa numa manhã de fevereiro, dois anos atrás. Inês Maria Luis. Pensei que tivesse esquecido isso. Onde fica arquivada toda essa informação? Eu gostaria de saber. Mas fevereiro está correto.

Eu precisava de uma empregada. Imagino que não seja um trabalho fácil em comparação com outros trabalhos. Ela poderia ter ido trabalhar num café, mas escolheu morar aqui e trabalhar para mim. Eu não sei o que posso dizer sobre ela. Estava sempre perto de mim, no sentido físico, como uma questão de inevitabilidade e segurança. Em público, fazia questão de ficar perto, de braço dado comigo. Você deve achar que é uma tarefa fácil guiar um velho pela cidade. Nem todo mundo pode fazer isso. Guiar exige julgamento. Você não quer ser arrastado como um saco de batatas. Ela era um peixe pilotando esta baleia – não muito lisonjeador em relação a mim, mas demonstra a qualidade da presença dela. Presente, mas discretamente afastada. Conversar não era seu ponto forte. Eu teria dificuldade em lembrar alguma coisa importante dita por ela. Inês. Trata-se de um nome espanhol. O resto é italiano? Bem, eu lhe perguntei um dia e não obtive resposta. Sempre que não queria responder, ela ficava em silêncio, e então era como se não estivesse mais ali, presente. Eu me perguntava se estaria falando sozinho. Este é o problema da cegueira. Você se torna inteiramente dependente dos ouvidos. Então eu ficava ouvindo o pássaro do lado de fora da janela, o ruído distante do trânsito nas ruas da cidade, então ouvia o assoalho ranger no final do apartamento me dando uma pista, e em seguida a porta da cozinha fechando de mansinho.

Eu dei dinheiro para ela estudar alemão. Passados dois meses, eu dizia algo como *wie geht's* e o silêncio era acompanhado do som de passos na direção da cozinha. Sua fluência em inglês foi um dos motivos para eu tê-la empregado. Gosto de inglês. Hannah, minha esposa, sabe um pouco de inglês. Russo é a sua outra língua, e ultimamente, pelo que fiquei sabendo, italiano. Bem, o inglês que Inês sabia ela falava muito bem. Mas logo percebi que tinha aperfeiçoado aquilo que sabia. Do mesmo modo que uma pessoa sabe tocar uma única peça no piano ou no violão. O repertório dela era desapontador, mas eu não quis substituí-la. Eu tinha me afeiçoado a ela. Gostei do jeito calmo com que ocupou o apartamento. Mas ela não cozinhava nada bem. Eu não sei como fazia o serviço doméstico. Sempre achei que fosse muita coisa para fazer. Nunca havia nada para comer. Eu lhe pedia que comprasse *Apfelkuchen*. No dia seguinte ela me dizia que tinha acabado. Como podia ser? Bem, é claro que eu perguntava a ela. E recebia a resposta previsível – silêncio, os sons da cidade, o tráfego, tudo isso enchia o apartamento, depois eu ouvia a porta da cozinha abrir e fechar, e percebia que estava sozinho.

Eu precisava de mais alguém, alguém que soubesse a língua e gostasse de conversar, uma pessoa culta, e foi assim que Defoe veio morar conosco. Há um conjugado no andar de baixo que pertence a este apartamento. Quando Hannah estava aqui, nós o usávamos como quarto de hóspedes, a sobrinha dela que morava em

Cologne às vezes vinha se hospedar aqui. Em troca por este conjugado, eu ganhei uma companhia mais competente do que Inês, alguém com um olho para detalhes. Alguém competente em inglês, alguém que sabia conversar.

Quando nos conhecemos melhor, suponho que depois de termos conquistado a confiança um do outro, eu pedi a Defoe, nosso novo inquilino, para descrever Inês para mim. Naturalmente, eu estava curioso. Ela já estava comigo havia quase um ano nessa época.

A cegueira obriga a pessoa a interpretar os espaços entre as palavras – as pausas, os silêncios. Uma pausa não é o mesmo que outra. Quanto ao silêncio, eu poderia escrever uma enciclopédia a respeito. Taxonomia foi meu primeiro amor. Quando menino, eu me lembro de ficar hipnotizado toda vez que uma libélula voava de um arbusto. Eu estendia a mão para apanhá-la, queria possuí-la, como é típico de uma criança, e, é claro, como a natureza é esperta, a libélula fugia de mim, o que me levou a percorrer bibliotecas durante a adolescência até chegar às salas de aula da Universidade Humboldt depois da guerra.

Quando eu pedi a Defoe para descrever Inês para mim, houve um silêncio – uma pausa, melhor dizendo, e depois um silêncio. Eu lhe disse que não queria saber quanto ela tinha na bolsa. Eu só queria saber como era a aparência dela. Então ele iniciou sua cuidadosa descrição. Ele não usou a palavra *schwartze*. Isso foi interessante porque todas as outras pessoas tinham usado. Defoe disse que ela tinha pele clara. Ele falou em "cor desgastada". Eu gostei dessa ideia de cor que não é o que é. "Como casca de batata", ele disse. Eu não estava esperando por essa. E atraente. Ele disse isso bem depressa. Curioso. Porque nós tendemos a nos demorar diante da beleza. É por isso que levamos tanto tempo contemplando um quadro, ou nos maravilhamos diante da construção extraordinária de uma libélula. Casca de batata, no entanto. Isso era diferente. Isso era original. Nunca antes eu tinha ouvido a pele de uma mulher ser descrita nesses termos. Então, ele disse mais. Disse que ela caminhava com as costas retas. Pelo modo como disse isso, pude ver que ele a achava muito atraente.

Com o tempo, eu me tornei mais dependente de Defoe do que de Inês. Não me entenda mal. À sua maneira, ela era confiável. Eu sou velho, oficialmente velho, embora na maioria dos dias eu não sinta isso no meu coração ou nos meus ossos. Confiabilidade é uma qualidade que eu passei a admirar cada vez mais. Não vejo nenhum problema em Inês com relação a isso. Algumas das ajudantes que eu tive antes de Inês você não podia confiar nem para tomar conta de um peixinho. Defoe se tornou importante. Ele preenchia as lacunas que Inês não podia preencher. E eu não achava Defoe tão reservado quanto Inês. De fato, era o oposto. Ele falava livremente, com uma liberdade alarmante – foi o que achei a princípio, mas depois me acostumei. Sua franqueza. O modo aberto com que tratava de tantos assuntos, o casamento dele, tudo na verdade, e isso me pareceu revigorante. Muito pouco europeu. Não muito sofisticado, como minha ex-mulher diria. Mas, diante da pessoa que eu vim a conhecer e respeitar, esse tipo de sofisticação não tem muito valor. Nós tocamos uma vez no assunto. Sofisticação. Ele se perguntava qual a utilidade disso. Eu fiz uma confusão tentando explicar.

– Bem – eu disse –, sofisticação é uma forma de estar no mundo. A pessoa controla suas emoções. Apresenta uma visão única de si mesma.

– Como a proa de um velho navio a vela de madeira – ele concluiu.

Em criança, ele tinha visitado um navio a vela chileno que aportou em Wellington, sua cidade natal. Anos depois, ficou sabendo que o Esmeralda tinha sido usado como prisão e como lugar de tortura. Ele tinha uma bela proa. De madeira trabalhada, com uma pintura rebuscada. Esta conversa aconteceu no zoológico, bem no começo. Tem uma pequena praia no canto do zoológico, do lado de Tiergarten. Era lá que nós estávamos. Sentados juntos num banco, conversando sobre sofisticação, enquanto os ruídos do zoológico

103

– os berros e guinchos, os urros queixosos dos animais selvagens – soavam à nossa volta. Mas nós estávamos sentados num lugar calmo e agradável. O sol estava moderadamente quente. Deve ter sido no final de setembro, quando Defoe se juntou a nós. Houve uma pausa – não um silêncio incômodo, e isso representou um ponto para ele. Para algumas das ajudantes que eu tive, o silêncio é uma ameaça, algo para ser evitado. Havia um moça de Praga. Ela achava o silêncio particularmente ameaçador. Ela preenchia um silêncio maravilhoso com palavras fúteis e vazias, esvaziando sua pobreza de alma naquele belo silêncio que eu acho que ela devia ver como sendo uma fenda onde ela poderia cair, a menos que produzisse um clamor de palavras onde se agarrar. Os silêncios com Defoe eram agradáveis. Então, após uma pausa, ele perguntou o que eu preferia saber sobre o Esmeralda: sobre sua carranca lindamente esculpida ou sobre sua utilização como navio-prisão nos anos que se seguiram à deposição de Allende. O que eu preferia – e aqui ele usou minhas próprias palavras –, o modo como ele se apresentava para o mundo ou a verdade que viríamos a conhecer sobre ele? Eu achei que seria possível ter as duas coisas. Seguiu-se outro silêncio. Um silêncio erudito. No final do qual ele disse: "Sim, eu concordo."

Nós conversamos sobre os peixes pulmonados. Havia a questão da separação dele. De vez em quando, ele fazia alusão a isso. Recebeu a notícia na Antártica. Eu vou voltar a isso. Com relação aos peixes pulmonados, ele tinha interrompido uma tese de doutorado para iniciar uma família. Ele trabalhava em áreas de pesca; isso é que o havia levado para "o gelo", como ele dizia. O motivo para eu citar os peixes pulmonados é o Esmeralda. No zoológico, a conversa continuou. Ele falou com admiração da capacidade do peixe pulmonado de ter duas versões de si mesmo. Aparentemente, ele pode viver dentro e fora d'água. Então ele chegou à questão que o interessava. Em que momento ele se tornava uma coisa e deixava de ser outra? Ao se tornar essa nova coisa, quanto ele retém da outra?

Nós passamos para fertilização cruzada. Algo que por acaso eu entendo um pouco. Alimentos geneticamente modificados.

E grupos raciais, uma confusão hoje em dia, uma combinação a que nós aplicamos a pergunta a respeito dos peixes pulmonados, o que nos trouxe de volta a Inês. Aquelas feições africanas, descritas por Defoe, plantadas sobre uma pele mais clara. Uma pele da cor de casca de batata. É assim que uma pessoa carrega sua história. Uma das maneiras, eu diria. Com Inês, eu nunca cheguei mais longe do que aquele lugar igual a Lichtenstein na África, e depois esqueci a informação. Uma das indignidades da velhice é também uma vantagem. Qualquer segredo está seguro comigo porque é quase certo que ele estará esquecido no dia seguinte.

Latência, era sobre isso que conversávamos. E mais. Defoe me deu novos campos para explorar. Eu nunca tinha conhecido alguém que tivesse visitado a Antártica. Quando ele falou das montanhas transantárticas – essa única frase tirou a ideia de Antártica daquele recipiente achatado de gelo que até aquele momento era tudo o que eu havia imaginado que fosse. A área de expertise de Defoe são os sistemas de gerenciamento da cota de peixes. Era por isso que ele estava lá. Mas ele sabia muito mais do que isso – tinha visto muito mais. Tinha tocado com as próprias mãos num pedaço de faia fossilizada. Ele disse que tinha feito parte das grandes florestas de faia da Antártica Central muitos milênios atrás. Extraordinário, pelo menos eu acho, segurar na ponta dos dedos algo remanescente de um mundo desaparecido. E eu disse isso, até ele me interromper para dizer que era errado pensar que ele tinha desaparecido.

As esporas da faia estavam bem enterradas no gelo, por baixo de cobertores de gelo contendo ar respirado no tempo dos vândalos e dos pictos e muito antes, por baixo do gelo havia um continente com o perfil de outra Europa. Montanhas. Cordilheiras. Até lagos. Ele via a Antártica numa forma de preservação. No momento, comatosa, mas num vigilante estado de prontidão para a época em que a humanidade tivesse estragado cada pedacinho de terra e precisasse de outro continente para recomeçar. Latência, entende. Então eu acho que compreendo o interesse dele por peixes pulmonados.

Inês estava sempre presente durante estas conversas. Nós aceitávamos o silêncio dela com naturalidade. Uma forma de aquiescên-

105

cia, sim, mas lembre-se, era o que ela preferia. Eu, de minha parte, teria adorado se ela tivesse emitido alguma opinião a respeito do Esmeralda de Defoe.

Não sei se tenho muito mais a acrescentar. Eu estou envelhecendo. Minha memória não é mais o formidável depósito que costumava ser. Ela me prega peças. Eu me lembro de como me senti aos nove anos ao acordar uma manhã em Rügen com o sol iluminando o Ostsee, mas não consigo me lembrar de como acordei ontem. Todo mundo diz a mesma coisa. Desculpe, eu estou começando a falar como um velho chato.

Durante um ano eles foram os meus companheiros mais chegados. Depois eles se foram, primeiro Inês, é claro, depois Defoe. Fiquei desolado. Eu me senti incapacitado, desamparado. Tinha sido abandonado, grudado na parede do apartamento, as luzes apagadas e as portas fechadas.

Eu sempre sabia por onde andava Inês. Sabia em que lugar do apartamento ela estava. Eu mencionei isso a ela um dia. Depois disso, ela deslizava pelo assoalho parecendo mais ainda uma sombra. Ela não foi inteiramente bem-sucedida. Mas todo esse esforço da parte dela me incomodou. Por que não queria que eu soubesse do seu paradeiro? Um homem cego já se sente diminuído, por que diminuí-lo ainda mais? Eles eram meus companheiros constantes. Inês e Defoe. Eu nunca fingi que se tratava de uma relação de igual para igual. Eles podiam me ver. Eu não podia vê-los trocar olhares, o que nos traz de volta aos silêncios, e estes momentos nem sempre escapavam à minha atenção. Eu não sabia o que aquela comunicação muda significava. Eu só sabia que ocorrera entre eles.

Eu me lembro das fantásticas explosões da véspera de Ano-Novo. Foguetes voando sobre os céus de Berlim. Bêbados tropeçando vestidos de mulher, segundo Defoe. Uma cidade embrulhada em papel vermelho de fogos de artifício. Uma maré de vidro quebrado pela cidade, mais uma vez segundo Defoe. Bem, foi depois daquela ocasião memorável – durante o mês de janeiro, eu diria, ou terá sido mais tarde, na primavera? – que eu estava deitado na cama ouvindo os passos metódicos de Defoe saindo do quarto no andar de baixo, subindo a escada e atravessando o hall. Eu ouvi a porta do apartamento abrir e fechar. Se precisar de uma imagem fiel de traição, nenhuma será melhor do que uma porta abrindo e fechando desse jeito. E então eu ouvi os passos de Defoe seguindo na direção do quarto de Inês. Não há mais o que dizer.

Eu me senti ameaçado. Fazia anos que eu não me sentia assim. E se ele a levasse embora? Eu ficaria sozinho de novo. Era sempre possível achar uma substituta, uma nova Inês, mas eu estava satisfeito com a Inês que conhecia. Nós confiávamos um no outro – quero deixar isso bem claro. Eu me sentia seguro, muito seguro com ela ao meu lado quando andávamos pela cidade. Por outro lado, se isso acontecesse, talvez eu conseguisse achar uma Inês ainda melhor. Então por que eu me sentia assim? Acho que eu estava com ciúme. Sim. Só um pouquinho. Não tanto ciúme que pudesse parecer inconveniente ou grotesco. Não. Um sentimento pequeno que eu controlei.

Daí em diante eu me dei conta de um novo silêncio. Uma suspensão de pensamento, como a conversa adiada que mantém duas pessoas sob controle até a criança ter ido para a cama.

Comecei a sentir que estava atrapalhando. Comecei a ter saudades da minha esposa. Mil novecentos e noventa e sete foi a última vez que eu a vi. Meus olhos já estavam em mau estado, mas algo estranho e não inteiramente desagradável começou a acontecer. À medida que minha mulher ia desaparecendo, ela se tornava mais jovem. Ela gostou de ouvir isso. Mais tarde, naturalmente, ela se tornou tão desfocada que poderia ser qualquer pessoa. Eu não podia mais ver a pequena cicatriz em forma de rabo de peixe que ela tinha do lado esquerdo do rosto. Tinha aquilo desde criança, em decorrência de um tombo de bicicleta. A cicatriz a incomodava, e o esforço que fazia para disfarçá-la a tornava ainda mais atraente. Hannah pode ser muito severa às vezes. O problema da cicatriz a deixava vulnerável. Era a única coisa que tinha esse efeito sobre ela. Ela estava sempre olhando nos olhos de alguém que tivesse acabado de conhecer para ver se a pessoa tinha notado a cicatriz. Bem, eu não conseguia mais enxergá-la. Não conseguia achá-la a não ser com a ponta do dedo. O tecido de uma cicatriz é mais liso do que a pele, liso como um cascalho, então eu sempre conseguia achar sua área de vulnerabilidade. Conseguiria achá-la agora, se ela se sentasse aqui do meu lado neste momento, eu estenderia a mão e a encontraria. Como se fosse um endereço antigo e familiar. Você nem precisa pensar como vai chegar lá.

Eu ainda sinto saudades da minha mulher. Sinto saudades da intimidade. Não me refiro ao que acontece sob os lençóis. Estou falando do envolvimento implícito de duas vidas. Com Hannah eu tinha a sensação de estarmos olhando pela mesma janela para um passado compartilhado, vendo as mesmas coisas, o ar do mundo tocando em nós ao mesmo tempo, de modo que dava para sentir uma reação coordenada. Eu acho que durante momentos do nosso casamento, longos períodos, nós nos tornamos uma só pessoa. Então, um dia, isso não é mais assim. Nós não somos mais uma só pessoa. O especialista nos avisou que isso poderia acontecer. A catástrofe da minha cegueira iria afetar a nós dois. Ela me telefona. Nós conversamos. Ela me conta sobre a vida dela. Mas não é a mesma coisa. Eu não enxergo. Eu não posso vê-la. Costumava pensar que ela ia voltar, que um dia ela ia simplesmente aparecer e nada precisaria ser falado. Seria como se, de alguma forma, ela tivesse se perdido a caminho de casa ou tivesse chegado mais tarde do que pretendia, e ali estava ela desempacotando as compras e assim por diante, e é claro que eu a receberia de braços abertos. Eu costumava pensar que nós ajeitaríamos as coisas até certo ponto, mas não além de, digamos, um hoteleiro bem-educado recebendo de volta uma hóspede querida. As coisas mudam. O laço se desloca. Aí você procura aquilo que o moldava, e isso também desapareceu, então só resta a lembrança e nenhum ajuste fácil, nada com que você possa contar para fazer a coisa dar certo.

No tempo em que eu ainda enxergava, nós costumávamos tomar o trem para Rügen. Ela gostava de Binz. Adorava a passarela de madeira sobre a praia. Nós andávamos de um lado para o outro na passarela à tardinha. Sempre que parávamos, meus olhos se dirigiam automaticamente para o horizonte. Lá bem longe, onde todas as coisas se dissolvem e as fronteiras são incertas, lá, eu costumava pensar, é um lugar onde eu gostaria de morar. Imagine acordar todo dia e não saber onde estão as coisas – bem, foi assim que acabei. Eu estou me queixando? Espero que não. Minha situação não é um sofrimento. É uma frustração. Você se vê sempre chegando atrasado para a piada. As pessoas à sua volta – no ponto do bonde, por exemplo – estão rindo. Do que elas estarão rindo? Você vê seu rosto se transformando para rir também, mas você tem que esperar. Você tem que esperar por uma pista e partir daí. Talvez você ouça alguém dizer: "Eu achei que ela ia pegar o cachorro." Então havia um cachorro envolvido, o que quer que fosse; agora já é um acontecimento passado. É assim que você existe no mundo. Brincando de pegar.

Eu me perguntei por quanto tempo estaria acontecendo isso entre Defoe e Inês. O que eu tinha perdido? Eu me senti um bobo. Senti como se tivesse abdicado de alguma coisa. Eu não poderia descrever o quê. Talvez uma parte disso seja revelada quando eu contar o que aconteceu em seguida. Comecei a levá-los a lugares novos. Lugares que em si talvez não significassem muito. Mas que dependiam de mim para brilhar. Ao cemitério de Dorotheenstadt. Este é um mundo que eu conheço intimamente. Conheço cada lápide, a história de cada vida. Aquele cemitério é um lugar incrível, onde estão enterrados velhos inimigos, amantes e políticos rivais. Fico surpreso que os egos dos mortos permitam que eles descansem em paz. Fico surpreso que personalidades indignadas por estarem reduzidas a simples ossos não se levantem dos túmulos e comecem a gritar para chamar a atenção do mundo. De todas as personalidades enterradas lá, talvez nós estivéssemos dispostos a perdoar Hegel, mas ele é um dos mais serenos. Então nós visitamos o cemitério e passeamos no meio das lápides. Eu costumava conduzir visitas guiadas lá. Foi uma das coisas de que tive que abrir mão.

Bertold Brecht está enterrado lá. Eu fiquei atônito. Nenhum deles tinha ouvido falar em Brecht. No caso de Inês, eu podia entender. Mas Defoe? Um homem culto, um homem que tinha visitado a Antártica. Inacreditável. Eu tive vontade de berrar para os céus – eu estou acompanhado de dois paspalhões. *Idioten*. Eu fiquei tão feliz! Por conta daqueles passos que eu ouvia quase toda noite indo do hall para o quarto de Inês, por conta daquele abuso da minha boa vontade, eu fui ainda mais sarcástico. Até que o silêncio que eu ouvi foi o de um caranguejo se recolhendo em sua concha. Então, é claro, eu me arrependi. Eu tinha exagerado. Aí eu recordei os peixes pulmonados de Defoe, sua dupla capacidade, e chamei a atenção de Defoe para o fato de que, embora Brecht fosse um comunista declarado, ele não pertencia ao Partido. Silêncio. Bem, talvez a alusão fosse um tanto forçada. Ou talvez ele tenha preferido castigar-me fingindo não ter entendido.

Eu apontei para o túmulo de Helene Weigel. Ela está enterrada junto do marido, Brecht. Aqui temos mais uma história de dupla capacidade. O casamento deles e os casos de Brecht. Mas ninguém desempenhou o papel de mãe melhor do que Helene Weigel em *Mãe Coragem*. Eu pedi a Defoe e a Inês que me levassem até a casa do outro lado do cemitério. Tinha sido a casa de Brecht. Depois de sua morte, em 1936, Helene continuou a morar lá. Há anos que eu não vou lá. Uma velha amiga, Suzanne Zimmer, costumava conduzir visitas guiadas a casa. Eu pedi a eles que me deixassem sentado num banco, e disse a Defoe que levasse Inês para visitar a casa. Eu o orientei a perguntar por Suzanne. Eles voltaram meia hora depois com a notícia de que ela havia morrido cinco anos antes. Ninguém tinha me contado.

Da próxima vez que Hannah ligou, naquela época ela ligava com certa regularidade, eu perguntei por que não tinha me contado sobre Suzanne Zimmer. Eu disse a ela, eu posso estar cego mas ainda não estou morto. Nós discutimos, é claro. Tudo era motivo de briga. Mais tarde, porém, nós recordamos um piquenique com Suzanne no Tiergarten. Ela estava namorando um especialista em iluminação teatral, Hans, na verdade bem famoso em sua área. Nós todos ficamos um tanto embriagados de champanhe, de sol e de alegria. Hans terminou entrando no Neue See. Suzanne teve que pescá-lo lá de dentro. Pois é. Inês não teve muito o que dizer sobre a visita. Eu perguntei se ela tinha visto a grande sala ensolarada nos fundos da casa com todas as escrivaninhas. Defoe teve que responder por ela. Cada projeto literário tinha a sua própria escrivaninha. Brecht vagava de uma para outra, de uma escrivaninha com letras de música para outra com rascunhos de poemas, para outra com um trabalho mais longo de prosa. Casa-escrivaninha, eu suponho, representava uma parte diferente do cérebro. E de repente nós voltamos aos peixes pulmonados. Foi como se Defoe estivesse esperando por sua oportunidade. A escrivaninha, diferentes capacidades, a inspiração exigindo diferentes forças, até a casa com sua atmosfera diferente pode influenciar a imaginação. Mulheres diferentes produzem o mesmo efeito. O que, é claro, costumava ser a defesa de Brecht para justificar seus casos amorosos. Sua lógica grandiosa. Ele precisava experimentar novos campos, ampliar seu conhecimento da condição humana. Independentemente de todas as mulheres que teve, quando chegava a hora delas no palco, elas eram vestidas com as roupas de Helene e eram apresentadas com sua voz e sua personalidade. As outras mulheres eram apenas trigo e milho. Esta linha de argumentação nunca deixava de provocar os meus grupos de excursão. Se eles tivessem estado calados, começavam a falar. Marido e mulher brigavam um com o outro enquanto eu me esgueirava para outra lápide.

Johannes Becker, Heinrich Mann, Herbert Marcuse, Johann Gottlieb Fichte, que estudou a autoconsciência, que a reduziu a um fenômeno social. Uma pessoa não pode ser autoconsciente diante de um galo ou de uma árvore. É preciso que haja um outro que imponha limitações ao eu. Aqui Defoe me interrompeu. Ele disse que uma vez tinha se sentido autoconsciente diante de um cachorro. "É mesmo?", eu perguntei. O que estaria fazendo consigo mesmo para se sentir autoconsciente diante de um cachorro? Ele não quis dizer. Então eu ouvi Inês fazer um som. Um soluço ou uma risada abafada, e então eu soube a que Defoe fazia alusão, e eu ri. Eu entrei na brincadeira, e Defoe começou a rir e Inês, que eu nunca tinha ouvido rir antes, começou a fazer um som parecido com soluços. Nós estávamos rindo tanto que tivemos que nos sentar. Onde poderíamos nos sentar a não ser nos túmulos? Defoe sentou-se no túmulo de Hegel. Autor de *A fenomenologia do espírito*. Morreu de cólera.

Bem, isso nos fez começar a rir de novo. Lágrimas escorriam pelo meu rosto. E perguntei a Defoe onde ele estava sentado agora. Ele respondeu, Günter Gaus. "Ah", eu disse, "um homem muito importante." Mais risadas. Inês? Ela tinha sentado no túmulo de Anna Siegers. Essa foi a única vez, que eu me lembre, que nós três rimos às gargalhadas. De repente eu senti vontade de urinar. Todo aquele riso. Minha próstata está acabada. Então Defoe me levou para o lugar mais próximo. Eu não fazia ideia onde era. Minha única preocupação era não ser visto. Ele me tranquilizou. Então, infelizmente, eu ouvi um som que reconheci. Soube imediatamente que estava urinando num túmulo. É claro que eu não podia parar, já que tinha começado, e, também, estava interessado em saber no túmulo de quem eu estava urinando. Tive que perguntar a Defoe. "Hanns Eisler", ele disse.

Ele ainda estava rindo. Talvez eu estivesse sorrindo. Nesse caso, o sorriso desapareceu assim que ele disse Hanns Eisler. Ele me deixou urinar sobre Hanns Eisler, aluno de Arnold Schönberg. Eu fiquei calado. Ouvi de novo os passos dele no hall, aqueles passos decididos indo na direção do quarto de Inês, e o riso dentro de mim, incontrolável momentos antes, foi substituído pela raiva anterior. Nós continuamos, com mais cerimônia agora, com um ar mais contido – Inês ao meu lado, Defoe olhando por cima do meu ombro direito – até o silêncio me rodear e logo ser substituído pelo vento. Eu podia ouvir as folhas balançando nas árvores. Só o ruído das folhas, nada mais. Nós poderíamos estar no Tibete.

Então foi Inês quem falou. Um tom conciliador, eu me lembro. Ela quebrou aquele belo silêncio dizendo: "Por favor, eu gostaria de tomar um *heiss chokolade*." Um *heiss chokolade*, ela disse. Isso nos trouxe de volta à realidade. Afinal de contas, o que poderia ser mais importante do que um *heiss chokolade*? Eu não estou sendo irônico. Estou sendo sincero. Devo confessar que isso não me tinha ocorrido até Inês falar. Eu posso rir agora. À época, no entanto, eu me senti muito diferente. Tenho que admitir que me senti mais solitário do que nunca.

Parte três: Defoe

Catorze

Um empurrãozinho para cá ou para lá e eu estaria escrevendo uma versão diferente da minha estadia em Berlim. Ou, mais provavelmente, não estaria escrevendo nada.

Um casal estranho à primeira vista – Inês, jovem, africana, e Ralf, velho, branco, de ombros curvados, dependente. Eu estava olhando para eles do alto da escada rolante do Zoologischer Garten. Eu não acho que teria notado nenhum dos dois, se estivessem separados, mas juntos – o preto e branco deles – eles atraíram o meu olhar. Inês, melhor dizendo, atraiu o meu olhar.

Ela olhou para cima e, ao me ver no alto da escada rolante, sorriu. Ela não sorriu e desviou os olhos, o que, francamente, era o que eu teria esperado. Ela continuou sorrindo. É claro que tinha me confundido com outra pessoa. Isso acontece com facilidade. Imagino agora que eu correspondesse à descrição de alguém que eles estivessem esperando – homem, branco, de uns quarenta anos. Desviei os olhos. Do lado de fora da estação, as luzes da cidade estavam se acendendo, uma de cada vez, andar por andar. À medida que a multidão saía, ela se transformava em sombras. Olhei para trás e lá estava ela, o rosto africano, sorrindo confiante para mim. Desta vez eu retribuí o sorriso. E comecei a descer a escada rolante. Ela me encarou durante toda a minha descida. Era como se eu tivesse vencido algum concurso. Tudo o que eu tinha a fazer era abrir caminho na multidão para receber o meu prêmio. Quando me aproximei, ela levantou um cartaz que dizia: "Oferece-se quarto em troca de serviços domésticos leves."

Sempre que eu conto a alguém como fui morar no quarto embaixo do apartamento de Ralf e Inês, a pessoa não consegue acreditar que possa ter sido ingênuo a ponto de cair naquela armadilha. Eu mesmo não consigo acreditar. Mas trinta horas num avião fazem isso com você. Você fica tenso, distraído. Eu tinha deixado o meu bom senso em algum lugar sobre o Himalaia. A euforia de sair do aeroporto de Tegel para o sol do início do outono tinha passado. Minhas roupas estavam duras de sujeira. No curto trajeto de trem de Hauptbanhof, sacudindo no vagão, impondo minha sujeira aos moradores locais, eu tinha começado a suar, e agora tudo o que eu queria era um chuveiro e uma cama com lençóis limpos.

Quando terminei de ler o cartaz, a mulher negra segurou o pulso do velho e ele virou a cabeça grande, branca e mortiça, com as pálpebras abaixadas sobre bolsas de pele; aquela parte do rosto marcada pelo abandono. Todo movimento que nós associamos à curiosidade tinha ido para a região de sua boca. Ele então abriu e fechou aquela bivalve como se não soubesse ao certo se naquele momento estava sendo solicitado a dar ou receber. A mulher cochichou no ouvido dele. Ele ergueu a cabeça, seu rosto ganhou vida, como que para perguntar: o que temos aqui? "Sprechen sie Deutsch? Nein?" Ele falava um inglês confiante, equilibrado, e bem depressa eu me vi entrando em seu ritmo calmo, de tal forma que a meus próprios ouvidos comecei a soar sensato e equilibrado. Ele perguntou, compreensivelmente, por que eu tinha vindo da Nova Zelândia, um lugar tão distante, para Berlim. Eu mencionei o Dr. Schreiber e a coleção de fósseis de peixes pulmonados do museu. Normalmente sou mais cuidadoso com relação aos meus interlocutores antes de falar nos peixes pulmonados. Mas estava cansado demais para me importar com isso. O rosto do velho se iluminou. Ele começou a sacudir minha mão. "Seja bem-vindo", ele disse. "Seja bem-vindo a Berlim." De modo que, estranhamente, eu me senti esperado. Ele disse que eu devia ficar contente. "Inês" – e essa foi a primeira vez que eu ouvi o nome dela – "Inês", ele disse, "não é uma pessoa que se impressiona facilmente." O sorriso de Inês fez um breve retorno. E quaisquer dúvidas que eu ainda pudesse ter desapareceram. Eu me senti absurdamente satisfeito por ter causado uma boa impressão.

Peguei minha mala e saímos da estação. Eu queria parar e contemplar o anoitecer iluminado a neon e respirar o ar. Eu queria me demorar por ali. Mas o sinal abriu e os outros dois atravessaram a rua. Logo o tráfego e as luzes foram ficando para trás. Nós estávamos caminhando ao longo de um muro alto, e eu teria dito que estava sentindo cheiro de fezes de animal quando ouviu-se um rugido e Ralf anunciou: "O zoológico, este é um dos lugares que eu gosto de visitar."

Eu não tinha pensado em fazer as perguntas que alguém mais sensato teria feito. Qual o endereço do cego, como era a vizinhança, ou se era muito longe. Essas perguntas só me vieram à mente quando saímos da rua e entramos num atalho. Pedras e folhas no chão. Uma série de lâmpadas iluminavam a escuridão. Através do clarão branco das lâmpadas e das nuvens de traças, eu distingui a silhueta escura das árvores. O casaco preto à minha frente prosseguiu. Ao lado dele, e um pouquinho à frente, Inês com suas botas brancas. Mais adiante no escuro, eu ouvi um homem tossir, um galho partir. Eu olhei para trás. Os outros dois continuaram andando. Tive que me apressar para alcançá-los. Finalmente o caminho desembocou no meio do trânsito. Faróis iluminaram os troncos das árvores. Por fim a rua com suas linhas indicativas, a pintura brilhando na noite. Nós atravessamos. Inês pegou o braço de Ralf para apressá-lo. Sua concessão foi inclinar o corpo para a frente, embora os pés se movessem com a mesma velocidade de antes. Passamos sob uma ponte de estrada de ferro enquanto um trem passava barulhentamente lá em cima, deixando seu eco na noite. Logo o barulho do tráfego voltou, depois diminuiu, ficou mais esporádico, quase uma coisa do passado, desinteressado em si mesmo, e nós entramos num bairro de prédios antigos com jardins na frente e portas iluminadas.

Paramos num portão de ferro. Primeiro Inês, depois Ralf e depois eu, com minha mala no ombro, como uma criatura articulada fazendo uma parada complicada. Inês entregou o cartaz para Ralf enquanto procurava a chave nos bolsos do casaco. Eu olhei para a minha nova casa. Contei cinco andares; só uma das janelas que davam para a rua estava iluminada. Um emaranhado de hera emoldurava a entrada. Os dois entraram e me esperaram do outro lado do portão. Eu ouvi o som do portão sendo fechado. Então nós seguimos juntos até os degraus da entrada. Pelas janelas iluminadas do térreo, onde ficava o Centro de Refugiados Africanos, eu vi pilhas de roupas e brinquedos no chão.

No hall, as duas cabeças que iam na frente esperaram até ouvir a porta fechar, então uma luz acendeu, uma luz forte, amarela, que assustou as aranhas nas paredes. Uma roseta desbotada tentava conservar sua forma no meio dos ladrilhos quebrados do chão.

No elevador, tirei a mala do ombro, mas não pareceu certo deixá-la ali abandonada aos meus pés, então tornei a pendurá-la no ombro. Inês fechou as portas do elevador e nós subimos com um solavanco. Ralf começou a assobiar desafinadamente. Eu me senti afundar sob camadas de cansaço. Quando chegamos ao último andar, outro solavanco nos fez balançar dentro do elevador e o assobio parou.

Mantivemos a mesma forma animalesca do lado de fora da porta enquanto Inês procurava a chave. Ela abriu a porta, e quando as luzes do apartamento se acenderam, diferentes planos surgiram – pedaços do assoalho, algumas áreas da parede, quadros, livros, uma mesa comprida brilhando debaixo de um lustre. Inês saiu andando numa direção. Ralf em outra. Inês, ele disse, ia fazer um chá para nós. Como acontecia desde o momento em que saímos da estação, eu permaneci grudado no ombro dele. Na extremidade da sala havia uma cadeira de espaldar alto e um sofá. Quando eu me sentei, isso não foi registrado imediatamente. Então tossi, e, prendendo a respiração de nervoso, eu o vi arrastar os pés na direção de uma poltrona e apalpá-la para se localizar melhor. Seus joelhos entraram em contato com a cadeira e de repente ele soube onde estava, e o resto fez com boa dose de confiança. Ele se sentou. Na parede atrás dele havia uma pintura grande de uma paisagem marinha. Quando se reclinou para trás, pareceu entrar no quadro, e minha impressão dele como um cara alto e caseiro mudou para alguém com qualidades mais náuticas. Talvez meu silêncio tenha me entregado. Ele reclinou a cabeça e disse que o quadro era uma cena de sua infância em Rügen.

Inês se juntou a nós. Ela havia tirado o casaco azul. O uniforme de empregada foi uma surpresa, os punhos brancos a deixavam mais negra; prendera o cabelo para trás. Carregava uma bandeja de prata como uma criança cumprindo uma tarefa pela primeira vez, seus olhos ordenando silenciosamente a xícaras e pires que ficassem no lugar. Ela distribuiu a louça. Ralf, com seus olhos mortos, prestou atenção em cada som. Só duas xícaras e dois pires.

Depois que Inês saiu, ele falou sem parar, e eu ouvi o melhor que pude, mas depois de duas xícaras de chá e de escorregar cada vez mais no sofá, deixei escapar um bocejo. A longa dissertação que vinha da poltrona em frente foi interrompida. Eu podia ouvir o chuveiro aberto do outro lado do apartamento. Ralf se levantou e pediu desculpas. Eu devia estar exausto. Que desatenção da parte dele. Ele chamou Inês e ela veio correndo de camisola, o cabelo molhado enrolado numa toalha. Peguei minha mala, troquei um aperto de mãos com Ralf e segui Inês até a porta do meu quarto, no andar de baixo.

Na minha primeira manhã em Berlim, na casa de Ralf, acordei com a sensação de velocidade das últimas trinta horas passadas num avião e me vi na imobilidade do quarto e ouvindo o som de um pássaro não identificado no parapeito da janela. A velocidade diminuiu e o quarto cresceu ao meu redor até eu poder dizer para mim mesmo com segurança: "Sim eu estou aqui, neste quarto, instalado." Ali deitado, comecei a perceber os detalhes do quarto na luz que entrava pelas cortinas cor de limão. Num canto, uma escrivaninha e uma cadeira estavam enfiadas perto da janela. Sobre uma estante vazia, havia um pacote aberto de cereal e uma garrafa quase vazia de azeite. Provavelmente, coisas deixadas por predecessores. As cebolas no suporte de plástico estavam brotando. Uma xícara de café com restos de borra estava ao lado da chaleira. Eu me levantei e abri a geladeira, esperando encontrar alguma coisa para beber. Havia três ovos – só isso – na prateleira de ovos. Mais tarde eu iria jogá-los fora e comprar novos – não porque eu desejasse um ovo, mas porque desejava encher o recipiente de ovos com meus próprios ovos. E foi com esses pequenos gestos que consegui ocupar o quarto.

Durante os primeiros dias de euforia, uma sensação de espaço e leveza se estendeu pela cidade. Eu estava feliz como nunca. Estava numa cidade onde ninguém me conhecia, desejoso de saber o que aconteceria em seguida com a minha vida.

Todas as tardes, durante algumas horas, em troca do quarto, meus olhos ficavam a serviço de Ralf. Isto é mais desafiador do que parece. Durante as primeiras semanas de adaptação, quando ainda era um estrangeiro nessa cidade, eu me sentia indefeso como um bebê sem saber como dizer madressilva, embora ela adoçasse o ar e caísse por cima da cerca.

Nós tínhamos nossa rotina. Um passeio pelo arborizado Tiergarten, o zoológico, é claro – ele fornecia ordem, na forma de um grande número de cenários fixos, organizados em cercados e jaulas. Do lado de fora do zoológico, a ordem se desintegrava logo em caos – trânsito horrível, ruídos de aceleração, o gemido de um ônibus, os sons da tecnologia substituíam os gritos das aves. Se eu não tivesse a tarefa de guiar um cego, não teria notado essas coisas.

Fazia anos que eu não ia a um zoológico. É um grande choque sair de uma rua no meio da cidade e dar de cara com um elefante. A surpresa da coisa tem que seguir o seu curso. Mas então você vê o rinoceronte indiano com sua cabeça ridícula em forma de bota e usando camadas e camadas de capas medievais. Isso era interessante? A expressão "capas medievais" passava a ideia? Este era o problema que eu nunca consegui superar de verdade – o que comunicar a Ralf.

O que era útil? O que era de mau gosto? Uma vez um grupo de turistas italianos começou a rir e eu tive que explicar que era só um camelo evacuando. Nós passamos pelos asnos de crina comprida que, como sempre, eram figuras tristes e solitárias em busca de ajuda – não só para sair do zoológico, era a impressão que se tinha, mas para se livrar de sua crina desgrenhada.

Até então meus olhos sempre estiveram a meu serviço. Desde quando contemplei o mundo através das grades do meu berço, e depois quando engatinhei até o sofá para olhar para o céu e as nuvens passando pela janela e vi uma árvore, perfeitamente imóvel, como uma visita inesperada que não sabia nada a meu respeito. Até então eu tinha selecionado o que me interessava do mundo, primeiro sem juízo, depois com juízo, escolhendo uma pessoa e não outra na multidão, como no caso de Inês, lá na estação e tão aleatoriamente quanto uma mosca.

"Avestruz", eu anunciava, e os ouvidos de Ralf faziam a substituição. O truque era não sobrecarregá-lo de informação. O olho da avestruz se moveu para trás. Alguma coisa estava acontecendo – esta era a sensação. Alguma coisa iminente, e era isso que nos mantinha lá. Mas normalmente não havia nada acontecendo. A avestruz estava parada, só isso.

Era exaustivo.

Não se trata de um zoológico grande. No entanto, quando as zebras saem correndo com seus cascos barulhentos, a cidade lá fora é esquecida. Aí, no final da tarde, você olhava para cima e via, do outro lado da cabeça de alfinete da girafa, a logomarca escrita com luzes neon da BMW. Estava na hora de voltar para casa. Cruzar os portões, descer a rua até o atalho perto dos aviários e atravessar a parte de cima do Tiergarten até chegar na vizinhança que eu estava me esforçando para chamar de minha.

Era sempre um alívio entregar Ralf para Inês depois do zoológico. Eu voltava para a rua para me acalmar. Para recuperar meus olhos. Precisava continuar o meu trabalho. Precisava me aplicar mais seriamente nas tarefas que eu tinha anunciado para todo mundo. Precisava dar continuidade aos meus desenhos dos peixes pulmonados no museu de história natural. Mas ali parado na rua, observando os berlinenses, todos estrangeiros, tão diferentes quanto piolhos do mar, passando apressadamente a pé ou de bicicleta, eu pensava em Ralf, separado dos seus "olhos" e mergulhado no mundo cinzento da memória. A cortina baixando. Tirando o inglês de hotel de Inês, não haveria mais conversa para ele, nenhuma palavra para ele se apegar, palavras que iluminavam brevemente o seu mundo, até chegar o amanhã. Entretanto, sempre que chegava a hora de nos separarmos, seu aperto de mão era firme, prático. Então, virando-se, ele dava a impressão de alguém que sabe o caminho de volta para aquela outra vida e que retorna a ela do mesmo modo que um cachorro volta para o seu quintal e o seu canil, embora tenha acabado de descobrir coisas melhores na casa do vizinho.

Eu não tentava passar tudo para Ralf. Por exemplo, o slogan na camiseta da jovem polonesa que nos atendia no café do Zoológico – acesse todas as áreas – eu guardei para mim mesmo. Havia limites, nada declarado, mas compreendido assim mesmo. Cocô de cachorro nas calçadas – ele definitivamente queria saber sobre isso. O golpe de vento que deixava alarmado um cego, eu garanti a ele, era só um ciclista passando. Eu podia passar isso adiante. Mas outras coisas que podiam contribuir para mau humor, tédio, impaciência, frustração de algum tipo, essas eu guardava para mim. O mesmo com flashes de fantasia particular quando a névoa fria de dezembro e janeiro se erguia dos canais da cidade e se transformava em cavalos, charretes e criaturas empunhando tridentes. Eu também guardava para mim o grande número de lenços de papel, repelentemente brancos, empilhados no pé das árvores ao redor de Faggot's Meadow que eu via nos nossos passeios pelo Tiergarten.
 No frio cortante de fevereiro, o som de um zíper de calça perto das mesas de pingue-pongue onde os gays se reuniam era suficiente para fazer Ralf parar, virar a cabeça, e eu era obrigado a dizer a ele que era apenas um cara de casaco preto urinando numa árvore. Nos meses mais quentes, os suspiros de jogadas erradas e aqueles vindo dos arbustos eram indistinguíveis, e nós passávamos pela área como peregrinos ingênuos.

As partes discretas dessa nova vida – eu, Inês, Ralf – não eram exatamente uma associação natural. E, no entanto, é isso que uma unidade familiar consegue. Ela ameniza as diferenças. Também incentiva pequenas intimidades.

Sob qualquer perspectiva, vai parecer uma vida estranha para se ter embarcado.

Quinze

Desde o início eu fiquei curioso a respeito de Inês. Ela me contou muito pouco. Havia muito pouco de sua vida para se ver. Sua porta costumava sempre estar fechada quando eu passava. Sempre que eu subia para sair com Ralf, ela me aguardava na porta com seu uniforme de empregada, sorrindo daquele jeito dela que eu não sabia bem definir até o dia que passei por um porteiro na frente de um dos hotéis mais elegantes da cidade.

Para onde ela ia nas suas tardes de folga? Eu não fazia ideia. Não havia nada nela que sugerisse a possibilidade de outra vida. Eu não conseguia imaginá-la sem aquele uniforme de arrumadeira. Eu não conseguia imaginá-la exercendo liberdade de escolha. Mas quando saía do prédio, havia nela uma determinação. Ela ia para algum lugar. Ela não saía para passear. Ela não contemplava as árvores nem parava para ver um esquilo. Inês não era retardada por nenhum devaneio. Caminhava mais depressa do que quando estava comigo e com Ralf. Caminhava como alguém que está atrasado para o trabalho ou para um encontro.

Da mesma forma, eu não fazia ideia de onde ela e Ralf iam quando era a vez dela de levá-lo para passear. Que parte da cidade ela estava iluminando? O que ela via e eu não?

Sempre que Ralf queria se queixar de Inês, ele esperava até os passos dela desaparecerem na outra extremidade do apartamento, então se inclinava para a frente e a traía sem hesitação. "Hoje, em Tiergarten, eu perguntei a ela o que estava vendo. Ela disse: 'Árvores.' E o que mais?, eu perguntei. 'Árvores. Pessoas.' Nós poderíamos estar na China ou no Amazonas. Eu não falo espanhol ou seja o que for que ela diz que fala. O inglês dela é aquele inglês de hotel que você a ouve falar. Frases inteiras de saguão de hotel saem dela..."

Eu costumava imaginar se ele reclamava de mim para Inês desse mesmo jeito. Às vezes quando estávamos juntos na rua, eu andava na frente dele. Não fazia isso de propósito. Eu me via andando mais depressa, alongando meus passos sem querer, talvez por me sentir frustrado por não encontrar uma forma de escapar de volta para o meu trabalho no museu. Então eu me lembrava de Ralf e, com certo alarme, olhava para trás para procurá-lo no meio dos pedestres. Quando eu era menino, depois de colocar um "barco" de madeira no riacho, eu corria até mais adiante para esperar por ele. Era assim com Ralf. Lá vinha ele – o rosto alerta e quase assustado, as mãos projetadas dos lados do corpo, mas também com certo prazer no rosto. Ele podia fingir que estava andando sozinho pela cidade.

Quase nunca éramos só nós dois. Isto é, Inês e eu. Havia os pratos – Ralf ficava no seu estado habitual de contemplação aborrecida pós-jantar, enquanto nós tirávamos a mesa – e as manhãs de sexta-feira quando ela entrava no meu quarto com as flores que Ralf queria que fossem jogadas fora. Era o perfume que o interessava, e sua preferência era pelo perfume jovem. A promessa da flor e não sua decadência.

A verdade é que passei a esperar com prazer pelas manhãs de sexta-feira. Eu nunca deixava de notar quando ela se atrasava. Isso afetava minha concentração, e então eu me dava conta de que estava esperando por ela. O que tinha acontecido com ela? Eu me levantava e caminhava pelo quarto. Então, finalmente, ouvia seus passos na escada. Quando ela rodeava a gaiola do elevador, eu estava parado na porta do meu quarto.

No meu quarto, ela se movimentava com certo jeito de arrumadeira, seus olhos fitando apenas o que estava espanando ou substituindo ou catando. Com as mãos nos bolsos, eu a seguia. Procurava alguma coisa que pudesse distraí-la, atrasá-la. Havia o orgulhoso castanheiro lá fora no pátio. Inês parecia tão pequena na janela alta que a coisa mais natural do mundo seria eu colocar as mãos em seus ombros. Em vez disso, eu me agachei atrás dela para apontar para o pássaro pousado sob o telhado de um prédio. Inês se debruçou para olhar e eu me debrucei junto com ela, murmurando: "Olha a palha no bico dele. Olha o ninho naquele galho lá no alto."

Estupidamente, tentei fazê-la interessar-se pelos peixes pulmonados. Ela pegou um desenho de um fóssil e ouviu com um interesse educado enquanto eu descrevia os incríveis atributos anfíbios da criatura. Ela não fez nenhuma pergunta. Eu tinha me estendido demais, como sempre faço. Ela pôs o desenho de volta em cima da escrivaninha e tornou a olhar para as flores azuis que já tinha arrumado no vaso. Ajeitou o vaso, depois olhou para mim com um sorriso indefeso.

Houve um dia no início de dezembro em que Ralf ficou preso em casa com um resfriado e eu convidei Inês para ir ao zoológico comigo, só nós dois. Para minha surpresa e alegria, ela aceitou o convite.

Aliviada de suas obrigações habituais, Inês caminhava com um passo mais leve, as mãos enluvadas enfiadas nos bolsos do casaco. Mantinha a cabeça numa postura mais observadora. No zoológico, ela observou os lobos destroçarem nacos de carne. Nós rimos dos pardais bicando guimbas de cigarro em volta dos calcanhares das pessoas que tiravam fotografias. Paramos para ver uma ave alçar voo de uma árvore em direção ao céu da cidade. Dentro da casa do leão, ficamos lado a lado observando um leão caminhar até o portão que o separava da leoa e seus filhotes. Ele bateu na porta com a cabeça e, quando deu um urro poderoso que agradou a multidão, pudemos sentir o cheiro do seu hálito. Inês seguiu adiante, com o rosto sério. Ela não gostou de ver o leão trancado, separado dos seus filhotes. Aquilo era errado. "Cruel", ela disse. Foi a primeira vez que eu a ouvi emitir uma opinião.

Aquele dia nós acabamos indo até a praia do zoológico. Passamos por dois pares de portões e nos vimos num cercado que dava para uma faixa de areia. Uma pequena onda mecânica varre a praia a cada sete segundos. Havia um certo número de patos voando atrás da arrebentação. Um pernilongo estava parado ornamentalmente numa perna só, olhando com uma fé de cortar o coração para um horizonte de faz de conta. Com Ralf, nós chegávamos ali no final do dia. Ele se sentava logo no banco de pedra e se inclinava para a frente, com as mãos nos joelhos. Eu me perguntava se estaria cansado. Ele nunca dizia. Eu não sabia o que estava acostumado a fazer – ou quanto tempo de caminhada podia aguentar, ou quanto do mundo relatado ele conseguia absorver. Mas passei a reconhecer os sinais. Quanto mais cansado ele estava, mais falava. Ele falava para retardar o momento em que teríamos de nos levantar e caminhar de novo.

Eu pensei nele lá no apartamento, tossindo debaixo das cobertas. Ali na praia do zoológico, eu me sentei com Inês no mesmo banco de pedra, joelho, coxa, seu casaco azul e botas brancas. O silêncio se acumulou. Por algum tempo foi como se estivéssemos esperando o mundo acabar. Eu cheguei para a frente e comecei a nomear os pássaros que estavam na areia. E ao ver que tinha finalmente despertado o interesse dela, inventei algumas espécies, acrescentando características e comportamentos estranhos até ela perceber. Ela riu e deu um tapa de brincadeira no meu ombro, e, naquele frio covil, nós nos vimos sorrindo um para o outro, e depois, muito naturalmente, bem, tão naturalmente quanto acontece da primeira vez, eu passei a mão por trás dela e a puxei para mim. Ela sorriu na direção de suas mãos enluvadas pousadas em seu colo. Eu retirei o braço, e mais uma vez isso pareceu a coisa mais natural do mundo. Ela estava livre para voltar à posição anterior. Em vez disso, ficou onde estava. Ligeiramente apoiada em mim. Uma coisa sutil. Não parece muito, não é? Mas eu fiquei feliz. Lembro-me de ter registrado o momento. Sim, eu pensei. É isso. Eu meio que esperei que um funcionário aparecesse com um certificado para anotar o momento.

Uma semana depois nós voltamos à pequena praia do zoológico. Mas não foi a mesma coisa. Eu não sei por que, mas não conseguimos recuperar a magia. Eu tinha esgotado meus truques. Os pássaros já tinham sido nomeados, eu já tinha explicado como funcionava a onda mecânica. Não que Inês parecesse entediada. Ela simplesmente não estava ali, nem no momento, nem no seu corpo.

Achei que estava prestes a me contar alguma coisa. Eu vinha sentindo isso desde que saímos do apartamento. Ao longo do caminho, ou no zoológico, talvez, ela deve ter mudado de ideia.

Então, mais tarde, no parque, eu senti essa falta de resolução entre o momento presente e o que ela estava realmente pensando. Talvez estivesse se preparando para me contar da forma mais gentil possível que tinha um namorado ou um marido em outro lugar na cidade. Eu precisava me distrair. Pensei em Ralf sentado numa mortalha de silêncio, como um objeto de mármore ocupando um canto do museu à meia-noite. Pensei em sua boca salivando de expectativa sempre que descíamos no elevador. Parei para fitar um par de calcinhas brancas de mulher, presas num galho alto, expostas na folhagem rala de inverno; como pareciam infelizes. Eu vi que Inês tinha se adiantado bastante. Inês com seu casaco azul e suas botas brancas. Seus pés pareciam dar passos diferentes dos passos dados por suas botas, de modo que às vezes ela parecia se arrastar. Lá estava ela, se arrastando na minha frente.

Eu não fazia ideia de como era a vida de Inês fora daquela em que cuidava de Ralf. De fato, achava difícil imaginá-la tendo uma outra vida que não aquela.

Não muito depois disso, saí de um corredor no supermercado de produtos orgânicos e dei com ela – uma visão tão surpreendente quanto o veado que avistei da janela do ônibus na beira da floresta nos arredores de Berlim quando estava indo almoçar com o Sr. Schreiber. Estava olhando de testa franzida para a etiqueta de um vidro. Parecia confusa. Ela virou a cabeça na direção da caixa onde a encarregada estava empacotando mercadorias e conversando com um freguês. Achei que precisasse de ajuda. Eu já ia me adiantar quando Inês enfiou o vidro no bolso. Era o alho em conserva que nós comemos aquela noite no jantar, junto com a massa.

Mais tarde naquele mesmo dia, eu a vi segurando o casaco para Ralf vestir e não consegui identificar essa mulher com a que eu tinha visto roubando mais cedo na loja. Eu não contei a Ralf o que tinha visto. E também não toquei no assunto com Inês. Nem pensei mais nisso até o Ano-Novo.

Com o decorrer do inverno, eu passava mais tempo no meu quartinho, agarrado com minhas anotações e desenhos dos fósseis de peixes pulmonados. Quando estava frio demais para sair, Inês batia na porta do meu quarto com um convite de Ralf para eu subir para tomar um drinque.

Eu me admirava com a comida que ela servia. Ralf às vezes comentava em voz alta a respeito da quantidade de dinheiro que Inês gastava para as compras de casa. Eu poderia ter dito alguma coisa na hora, mas não disse.

Dois dias antes do Natal, nós três fomos patinar no gelo. Um rinque temporário tinha sido montado na Bebelplatz em Unter den Linden. O frio entrava pelas solas de nossos pés e saía por nossos olhos úmidos. No markt, Ralf enfiou alegremente mais Glühwein em nossas gargantas e nos obrigou a ir para o gelo. Apesar do tempo que passei no Mar de Ross, eu não tenho talento para patinar no gelo. Pelo menos o gelo não era para mim a substância estranha que era para Inês. Ela quase nunca parecia assustada, mas pareceu quando fitou o gelo. Ralf se mostrou surpreendentemente hábil. Para fins de aprendizagem, a criatura foi montada outra vez. Ralf ia na frente. A fim de guiá-lo pelo rinque, eu me colei nervosamente no ombro dele. E o melhor de tudo, Inês pôs as mãos nos meus quadris. Através de camadas de casacos e luvas, eu pude sentir seu toque, e uma vez, quando ela riu com uma alegria nervosa por estar deslizando no gelo, eu senti seu tremor passar através dos seus dedos. Senti sua respiração quente e excitada no meu pescoço, e seu peso muito leve transmitido pelos dedos.

A excitação só durou enquanto estávamos no gelo. Na viagem de volta, voltei a me grudar no ombro de Ralf, meus olhos buscando as botas brancas de Inês que marchavam na frente, na escuridão da Strasse des 17 Juni, no meio das almas perdidas agarradas aos volantes de seus carros estacionados. Elas nos acompanhavam com seus olhos fundos, ou melhor, acompanhavam Inês com suas botas brancas. Atrás de nós, ouvimos portas abrindo e fechando. Vozes vindas do meio das árvores. Sombras. O rosto congelado de Ralf, o movimento lento dos seus ombros enquanto passávamos por um mundo que ele não enxergava.

Dezesseis

Durante longos meses foi difícil acreditar na primavera, na própria noção de sua existência, mas então ela chegou sem avisar. Os galhos cobertos pelas sombras do inverno ficaram iluminados de sol, e seu verde era um verde sujo, pantanoso, típico do mundo das trevas. Havia um brilho sobrenatural nos prédios. Rostos pálidos que tinham atravessado o longo inverno apertavam os olhos para enxergar naquela claridade branca e verde. Ao atravessar a cidade, passávamos por corpos velhos instalados em cadeiras de rodas e enterrados debaixo de cobertores. Os portões enferrujados de um bar de praia foram abertos e um homem varria as folhas do último outono. O Tiergarten cobriu-se de açafrão. Na rua, havia mais gente do que nunca, com suas pernas finas e brancas saindo de camisetas e vestidos de verão. Os empregados dos cafés corriam para arrumar mesas e cadeiras nas calçadas para aproveitar a freguesia. Nós evitávamos pisar nos pés de corpos estendidos nas cadeiras com um sorrisinho fixo no rosto. Inês tinha abandonado o casaco. Agora ela usava as próprias roupas em vez do uniforme de empregada – uma blusa de algodão azul-clara e uma saia escura que acentuava seus quadris e suas curvas – e uma nova ideia dela surgiu.

Quando começaram a desaparecer coisas do apartamento... Não, deixe-me recomeçar. Quando começaram a aparecer espaços em branco nas paredes do apartamento de Ralf, embora eu notasse a ausência de alguma coisa, não conseguia me lembrar do que era. Era a ausência da coisa que chamava a minha atenção e de um modo que apagava completamente as talhas de madeira e, de um modo menos acentuado, as pinturas. Eu não conseguia recordar um único detalhe das talhas de madeira. Elas tinham deixado uma impressão geral, uma fileira delas como uma fileira de gansos. A mudança de estação tinha tido um impacto semelhante. Desde o final de abril, da noite para o dia, ao que parecia, meu casaco estava pendurado num gancho ao lado da porta. Aquelas tardes geladas quando eu desejava ter comprado um casaco mais comprido e mais grosso no Strauss eram coisa do passado. A fileira de espaços em branco ao longo das paredes de Ralf produziu uma amnésia semelhante. Eu conseguia me lembrar de suas molduras de madeira e uns rabiscos, a sugestão de alguma coisa, e nada mais.

Eu podia ter perguntado a Ralf. Teria sido a coisa mais natural do mundo perguntar a respeito das talhas e das pinturas, mas não perguntei porque senti uma vaga inquietação. Muito pouca coisa acontecia no apartamento sem que Inês soubesse. Eu podia ter perguntado a ela. Mas, de novo, me senti desconfortável. Eu estaria tirando uma casca de ferida da pele de outra pessoa. Então eu não disse nem fiz nada.

Por algum tempo isso pareceu funcionar, e depois aqueles espaços em branco começaram a pesar entre nós. Achei impossível ignorá-los. Quanto mais eu mantinha o meu silêncio, mais aqueles espaços pareciam me encarar. E quando Inês trazia o chá ou uma bebida ou chegava na minha porta com flores frescas, eu mal podia olhar para ela por achar que certamente veria aqueles espaços refletidos nos meus olhos. Nas nossas andanças, aquele silêncio tinha uma característica mais distinta e desagradável. Eu disse diversas vezes a mim mesmo que precisava contar a Ralf, mesmo que isso significasse, como eu achava que era o caso, envolver Inês.

Uma tarde, no zoológico, eu tinha começado a abordar o assunto, de forma ampla, com alguns rodeios, quando Ralf se distraiu com a multidão se formando diante do cercado dos trampeltiers comedores de pedra. Então fui obrigado a abandonar em pleno voo, por assim dizer, a brancura das planícies antárticas para descrever a mandíbula de um camelo rolando pensativamente uma pedra dentro da boca antes de cuspi-la e abocanhar outra pedra de uma pilha.

Fomos para a praia do zoológico. Éramos as únicas pessoas lá. Fazia muito calor. Ralf usava seu Pierre Cardin amarelo, que ajudava a tirá-lo de sua austeridade habitual. O botão de cima da sua camisa estava desabotoado numa concessão ao calor. Os pequenos olhos da carapaça de rede cobrindo aquela praia que tinha brilhado com cristais de gelo o inverno todo agora lançavam raios de sol sobre seu rosto branco como talco. Ele tinha os olhos fechados. Estava tomando sol da mesma forma que os outros animais do zoológico. Sua cabeça estava apoiada no ombro, a boca aberta mostrando velhas obturações e fios de saliva. Contemplei aquele espaço íntimo que normalmente reservamos para aqueles que dormem, para os amantes, crianças pequenas absorvidas numa brincadeira, animais de estimação e bebês, e os mortos. Eu ia abordar o assunto das talhas de madeira quando ele disse: "Meu Deus, como está agradável aqui, não é, Defoe? Há muito tempo que eu não me sinto tão bem."

Bem, depois disso, eu só pude murmurar que sim e sentar sobre minhas mãos.

Pensei nas alternativas. É possível que Ralf tivesse vendido as talhas de madeira. Ele nunca se referiu a elas com carinho. A pintura era diferente. Anos atrás, ele tinha me contado, ele e Hannah tinham visto aquela paisagem marinha numa galeria em Hamburgo. Eles não costumavam comprar quadros nem se interessavam particularmente por arte, mas assim que Ralf a viu ele exclamou para Hannah: "É Rügen!" Ele tinha passado os anos da guerra ali, num orfanato. Ele disse que o pai dele tinha sido morto na guerra e a mãe oficialmente registrada como "desaparecida", depois do pesado bombardeio de Berlim. Disse que ele e outros meninos costumavam ficar ouvindo na cama, à noite, a chuva de granizo que vinha do Ostsee batendo nas janelas de madeira, e fingiam que estavam sendo atacados. Mas voltando ao assunto, na galeria de Hamburgo, embora Ralf não conseguisse sair da frente do mar verde e preto batendo nos rochedos brancos de Rügen, foi Hannah quem insistiu em comprar o quadro. Eles voltaram algumas vezes à galeria até que, exasperada com a indecisão de Ralf, ela o comprou. Eles o levaram de volta para Berlim no trem. Toda vez que eles se mudavam – três vezes ao todo – o novo apartamento era examinado para verificar se possuía uma parede adequada para o quadro da costa de Rügen. Eu não podia imaginar Ralf vendendo aquele quadro.

Estávamos em fins de maio. Os céus estavam mais claros, especialmente do terraço no telhado de Wertheim onde eu gostava de ir para ler um dos jornais em língua inglesa.

Uma tarde quando estou na escada rolante dirigindo-me ao térreo, vejo Inês pela janela de uma loja de departamentos. Ela está esperando no sinal para atravessar. Este era um daqueles raros momentos – Inês, sozinha, e fora do apartamento. O sinal abriu e ela se inclinou para pegar alguma coisa. Quando vi a bolsa grande, eu soube que ia segui-la. Isso pareceu tão óbvio e inevitável quanto sair discretamente do supermercado tinha parecido daquela outra vez. No entanto, quando saí do Wertheim, eu me vi protelando outra vez e a multidão me cercou. Suponho que a coisa certa fosse me aproximar dela e bater em seu ombro. Um detetive de loja acharia que tinha o direito de fazer isso. Mas um detetive de loja tinha uma linguagem refinada que usava para desarmar um ladrão de loja e obter a cooperação do criminoso.

O sinal abriu e eu senti a pressão da multidão atravessando a rua. E quando eu a vi desaparecer na esquina do prédio, fui atrás dela. Eu ainda não tinha um plano traçado. Era mais o caso de querer prolongar a opção de segui-la. O importante era mantê-la ao alcance da vista.

Na minha frente agora – flutuando como uma isca colorida e sedutora no meio da multidão. Fui atrás dela, correndo na frente de um ônibus, e, com o susto do quase atropelamento, decidi esperar no sinal seguinte onde alguns meses antes eu tinha sido repreendido por uma mulher, uma estranha, que me esculachou por dar um mau exemplo às crianças com a minha desatenção. Em circunstâncias semelhantes, meu instinto natural é sempre xingar de volta, dar o troco, porque nada é mais importante do que a própria dignidade, e então eu tinha pensado, sim, a mulher estava certa, eu estava errado, eu tinha dado um mau exemplo numa questão de segurança no trânsito, e ela estava certa em dizer o que pensava, em não olhar para o outro lado ou se calar. Bem que eu queria ter a coragem dela. O que podia ser pior do que o risco de causar ofensa – um monte de sorrisos sem um pingo de coragem para dar consistência a eles? Então, enquanto espero o sinal abrir, o mundo desacelera. Turistas, gente passando de skate. Mendigos. Uma jovem mãe pedalando uma bicicleta, um garotinho com um capacete sentado atrás dela, na cadeirinha. Um homem acendeu um cigarro e tragou com um movimento de cabeça que prestou homenagem aos céus e a todos os dias vividos até então, casamento, filhos, casos amorosos, jogos de futebol, operações de hérnia e de apêndice, coroas e pontos, e aí eu não consegui esperar mais. Atravessei a rua correndo. Pensei ouvir uma mãe gritar. Não. Eu ouvi todas as jovens mães de Berlim gritando atrás de mim. É claro que eu imaginei essa parte. Mesmo assim, meu rosto estava ardendo.

Foi assim que subi a escada rolante para a S-Bahn atrás dela e depois cruzando a cidade até Warschauer. Esta era uma parte de Berlim que eu não conhecia. Destruída, pichação por toda parte, vidros quebrados, cães famintos cheirando o chão, ciganos tomando cerveja em quiosques, bêbados espalhados por toda parte sacudindo latas nas pernas dos transeuntes. Quando a multidão saiu da ponte, a vizinhança melhorou e surgiram ruas de paralelepípedos e sacadas com vasos de flores pendurados. O barulho do tráfego dava uma falsa impressão de congestionamento. O barulho depositado ali vem das avenidas distantes de Karl Marx e Frankfurter Allee. Menciono isso porque me levou a pensar em mim mesmo perdido na multidão de uma grande cidade, no caso de Inês se virar e me ver. Mas ela não se virou. Ela não olhou para trás nem uma vez.

Ela saiu da rua principal e entrou numa rua estreita de prédios de apartamentos com lojas no térreo, cafés, *bäckereien* e bancas de jornal, e quando atravessou a rua, eu notei a loja onde entrou e me enfiei numa lavanderia, onde esperei, ouvindo o barulho das roupas girando nas secadoras. Na janela suja eu vi um reflexo que mal reconheci. O longo inverno tinha me afetado, tinha borrado algumas linhas essenciais de comunicação com o eu.

Eu não tive que esperar muito, cerca de dez minutos, até ela reaparecer, desta vez com a bolsa dobrada debaixo do braço. Fui até a porta da lavandeira. Ela pareceu levar uma eternidade para chegar no final da rua. Ocorreu-me que era de propósito, que estava esperando para eu alcançá-la – uma ideia maluca na época e agora, e, no entanto, veja o modo como ela andava, mais ereto e mais equilibrado do que o normal, como se estivesse atrelada a uma rédea que nem a puxava para trás nem a deixava andar muito à frente.

Atravessei a rua e entrei na loja. Ela estava cheia de quinquilharias de todo tipo, estantes de livros, acordeões, bules de chá, uma cadeira de dentista muito antiga, panelas amassadas, móveis velhos, mesas de jogo, fotografias, quadros. Em um minuto, vi dois belos vasos pintados à mão que reconheci. O engraçado é que eu não havia notado que eles tinham sumido do apartamento. Mas assim que pus os olhos neles pude localizá-los na mesa estreita e comprida atrás do sofá onde eu costumava me sentar. Olhei para uma parede abarrotada, e lá estava a costa de Rügen que Ralf adorava. Como ela havia conseguido tirar o quadro do apartamento e atravessar a cidade com ele, eu nunca vou saber. O vendedor se aproximou silenciosamente de mim. Nós dois ficamos ali parados fitando o quadro. Ele falou em alemão, então, quando abri a boca, mudou para inglês. Era um belo trabalho, concordei. Entretanto, na bagunça daquela loja de artigos de segunda mão, pude ver o que estava errado. Suponho que não faça diferença diante da importante descoberta de que Inês estava roubando. Mas a presença persistente do vendedor forçou meus olhos de volta para aquela paisagem marinha. O mar era uma sopa verde-azulada cheia de cortes e salpicos, entretanto, até onde eu podia ver, o vento não afetava mais nada na pintura. As nuvens são calmas demais, quase paradas. A maior parte da pintura é tomada pelo céu. Um desses céus que você avista da janela de um avião – mar, céu e terra, tudo se encontrando. Num tom de mais admiração desta vez, o vendedor disse: "Uma pintura muito bonita. Cem euros." A rapidez com que aceitei pareceu surpreendê-lo. Eu já estava planejando à frente. Eu ia precisar de um táxi para levá-lo para o outro lado da cidade. Podia devolvê-lo e Ralf nem ia saber. É claro que havia o problema de Inês – assim que visse o quadro, ela teria um duplo choque ao perceber que tinha sido seguida. Ela ia se sentir traída. Nós teríamos que conversar e encontrar um modo de lidar com aquilo tudo.

Comprei também os dois vasos. Enquanto o vendedor os embrulhava, fui até um aposento nos fundos cheio de guitarras elétricas. Lá achei a caixa com as talhas de madeira. Quando as coloquei sobre o balcão, o vendedor olhou para mim. Os olhos castanhos que tinham elogiado tão entusiasticamente a pintura de Rügen começaram a parecer preocupados. Ele pôs as mãos sobre o balcão.

– Tem alguma coisa errada? Alguma coisa que eu precise saber? – perguntou ele.

– Não – respondi. Não havia nada que ele precisasse saber.

Saí da loja, satisfeito. Um pouco da indignação que sentira antes por causa de Ralf tinha desaparecido. Em seu lugar havia uma sensação de calma e neutralidade enquanto eu subia a rua, carregado, em busca de um táxi.

Passam-se dois dias. Tive que esperar Inês sair do apartamento para uma de suas missões misteriosas. Na outra sala, posso ouvir o livro falado de Ralf. Sem nenhuma dificuldade, ponho de volta as talhas de madeira na parede e os vasos sobre a mesa atrás do sofá e desço para o meu quarto. Passo a hora seguinte inquieto demais para me sentar à escrivaninha. Não consigo ler. Não consigo me concentrar. Num certo momento, ouço a porta do elevador abrir e fechar, os passos de Inês no corredor, depois no assoalho do andar de cima. Os passos se dirigem para o espaço ocupado por Ralf no apartamento. Eu espero os passos cessarem, mas eles passam pela parede com as talhas de madeira e pela parede no canto onde fica o quadro. Depois voltam no outro sentido – mais uma vez sem parar – e vão até a cozinha.

Aquela tarde é minha vez de levar Ralf ao parque. Quando chega a hora, subo a escada, mas sem um pingo da excitação anterior. Sinto-me mais como uma minhoca voltando para dentro do seu buraco na terra. Abro a porta. As tábuas do assoalho revelam minha presença. Ralf chama do seu canto da sala. Ele pergunta se eu me importo de esperar um pouco. Ele precisa tomar um pouco de café antes de sair. Sento-me perto dele para esperar Inês aparecer com a bandeja. É então que noto um dos vasos pintados à mão. Inês o tirou da mesa atrás do sofá e o colocou na mesinha baixa entre mim e Ralf. Ela quer que eu o veja.

Para abrir espaço para a bandeja, ela transfere cuidadosamente o vaso para a mesinha de canto perto de Ralf. Ela arruma as xícaras e o bule de café. É sempre assim, um processo lento e metódico. Ela aprecia a colocação meticulosa de cada xícara, pires, colheres de chá e açucareiro. Como se nós não fôssemos capazes de fazer isso sozinhos. Nós nos inclinamos para a frente – Ralf também, com o queixo caído. Ela serve primeiro o dele. Depois o meu. Quando ela me passou a xícara, não percebi nada que se aproximasse de medo, apreensão ou raiva, no máximo uma expressão de cumplicidade que me irritou ainda mais.

Então veio um daqueles momentos cômicos que você enxerga o que vai acontecer antes que aconteça, e ao mesmo tempo não consegue evitar que aconteça. Ralf estende a mão para o açúcar. O açucareiro está onde sempre é colocado para sua comodidade. Mas, é claro, o mundo foi reorganizado. Ele não sabe sobre o vaso. Quando derrubou o vaso, este fez uma pirueta – como se não conseguisse decidir se ia cair ou não, então ele caiu no chão com um estrondo e se espatifou. Eu vi isso acontecer em câmera lenta, mas não fiz nada para evitar. Fiquei paralisado e perversamente comprometido com o resultado inevitável. Bem, Ralf deu um salto da cadeira. Começou a maldizer a si mesmo, sua cegueira, sua falta de jeito. Então pensou melhor. O que o vaso estava fazendo em cima da mesinha? Normalmente, não ficava lá. "Inês?", ele perguntou. Sem hesitação, para minha surpresa, ela assumiu a culpa. Tinha posto o vaso lá quando estava limpando a mesa atrás do sofá. Deve ter esquecido.

"Ah", Ralf disse, mais aliviado do que qualquer outra coisa. Ajoelhei-me no chão para ajudar Inês a juntar os cacos. Nós os catamos de gatinhas. Dava a impressão de que estávamos fazendo isso com muita seriedade, mas a rigidez com que nos movimentamos foi por conta da consciência da proximidade entre nós. Eu não ficava tão perto de Inês desde a patinação no gelo e aquela outra vez no zoológico, quando o frio brutal me fez passar o braço em volta dela. Durante meses, ela mantivera-se geograficamente afastada, do lado esquerdo de Ralf, no andar de cima, na cozinha na outra ponta do apartamento. Mas aqui, no chão, estava tão perto de mim que eu podia sentir seu cheiro. Os dois primeiros botões do seu uniforme de empregada estavam desabotoados, e eu pude ver a palidez dos seus seios e o brilho da sua pele. Pude sentir seu calor. Pude ouvir sua respiração. Estas observações foram como imagens passando numa janela. Um cavalo num pasto, um lago, uma árvore, lá se vai um pedaço de céu, um bando de pássaros sobre uma plantação de milho – coisas que por si só não são muito, mas que juntas contribuem para uma sensação geral de contentamento. Bem, minha listagem dos atributos de Inês, sua pele, sua respiração rápida, tudo isso é responsável pelo despertar do desejo.

As coisas que tinham nos mantido separados – o teto, o assoalho, a suspeita, o medo –, tudo desapareceu quando nos ajoelhamos lado a lado e trabalhamos ao redor dos pés teimosos do nosso benfeitor cego. Nossos lados se tocaram, nós respiramos no mesmo ritmo um do outro. E o melhor de tudo, e tive certeza disso, pelo menos naquele momento, reconheci em Inês minha própria demora em achar os cacos, o que significava o desejo de que as coisas ficassem como estavam. Tudo isso sem que nenhum de nós dissesse uma só palavra.

Aquela noite eu não consigo dormir com todo o movimento no apartamento de cima. A luz está apagada, mas eu estou bem desperto. Ouvi o chuveiro correndo. Estes costumam ser os últimos ruídos do mundo de cima antes de o silêncio descer. Mas então eu ouço pés caminhando pelo corredor. Estes são passos que não querem ser ouvidos. Ouço a porta da frente abrir. Alguns momentos depois há uma batida na minha porta. Ela bateu de leve, mas não com indecisão, não, isso teria significado outra coisa, é uma batida confiante que eu compreendo; então, quando abri a porta não houve nenhum com licença, nenhuma desculpa. Fiquei surpreso ao ver que ela estava usando seu uniforme de empregada. Eu não a via com ele fazia algum tempo. Por que escolheu usá-lo, eu não sei. Mas este detalhe não me chamou tanta atenção na época quanto agora. Sem uma palavra, ela tirou a roupa. Quando senti sua boca na minha, senti sua fome. Eu me preocupo com Inês ao escrever isto. Ela não vai aprovar que eu esteja revelando suas intimidades para um estranho.

Mas vou dizer uma coisa. À noite, a geografia é a primeira coisa a desaparecer. A Inês que eu conhecia, a que andava pelo apartamento de Ralf carregando uma bandeja de chá, a Inês de olhares discretos, aquela agora era uma estranha. A mulher debaixo de mim arqueou o corpo e me puxou para dentro dela. Ela apertou as coxas e gemeu. E onde eu estava em tudo isso? Parte de mim era um espectador perplexo, contente e surpreso com o que tinha encontrado sem querer.

Depois nós ficamos deitados na cama estreita, Inês com a cabeça pousada no meu braço. Sua perna enganchada na minha. Alguns meses antes, eu andava pela cozinha em volta dela tomando cuidado para não me intrometer. Agora eu estava acariciando seu seio pequeno e quente. Naquele momento, eu duvido que haja um homem mais feliz no mundo. Era tão bom estar deitado ali no escuro, contente, sem pensar como eu havia conquistado aquela intimidade nem no que aconteceria em seguida. Na realidade, o que aconteceu em seguida foi bastante simples. Inês anunciou que estava com fome e aí nós nos levantamos e nos vestimos. Inês foi lá em cima buscar seu casaco.

Quando saímos do prédio, eu desci alegremente os degraus e contemplei a noite onde tudo parecia novo. O ar. As árvores. A vizinhança. Nenhuma palavra foi dita sobre o acidente com o vaso.

E Inês? Quando olho para trás, vejo um lado seu com que não lidei na época. Foi quando saí de dentro dela. Seu rosto ficou inteiramente inexpressivo. Como se tivesse perdido a capacidade de expressar qualquer emoção. Ela só podia oferecer olhos, nariz, boca. Embora depois, quando fechamos o portão do prédio de Ralf, ela tenha sorrido para mim. E mais adiante, na rua, ela me deu um beijo.

Nós pegamos o metrô perto do zoológico. Eu notei nossos rostos no reflexo da janela. O meu e o dessa jovem mulher negra. Quem teria pensado? Não eu, com certeza não durante os meses gelados de inverno quando eu tinha levado o cachorro do vizinho até o topo do mirante do Monte Victoria e lá, sob as feições desbotadas do busto do explorador do Polo Norte, Robert Peary, homem e cão tinham curvado o corpo para se proteger da horrível ventania. Inês acenou em resposta ao meu sorriso refletido na janela. Nós fomos parar num restaurante de galeto perto do canal de Kreuzberg. Eu achei longe. Mas então entendi seu valor. Isto é, eu vi pelos olhos de Inês. Dois euros por meio frango. Paguei por duas metades de frango. Nós comemos em pé no balcão. A pele tinha uma crosta de sal. Inês a lambeu com prazer. Quando viu que eu estava olhando, sua boca ficou imóvel, mas seus dentes continuaram enfiados na carne branca. Depois disso, ela mordiscou o frango como se fosse uma espiga de milho.

Na volta, nós fomos andando como tínhamos andado mais cedo, lado a lado, completamente à vontade um com o outro. Só havia nós dois. Nós era uma ideia inteiramente nova. Nós seguimos pelo canal. Ela me deu a mão. Nós paramos para admirar os cisnes brancos deslizando sob as pontes; o engraçado foi que as talhas de madeira me vieram à mente, mas então Inês apertou minha mão e o pensamento sumiu.

Quando chegamos na extremidade do zoológico que dava para Tiergarten, eu estava quase caindo de cansaço. Foi um alívio entrar na rua de Ralf. Subi a escada com as pernas pesadas, louco para ir para a cama. Secretamente, torci para Inês subir para o andar de cima, de tão cansado que eu estava. Mas ela foi até a minha porta como se fosse a coisa mais natural do mundo, como se tivéssemos feito isso todas as noites nos últimos meses. Quando nos despimos e nos deitamos, foi estranho pensar que houve um tempo em que dormíamos em camas separadas, de tal forma este novo arranjo eclipsou o antigo. Inês se virou de lado. Eu me deitei de costas. Pensei em dizer a ela o quanto gostava de seguir seus passos pelo teto. Em vez disso, uma coisa não ensaiada e completamente diferente saiu da minha boca.

– Inês, por que você está roubando as coisas de Ralf?

Ela se virou de costas. Eu me apoiei num cotovelo e acariciei seu ombro nu.

– Inês?

– Por dinheiro – respondeu. E pareceu disposta a não falar mais no assunto, como se esta explicação fosse perfeitamente razoável e eu tivesse entendido. Mas eu insisti.

Por que, perguntei, ela precisava tanto de dinheiro que era obrigada a roubar?

Desta vez ela se afastou da minha mão, virou de lado e chegou mais para perto da parede.

Alguns segundos depois, ela respondeu com uma voz sonolenta.

– Para pagar um advogado. – Ela bocejou para a parede. – Para cuidar do meu pedido de residência.

Por que não pedir ajuda a Ralf? Ralf conhecia um bando de gente. Eu também sabia o quanto ele dependia de Inês.

Ela sentou na cama e puxou o lençol. No escuro, seus olhos estavam mais brancos do que nunca.

– Você não pode contar nada a ele a respeito do advogado. Prometa – ela disse. E como eu custei a responder, ela sacudiu meu ombro. – Prometa.

– Ok. Eu prometo.

E como minha resposta resmungada não deve ter sido muito convincente, vieram novas promessas para eu fazer. Era um segredo seu que ela queria que continuasse assim. Ela não queria que as "autoridades" fossem envolvidas. Ela não queria preocupar Ralf. Precisava fazer isso sozinha. Era complicado. Havia um risco de ela ser deportada. Eu não devia dizer nada a ele. Era um assunto particular. Eu devia respeitar a vontade dela. E como não respondi imediatamente, ela acrescentou que eu devia entender porque eu tinha assuntos particulares que ela sabia que eu não queria que fossem discutidos com o cavalheiro cego, e quando ela disse isso, num instante – do mesmo modo que dizem que na hora da morte uma pessoa vê a vida toda passar diante dos seus olhos –, eu vi minha vida em Berlim passar diante dos meus olhos, a dissolução de tudo, a perda de Inês, e a crítica severa e dolorosa que viria de Ralf. E, ao que parecia, não havia apenas eu parado na janela, dando adeus àquela vida. Inês também estava lá, ao meu lado, de modo que a ameaça passou silenciosamente entre nós, não dita, mas reconhecida. E, quando as talhas de madeira desapareceram pela segunda vez logo depois, eu não toquei no assunto.

Durante várias semanas, Inês veio para a minha cama toda noite. O arranjo não era inteiramente satisfatório. Ela não podia dormir porque precisava ficar com o ouvido atento ao andar de cima. Ralf tinha o hábito de acordar no meio da noite. Ele conseguia ir ao banheiro sozinho. Mas, se quisesse ir até a cozinha, por exemplo, precisava da ajuda de Inês.

Então nós mudamos esse arranjo. Bem tarde da noite, quando eu tinha certeza de que Ralf estava dormindo, entrava no apartamento e ia na ponta dos pés para o quarto de Inês.

Durante o dia, quando a criatura se juntava, a proximidade de Inês era frustrante porque o queixo do velho ficava no caminho, e o lóbulo cor-de-rosa de sua orelha chamava mais atenção do que nunca, chegava a ser quase ofensivo de tão intrometido. Eu pensei detectar uma mudança em Ralf. O rosto dele se tornou enigmático. Seus silêncios eram prolongados. Imaginei o que ele achava dos espíritos mais leves em volta dele. Nós não ficávamos de mãos dadas, mas nossos ombros se tocavam, e eu notava a rigidez da cabeça de Ralf. Havia uma percepção. A memória estava correndo, recuperando o tempo perdido.

A chuva nos obrigou a entrar no aquário. Estamos aqui diante de uma infinidade de variedades. É como descrever tapete. Entretanto, um dos tanques contém uma criatura extraordinária retirada da noite permanente que existe nas grandes profundezas do oceano.

Órgãos e tecidos flutuam na ponta de cordas presas num paraquedas de papel fino. Quando ele puxa as cordas, o paraquedas o impulsiona para cima. Assim que consegue se equilibrar, ele começa sua descida – que é quase um colapso da vontade, antes de se recuperar e recomeçar o exercício. As cordas são longas como espaguete e se enroscam umas nas outras. Embaraçadas e se desembaraçando. Parecia menos um organismo do que um esforço para ficar no alto e achar forma.

Quando passei isso para Ralf, poderia muito bem ser uma descrição da nossa pequena organização familiar.

Uma noite eu me levantei para urinar. Na porta do quarto de Inês, paro e olho para o corredor escuro. Alguma coisa está vindo na minha direção. A luz que entra pela janela distante ilumina o rosto cego de Ralf. Talvez ele tenha ouvido um barulho e tenha vindo investigar. Na mão, uma tesoura comprida. Nós estamos a menos de vinte passos um do outro, Ralf com seu pijama listrado, e eu nu, como nunca tinha estado na frente dele. Ralf me faz lembrar da avestruz que vimos no zoológico no início do inverno. Ralf se parecia com ela, como se esperasse um ataque vindo de trás. Eu esperei e ele esperou, e então, finalmente, o velho se virou e se afastou na luz que vinha da janela e caminhou para a sua extremidade do corredor.

Eu contei a Inês, o que foi um erro, porque aquela noite foi a última vez que fiquei no quarto dela. Depois disso, eu ficava esperando os passos dela na escada. Dependia unicamente da vontade dela aparecer ou não. As visitas se tornaram mais esporádicas, depois passaram a ser um sistema de recompensas pelo meu silêncio, minha cumplicidade e, mais tarde, dinheiro.

Dezessete

Mais coisas desapareceram do apartamento de Ralf. O faqueiro de prata – todo ele exceto três conjuntos de garfos, facas e colheres –, as canecas de cerveja de estanho que ficavam expostas no armário no hall de entrada, e isso foi só o começo. Eu fiz outra excursão à loja de artigos de segunda mão com a intenção de resgatar tudo. Mas Inês tinha achado outro comprador. O vendedor que me recebeu tão bem quando entrei pareceu desolado ao me ver sair sem comprar nada.

Eu disse a Inês que lhe daria dinheiro, mas que ela tinha que parar de tirar as coisas do velho. Aquela seria a minha contribuição ao seu pedido de residência. Ela pediu trezentos euros, depois quinhentos euros. Duas semanas depois ela bateu na minha porta para pedir mais dinheiro. Eu não conseguia entender para onde estava indo todo aquele dinheiro. "Quem é esse advogado?", perguntei um dia. "Você quer que eu vá ao escritório dele junto com você? Talvez ajude."

Ela não gostou nada da ideia. Disse que eu não entendia. Que era complicado. Eu disse que não tinha mais nenhum euro. Isso teria que esperar.

Naquela noite ela bateu na porta do meu quarto. Eu a recebi de volta na minha cama. Foi como nos velhos tempos. Ela foi tão generosa quanto da primeira vez.

Uma semana depois, tendo dado mais oitocentos euros a ela, eu criei juízo. Assim já era demais. Uma noite ela desceu. Eu a esperei na porta, decidido. Ou foi o que pensei. Ela estava usando apenas a blusa do uniforme, a lilás, e nada mais. Nadinha. Ela me empurrou para a cama. Eu disse que não tinha mais dinheiro para lhe dar, o que em parte era verdade.

Eu precisava tomar cuidado. Estava gastando mais do que tinha planejado. Tinha esticado minha estadia mais do que pretendia originalmente. Meus colegas de trabalho foram amáveis. Kenny Stewart, que tinha entrado para a área de pesca junto comigo e que sabia tudo sobre a minha "situação doméstica", tinha escrito um e-mail atencioso dizendo que eu ficasse o tempo que julgasse necessário. Isso foi em fevereiro. Eu estaria recebendo apenas metade do salário até junho, e depois disso entraria em licença sem vencimentos.

Inês recebeu bem a notícia. Agiu como se não estivesse pensando em dinheiro. Ela me levou para a cama e nós fizemos amor com todo o antigo ardor.

Abajures, dois outros quadros, livros, taças de prata que Ralf disse que o pai tinha deixado para ele – tudo isso se foi. Inês se comportava como uma mulher enganada. Comecei a fazer listas das coisas para notar quando elas desaparecessem.

Sempre que alguém me pergunta como são as coisas lá onde o grande e solitário continente branco se derrama no Ross Sea, eles estão se referindo às ondas gigantescas cobrindo a amurada do navio, àquela tremenda protuberância de oceano, e a um céu que parece um sobrevivente esfarrapado de alguma tempestade não avistada em outra região. Quando voltei da minha primeira viagem e falei sobre minhas experiências, eu também ouvi falar em membros da tripulação com ferimentos de faca sendo tirados de helicóptero dos barcos de pesca. Então não é surpresa que as minhas audiências imaginassem, com os olhos brilhando ao pensar no confinamento da cabine, se teria havido violência. Eu aprendi a dirigir meu sorriso para um espaço neutro, e essa ambiguidade parecia satisfazer. O fato é que eu não assisti a um único gesto de violência nem vi uma faca sendo usada com outro objetivo que não limpar um peixe. Uma vez quebrado o gelo, nós abríamos caminho pelas fendas no lençol de gelo branco, sem tempo para pensar ou agir ou fazer qualquer outra coisa a não ser içar merluzas-negras e tirar alguns cochilos. Não há noite naquela época do ano, então os dias são intermináveis. Minhas plateias mais persistentes balançavam a cabeça para tirar do caminho aquele fato desagradável. Elas não tinham como disfarçar a decepção quando ficavam sabendo que ninguém tinha sido esfaqueado nem pendurado na amurada de cabeça para baixo. Nos poucos momentos que tinha para mim mesmo, eu me deitava no meu beliche, compondo mentalmente cartas para que outros pudessem ver o que eu via. Mas assim que começava a compor as cartas, eu me via falando nas merluzas. Em vez de tentar descrever este mundo mítico, as merluzas-negras tinham se tornado o depositório de tudo que era estranho e novo.

À noite, a caminho do sul, o único ruído era o motor da traineira. Ele fazia um ruído agudo e por um segundo parecia prender o fôlego antes de prosseguir. Assim que subíamos numa onda, havia outra à nossa frente.

Uma manhã bem cedo, acordei com um balanço mais lento do barco, um outro tipo de barulho, e corri para o convés. Um mar cor de ostra se estendia até uma formação de nuvens que eu nunca tinha visto antes. Tudo naquele mundo era novidade, e sua beleza absoluta e seu perigo intrínseco não podiam ser considerados separadamente.

Alguns dias depois de eu começar meu inventário do apartamento, pediram que eu fizesse uma palestra no Museu de História Natural. Fui até o parque naquela tarde para organizar minhas ideias. Era um dia quente, e eu fiquei debaixo das árvores me sentindo infeliz, desejando não ter aceitado o convite do Dr. Schreiber. Mas, considerando sua generosidade e o acesso aos fósseis de peixes pulmonados do museu que ele tinha gentilmente providenciado, era o mínimo que eu podia fazer. Então minha mente estava cheia de visões de planícies geladas e vastas extensões de nuvens que parecem camadas de panquecas sobre as montanhas transantárticas quando um africano passou correndo por aquele imenso lençol branco, empinando uma pipa vermelha. Um menino corria atrás dele. A pipa levantou voo e o homem deixou o barbante correr entre os dedos. O meninozinho negro seguiu a pipa com as mãos estendidas. Toda a sua fé no mundo se estampou na superfície do seu rosto quando a pipa subiu até o alto das árvores e então ficou mole – seu nariz virou e ela mergulhou de volta na terra e pousou bem perto da figura imóvel e impassível de Inês.

O menino correu primeiro para a pipa. Depois ele ergueu os olhos e apontou para Inês com a mão infantil. O pai o ignorou e começou a enrolar solenemente a linha da pipa. Todos os olhos estavam na peça de plástico vermelho escorregando e agarrando na grama. Do meu lugar sob as árvores, eu vi Inês se ajoelhar e estender os braços para o menino. O cara negro tinha as costas e os ombros fortes, a barriga mole, um início de calvície, estava bem vestido, com calças cáqui e uma camisa de mangas curtas. Aproximou-se com o queixo erguido, uma mistura de mau humor e aceitação. Inês se levantou. Ela enfiou a mão no bolso do casaco e estendeu alguma coisa que o homem guardou rapidamente no bolso. Sim, era dinheiro. Ele apontou para o relógio que tinha no pulso. Inês sacudiu a cabeça. O homem ergueu o dele. Eles começaram a discutir. O menino continuou a olhar para a pipa vermelha pulando na grama.

Havia pouco vento. A pipa pulava como algo moribundo. Eu conseguia ouvir a voz de Inês, trazida pelo vento – entrecortada, aguda. Ela foi colocar as mãos nos ombros do homem, mas ele deu um passo para o lado. Ele enfiou a mão no bolso e estendeu o dinheiro para ela. Foi a vez de Inês recuar, com as mãos estendidas à frente, e, balançando a cabeça, o homem tornou a guardar o dinheiro no bolso. Ele se ajoelhou e cochichou no ouvido do menino. O menino concordou com a cabeça. Então o homem se levantou e se afastou rapidamente. Inês se ajoelhou. O menino pegou a pipa e caminhou na direção dela. Quando ele se aproximou, ela lhe estendeu os braços. O menino parou, largou a pipa e correu para os braços da mãe. Eu não tive nenhuma dúvida sobre o parentesco entre eles.

Durante a hora seguinte – acho que foi o tempo que ela comprou para ficar com o filho – Inês andou pelo parque apontando para as coisas. Ela mostrava um interesse que nunca demonstrou perto de mim ou de Ralf. Lá estava ela apontando com o dedo e o menininho olhando para as esculturas de compositores e caçadores. Eles caminhavam de mãos dadas, a pipa se arrastando atrás deles, quase esquecida, até que perto do caminho eles pararam e olharam para ela, pulando no chão a trinta metros de distância. Inês pegou o barbante da mão do menino e o enrolou até que o menino pôde pegar a pipa nos pés dela.

As folhas brilhavam. O céu estava azul. E embora soprasse um vento, vinha do leste e era muito quente. Havia muita gente no parque. Ciclistas passavam no meio de pedestres e corredores. Eu não estava com medo que Inês olhasse para trás e me visse. Dava para notar como ela estava distante de tudo. Estava completamente absorvida pelo menino e pelo que os olhos dele estavam vendo.

Numa bifurcação do trajeto, ele puxou Inês na direção do caminho que rodeava Neue See. Perto dali eles desapareceram no bosque. Eu achei que o menino queria urinar. Mas então eu ouvi risos e gritos. Eles logo apareceram, ambos sorrindo, o menino primeiro, depois Inês. O menino saiu correndo. A mãe correu atrás dele.

Eu conheço o caminho. Ele vai dar no aluguel de barcos e no café e restaurante na beira do lago. Esperei até os dois desaparecerem na curva. Esperei uma mulher com um carrinho passar por mim, depois entrei no bosque de onde eles tinham saído às gargalhadas. Lá estava o lago refletindo as árvores e logo depois a escultura de bronze de um bisão. Deve ter sido por isso que eles estavam rindo. Uma brincadeira de pegar em volta do bisão. Não sei se perceberam os buracos de bala no bisão de uma brincadeira diferente de pegar cinquenta anos antes. Eu puxei um galho. Do outro lado do lago eu vi o menino tomando um sorvete. A mãe andava atrás dele de braços cruzados, segurando a pipa na mão direita. Quando ela ficou de frente para o vento, que, como eu disse, estava mais forte do que o normal, teve que puxar a pipa de volta enquanto ajeitava o cabelo com a mão livre, e depois segurava o menino, que, mesmo sem equilíbrio, manteve a cara enfiada no sorvete.

Dezoito

A caminho do museu naquela noite, eu só queria que a noite acabasse logo para eu voltar para o apartamento, para a minha cama, para esperar Inês bater na minha porta. Pretendia contar a ela tudo o que tinha visto aquela tarde, desde o momento em que ela ficou com o menino, e foi exatamente uma hora, nem um minuto a mais, e eles voltaram para onde o cara negro estava esperando, ao lado do caminho, no gramado. Quando Inês e o menino apareceram, ele olhou para o relógio. Inês soltou a mão do menino e o deixou ir. O homem enfiou as mãos nos bolsos e ficou se balançando no mesmo lugar, olhou na direção oposta, depois tornou a virar a cabeça, e, quando o menino se aproximou, ele estendeu a mão. O menino olhou para ela de cara amarrada. O homem fez um cumprimento de longe com a cabeça para Inês, pôs a mão no ombro do menino, então se virou e saiu, fazendo o menino andar mais depressa do que estava acostumado, ou era capaz. Inês ficou olhando até eles chegarem nas árvores, depois olhou em volta, ergueu os olhos para o céu que estava tão lindo e quente aquela tarde que por muitos dias todo mundo iria se lembrar de como aquele dia tinha sido especial.

A palestra era para uma plateia de gerentes e cientistas com interesse em administração de recursos. Eu gostaria de não ter contado a Ralf. Mas quis que ele soubesse – eu me lembro de sorrir envergonhado da minha vaidade quando lhe contei sobre o convite. É claro que ele insistiu em ir. E esse foi o preço por querer que ele soubesse que em outro lugar do mundo minha vida tinha certo valor. Enquanto as pessoas iam chegando, eu fiquei num canto com o Dr. Schreiber, com uma cara deprimida, enquanto Inês guiava Ralf para um assento lá na frente.

Eu falei em inglês. O Dr. Schreiber tinha dado à palestra um título imaginativo, mas bastante preciso – Um caçador furtivo transformado em protetor das merluzas do Mar de Ross.

Eu tinha levado imagens do gelo, que incrementei com algumas anedotas sobre a pirataria que havia antigamente com a reserva de peixes, e a prática atroz de alguns que atiravam explosivos na boca das baleias para eliminar a competição. Falei da brincadeira do chef – geralmente depois de fumar maconha – para divertir a si mesmo e a todo mundo na traineira, gritando para o teto da cabine: "Dissostiochus Mawson." A merluza-negra tem lábios grossos e bem definidos e olhos redondos e arregalados. A primeira que eu tirei do mar parecia zangada, assim como a segunda e a terceira. Eles eram peixes muito velhos. Na época, tive a sensação de estar arrastando idosos para fora do gramado do asilo e cortando suas gargantas. Quando cheguei a cem, parei de pensar neles como sendo peixes. Coletivamente, eles se transformaram em minério que nós estocamos no depósito de gelo. Voltamos a falar nisso a caminho de casa. "Minério", Ralf disse pensativo. "Minério. Sim. Posso entender", ele disse.

Inês abriu as portas da gaiola e nós subimos no elevador. Tentei atrair sua atenção, mas ela ficou olhando fixamente para a frente. Um rosto num hall mais abaixo olhou para cima com evidente aborrecimento quando passamos direto pelo andar. No nosso hall, onde dissemos boa-noite, ela me lançou um sorriso rápido que desapareceu do seu rosto com a mesma rapidez.

Eu fiquei deitado na cama esperando por ela. Esperei até o prédio ficar silencioso como uma tumba e então me levantei e subi a escada nu em pelo, mas a porta do apartamento estava trancada.

Na manhã seguinte, uma sexta-feira, bateram na porta do meu quarto. Eu a deixara aberta de propósito. Devia ser Inês com as flores velhas de Ralf. Eu disse que entrasse, a porta está aberta. Não houve resposta. Eu tive que me levantar da escrivaninha. Ela estava parada no hall como naquela primeira sexta-feira, com seu uniforme de empregada. Segurava um buquê de íris. Perguntou com a formalidade dos velhos tempos se podia entrar e trocar as flores. Eu me afastei para ela passar. Eu a segui da escrivaninha até a porta do banheiro. Ela encheu o vaso com água da torneira da pia. Eu a segui até a escrivaninha cheia de papéis e cadernos. Com muito cuidado, ela abriu um pequeno espaço para o vaso. Depois deu um passo para trás para admirar o arranjo. Quando cruzou os braços, seu ombro direito se inclinou na minha direção e ela se virou para olhar para mim. Achei que ela estava prestes a sorrir, mas pareceu mudar de ideia, e isso não aconteceu.

– Inês, quem era aquele homem que eu vi com você no parque, ontem? E o garotinho? Quem é ele?

Os ombros dela ficaram tensos. Seu corpo todo ficou rígido.

– Você pode me contar. Pode confiar em mim.

Em vez disso, foi como se ela não pudesse acreditar no que tinha acabado de ouvir. Sua respiração subiu até a altura dos ombros. Ela desviou os olhos.

– Não – ela disse. – O que você viu no parque não é da sua conta.

– Sim, mas eu posso ajudar – eu disse. – Se você estiver com algum problema...

Ela sacudiu a cabeça.

– E o dinheiro, Inês. Todo aquele dinheiro.

Ela se virou na direção da janela.

– Mas aquele menino que eu vi é seu filho, não é?

Ela continuou sacudindo a cabeça.

– E aquele cara? Quem é ele?

Estendi a mão para ela, mas ela se afastou de mim. Foi até a porta. Fechou-a silenciosamente ao sair.

O kokopu é um peixe robusto que gosta de se enfiar em buracos, normalmente em pântanos. Ele se enfia num espaço apertado e fica ali comendo até que o buraco em que se enfiou com tanta satisfação fica apertado demais e ele não consegue mais sair lá de dentro. Ele não consegue se mexer para escapar. Esta foi a posição em que me vi.

No final do mês, Berlim toda já tinha partido para lugares mais ensolarados. Uma chuvinha fina não parava de cair. As árvores no Tiergarten pendiam com o peso da umidade acumulada. Ralf estava se recuperando de uma gripe. Esta era a primeira vez que saía do apartamento desde o dia da minha palestra. Ao atravessar o parque, as árvores pingavam sobre ele. Ele ainda estava com o nariz vermelho, mas graças a Deus já não estava mais tendo crises de espirro.

À medida que o dia avançava, a umidade aumentou e uma sensação de abandono e abafamento tomou conta de tudo. Então as nuvens se abriram e o sol tórrido apareceu num pedaço de céu azul. Num estado lastimável de calor, nós caminhamos contra a correnteza por Unter den Linden, passando pelo Túmulo das Vítimas do Fascismo onde duas garotas ciganas estavam sentadas debaixo das árvores, com as bocas abertas e os olhos parados. Penso em dar um euro para cada uma. Ainda estou pensando nisso quando passamos por elas.

No meio da ponte nós paramos para Ralf recuperar o fôlego. Estávamos contemplando o lento movimento do Spree quando Ralf teve uma ideia. Ele disse: "Eu estou com vontade de sentir o cheiro do mar. Tenho uma ideia. Por que não vamos para Rügen? Inês também. Nós podemos andar descalços na areia. Podemos ir este fim de semana. Sair daqui na sexta-feira e voltar no domingo à noite."

E foi o que fizemos. Partimos para Rügen no fim de semana seguinte. Eu não imaginava o alívio que seria sair da cidade. As planícies do norte da Alemanha voavam do lado de fora. A cabeça de Ralf balançava encostada na janela. Inês estava sentada em frente, de braços cruzados, o rosto fechado, e sem nenhum interesse pela paisagem lá fora. Em determinado momento, eu me levantei para ir ao banheiro. Abri a janela e senti o ar quente no meu rosto. Então avistei a mim mesmo no espelho rachado. Não gostei do que vi.

Sempre que penso naquela primeira noite em que ela veio ao meu quarto, não entendo por que aquilo aconteceu, só sei que aconteceu, de forma intensa e inevitável, e sem qualquer outro ângulo que eu pudesse identificar na época. Mas aquele também foi o momento em que ela se afastou, de modo que fiquei permanentemente desequilibrado, como um homem prestes a cair. Restara agora um sorriso do outro lado da sala no apartamento de Ralf. A conversa voltara às banalidades de uma garçonete bem treinada servindo a mesa de dois fregueses fiéis. E então aquele dia no parque, quando avistei um mundo totalmente diferente. Com certa resignação, eu me vi aceitando o meu lugar no esquema das coisas, um par de olhos para Ralf, uma fonte de dinheiro para Inês. Sim. Eu continuei pagando a ela. Eu levei a sério sua ameaça de contar a Ralf. Isso teria sido embaraçoso para mim. Para Ralf também, eu acho. Isso mudaria as coisas entre nós. A memória dele iria reformular aqueles últimos meses. Tudo seria reconfigurado. Em sua mente, eu me transformaria numa figura não confiável. Eu tinha certeza disso. Possivelmente alguém de quem ele devia se livrar. Então eu estava desesperado para manter meu "caso" com Inês (não sei de que outro modo posso chamá-lo) em segredo. Mas aquele segredo não era a única coisa pela qual eu estava pagando. Continuei a esperar por seus passos na escada.

Em Stralsund, nós trocamos de trem e atravessamos um istmo para chegar a Rügen. O mar apareceu brevemente dos dois lados do trem. Ao longe estavam os penhascos brancos do quadro. Ralf se inclinou pateticamente no assento, tentando enxergar através de sua cegueira o lugar onde passou seus anos mais felizes. Inês olhava firmemente para o mar. Ela ficou olhando até o mar ser substituído pela terra.

Houve mais uma troca de trens. Um trenzinho pequeno que parecia de brinquedo nos deixou na última estação, um lindo prédio antigo atrás de prédios de apartamentos populares que se erguiam como bigornas na paisagem marinha. Depois de cinco minutos de caminhada a pé, nós deixamos aquela praga para trás. Lá estava o mar, fantasticamente suspenso nas árvores enfileiradas ao longo da praia. Nós nos inclinamos para a frente na nossa ansiedade em chegar lá, em estar lá. Eu tinha minha sacola de roupas, Ralf carregava sua maleta marrom que parecia uma maleta de médico e, com a bengala na outra mão, ia batendo no chão à sua frente. Inês caminhava na frente, uma sacola plástica pendurada no braço, contendo seu uniforme de empregada branco e lilás.

Um longo píer se estende da praia de Binz sobre o mar. As pessoas andam até a ponta dele para contemplar o mar aberto. Depois dão meia-volta e retornam para a praia. A sensação é de que estiveram num lugar refrescante e novo e que agora estão voltando – normalmente para tomar café, almoçar ou jantar.

Eu estava na ponta deste píer de manhã cedinho, no nosso primeiro dia lá, Inês e Ralf ainda na cama, quando meu celular inesperadamente tocou. Era minha irmã mais velha ligando para dizer que nossa mãe tinha tido um derrame. A meio mundo de distância, pude ouvir os ruídos do hospital e, de modo igualmente indiscutível, o nervosismo da minha irmã. Ela fora de Brisbane para lá naquele dia mesmo. Achava que eu devia fazer todo esforço para voltar o quanto antes. Eu não tive coragem de dizer a ela como era lindo o lugar onde eu estava naquele momento, na ponta de um longo píer, com o Ostsee passando por baixo de mim, a longa praia branca brilhando sob o sol da manhã, a tela de limoeiros, o calçadão, e, do outro lado, a fila de velhos hotéis de madeira virados para o mar, nem que, enquanto a ouvia, estava olhando para um canto da praia, o trecho reservado para banhistas nus, onde um barco de pesca estava atracando e uma quantidade de entusiastas pulando na água com seus corpos brancos cheios de determinação. A cena toda parecia um cartão-postal, imóvel, emoldurada, e minha irmã continuava a explicar que mais cedo naquele dia minha mãe tinha se levantado, sentado na beira da cama e então simplesmente congelado, e que foi assim que uma de suas amigas a encontrara muitas horas depois.

159

Eu ia ter que voltar para casa. Quando encontrei com Ralf e Inês no salão para tomar café, meu sorriso era do tipo que os médicos bondosos reservam para pacientes que ainda não sabem que estão à beira da morte. Eu me sentei e abri meu guardanapo engomado. Durante o café, Ralf lembrou de uma cabana que costumava vender peixe seco; ficava um pouco mais adiante, na praia. Ele sugeriu que fôssemos procurá-la. Perguntou a Inês se ela já tinha comido peixe seco.

– Sim. É claro – ela respondeu. – Cavala.

– Há! Mas não esta cavala... não a do Ostsee.

Esta foi a primeira vez que eu o ouvi manifestar um orgulho de natureza tribal. Cavala, ora veja. Algumas semanas antes tinha começado a Copa Europeia. Eu assisti ao jogo de abertura com Inês, Ralf ouviu com fones de ouvido os comentários do rádio. Quando a Alemanha marcou o primeiro gol contra a Polônia, as câmeras de televisão mostraram a chanceler no meio da multidão. Ela se levantou animadamente – como qualquer torcedor faria – e então se controlou, e foi como se toda a história da Alemanha a estivesse encarando; com um ar sem graça, tornou a se sentar para divertimento dos comentaristas alemães.

Essa foi mais uma coisa que eu deixei de passar para Ralf.

Naquela tarde, eu voltei sozinho para a ponta do píer e liguei para minha irmã. Já era quase meia-noite lá, ela ainda estava no hospital, mas de melhor humor. O derrame tinha sido benigno. Não tinha havido perda de movimentos corporais. Nenhum daqueles efeitos horríveis de que se ouve falar. Mas a linguagem de minha mãe estava um pouco atrapalhada. Tinha pedido um banho quando quis pedir um chá. Com terapia, ela poderia recuperar bastante esta capacidade. De manhã, seria transferida para a ala de derrames. "Que bom", eu disse. "Isso é muito bom." Eu me despedi e desliguei o celular. Inês e Ralf estavam vindo pelo píer para me buscar.

Por trás da voz da minha irmã, por trás dos ruídos do hospital, eu avistara a rua onde ficava o hospital, a enorme pedra em forma de ovo retirada do rio e colocada no final da rua para comemorar uma rixa entre os maoria e os meus antepassados, um corneteiro, um garoto de uniforme ferido de morte num solo agora coberto com jardins ingleses, asfalto e casas, e um jardim de infância que frequentei arrastando uma grande ovelha não tosada atrás de mim na ponta de um barbante, e o campo de golfe onde eu e minha amiga de infância Megan Rabbit entrávamos e saíamos de um sonho de fama. Tudo isso veio junto com a voz da minha irmã, bem como suas vogais arrastadas, adquiridas após onze anos em Queensland – uma parte da sua vida que eu conhecia tão pouco, de modo que, quando tornei a me juntar a Ralf e Inês, eu não era exatamente a mesma pessoa que eles tinham encontrado no café da manhã.

Na praia, no início da noite, nós deixamos Ralf caminhar confiantemente, segurando as meias e os sapatos, guiado pela linha da maré. Um homem e uma mulher nus (um pênis garboso e seios caídos) passaram por nós de mãos dadas, e em pouco tempo nós estávamos no meio de uma multidão de corpos nus, e Inês entrelaçou os dedos nos meus.

Eu passei aquela noite com ela. Inês tinha um sono leve. Estava sempre muito alerta às mudanças internas dos outros. De vez em quando ela acordava e se lembrava de onde estava, e voltava a dormir. Passei a maior parte da noite prestando atenção nas vozes que vinham do calçadão, depois no murmúrio calmo do Ostsee batendo na praia. No meio da madrugada, ela se mexeu ao meu lado, pegou minha mão e a colocou entre suas pernas.

Dezenove

Um dia depois de voltarmos a Berlim, eu notei a falta de um par de travessas de prata no armário e de diversos cachimbos que tinham pertencido ao avô de Ralf, um marinheiro que costumava velejar entre os portos de Hamburgo e da Inglaterra. Eu tinha decidido contar a Ralf. Eu não ia poupar a mim mesmo. Contaria tudo a Ralf.

Esperei uma semana. Mais uma semana preocupado, pensando em como proceder. Precisava pegar Ralf sozinho. Essa era a primeira coisa. Mais uma vez foi como se Inês percebesse minhas intenções. Ela não saía de perto. Acho que não saiu sozinha a semana inteira. Ela me visitou três noites e não pediu nada em troca. Mas depois nós ficamos deitados no escuro, separados um do outro.

Era o fim de semana da final da Copa da Europa. Um sábado ou um domingo – não me lembro mais. Fora isso, os detalhes daquele dia estão gravados em minha mente.

Eu fiz tudo devagar naquele dia. Fui extremamente metódico – o modo como tomei banho, como preparei um chá, até o modo como comi meu muesli.

No final da manhã, fui tomar um café com Schreiber no Museu de História Natural. Fui mostrar a ele meus desenhos dos peixes pulmonados. Ele põe os óculos para examiná-los. Ele gosta do que vê. Fora o peixe pulmonado sacrificado pelo taxidermista do museu que eu copiei fielmente – imperfeições e tudo o mais. Schreiber não achou que aquele desenho se parecesse com um peixe pulmonado. Eu concordei satisfeito. "Mas é o que está exposto", eu disse. Schreiber quer falar de futebol. A Alemanha desafiou as previsões dos entendidos e foi para a final, desanimadoramente, segundo alguns fãs, contra uma Espanha em plena forma e brilho. Schreiber está contente com o progresso do time. Ele é poucos anos mais moço do que Ralf. Quando lhe digo que vou torcer pela Alemanha, ele fica surpreso, e depois encantado.

Aquela tarde eu sigo a multidão colorida pelo Unten den Linden até o Portão de Brandenburg, onde foi erguida uma enorme tela. Ainda faltam algumas horas para o jogo. Soam cornetas, apitos, tambores, e milhares de pessoas vestidas de vermelho, amarelo e preto se deslocam pela cidade em direção ao Portão de Brandenburg. Mais tarde eu ouvi dizer que havia meio milhão de pessoas lá.

Tudo foi diferente nesse dia. Amortecido, eu diria. Uma alma solitária carregando um saco imundo catava lixo para vender. Voltando pela Unter den Linden, eu me junto ao final da multidão, gente que chegou mais tarde, moças com os rostos pintados de preto, amarelo e vermelho, os rostos de seus namorados cheios de alegria. Em Bebelplatz, onde quase todos os dias os turistas relembram o momento terrível de queima de livros em 1933, um jovem pai está agachado ao lado do filho, incentivando-o a chutar uma pequena bola de futebol.

Eu fui andando, desfrutando das ruas vazias numa cidade que estava concentrada naquele evento único. Ao voltar pelo Tiergarten, parecia que eu estava no campo. Um ciclista solitário passou por mim, como eu, misteriosamente alheio à importância do momento.

Eu tinha mudado de ideia quanto a assistir ao jogo num bar. Voltaria para o apartamento e dividiria o momento com Ralf. Ele tinha mandado Inês comprar champanhe para o caso de uma vitória da Alemanha; tudo isso ia ajudar a melhorar seu ânimo antes de eu contar sobre os furtos de Inês, sua pilhagem dos bens do apartamento, sua venda e o destino do dinheiro. Eu não sabia bem o que dizer sobre isso. Talvez deixasse para ela explicar aquela história sinistra de comprar tempo para passar com aquele menino que eu tinha visto no Tiergarten.

Entro na rua de Ralf. Tem uma van estacionada mais à frente. Chuto uma garrafa de plástico e depois piso numa pilha de folhas secas. Estou odiando o momento que vou enfrentar logo mais. Ralf vai mudar de ideia a meu respeito. Não importa o que ele diga, vai imaginar, com todo o direito, por que demorei tanto tempo para lhe contar. O que me impediu de falar até agora? Eu ainda não sei o que vou dizer. Sempre há a verdade. Mas ela não parece a coisa certa a dizer. Não é nada lisonjeira. É nesse momento que eu levanto os olhos. A primeira coisa que noto é a van. É uma van da polícia. E os dois caras que estão descendo os degraus do prédio de Ralf são policiais. Inês está com eles. Um deles está algemado a ela. Agora outro policial sai da van para abrir a porta de trás. Ele ajuda Inês e o policial algemado a entrar na van e fecha a porta em seguida. O outro policial tira as luvas e entra na van. É acompanhado pelo motorista. A van se afasta do meio-fio. Assisto a sua manobra lenta para fazer a volta. Sem pressa alguma, ela vem sacolejando na minha direção. Um galho de salgueiro roça o teto. Eu me viro e a vejo chegar no final da rua. Lá, ela tomou a direção dos caminhões de lixo.

E então eu corri.

Não esperei pelo elevador. Subi correndo os cinco andares. Encontrei Ralf num estado de confusão mental, parado no meio da sala. Ele parecia achar que a polícia ainda estava lá. Então ele disse: "Defoe? É você?" A voz dele estava trêmula. Eu o levei até uma cadeira e tentei acalmá-lo. Ele disse: "A polícia esteve aqui. Eles levaram Inês. Disseram que era um assunto de rotina. Eles precisavam conversar com ela na delegacia."

A polícia tinha deixado um número de telefone para ele ligar, mas disse que devia esperar quatro horas antes de fazê-lo, então foi assim que agimos. Nós esperamos. Nós assistimos ao cara de bebê do Torres fazer um gol e, no êxtase de fazer o primeiro e único gol da Espanha e, como se viu, o gol da vitória, ele correu para o canto da área chupando o dedo até ser agarrado por seus companheiros radiantes. Nós assistimos aos deprimentes minutos finais, esperando aquele maldito jogo terminar. Servi uma bebida para Ralf, mas ele não a tomou. Aí chegou a hora. Eu levei o telefone para ele e disquei o número.

Ele falou em alemão, então, é claro, não sei o que disse, mas notei uma mudança de tom. Ele começou com certa autoridade, mas aos poucos foi desanimando e, no fim, estava balançando a cabeça e suspirando. Quando me entregou o telefone, parecia completamente perdido. Como o apartamento pareceu grande e vazio naquela hora. A vasta área de assoalho estendendo-se da ponta da bengala segura entre seus joelhos. Como as paredes pareciam vazias. Numa voz cheia de incredulidade, ele disse: "Eles disseram que ela matou alguém. Na Sicília. Uma mulher. Inês alguma coisa. Eu não peguei o nome. Eu devia ter prestado mais atenção. Disseram que ela matou esta mulher e roubou a identidade dela."

Ela podia ser uma ladra. Uma ladra com alguma justificativa. Quem sabe? Mas uma assassina? Não, não, não. Impossível. Eu me vi competindo com Ralf para ver quem tinha mais convicção da inocência dela. Ele não a conhecia – não podia conhecê-la do mesmo jeito que eu. Quem poderia conhecê-la melhor do que eu? Estranhamente, porém, Ralf achava a mesma coisa – durante dias, semanas, nós continuamos a acreditar na inocência dela. Essa era a medida da nossa fé em Inês. Essa posição ia mudar, embora isso nunca fosse declarado abertamente, quando mais informações foram surgindo. E então percebi que nenhum de nós a conhecia. Conhecíamos uma pequena parte dela, um lado talvez, a parte uniformizada que carregava uma bandeja de chá pelo apartamento, quando por um momento a luz que vinha da janela a capturava, ampliava seu efeito teatral, e você podia pensar, como eu pensei, e com bastante lógica, sim, aqui está ela, aqui está Inês. Ela era o que nós esperávamos que fosse. Nunca me ocorreu que pudesse haver mais. Só depois que passei a servir o chá para Ralf foi que apreciei a elegância que ela trouxera para aquela tarefa. Por mais que fosse incrível pensar até onde aquela performance a tinha levado, era embaraçoso saber o quanto Ralf e eu tínhamos sido ingênuos. Fico imaginando se foi por isso que nós insistimos em manter a opinião que tínhamos de Inês enquanto, reservadamente, a ideia dela como uma empregada simples e inocente caía por terra.

Ralf teve que se adaptar à perda de uma empregada. Ele passou por um período em que quebrava tudo o que pegava, como que para dizer: será que ninguém está vendo como esta situação é difícil? Todas as antigas tarefas de Inês passaram para mim. Eu me mudei para seu antigo quarto, dormi em sua cama e todas as manhãs eu acordava com o barulho da bengala de Ralf batendo no chão.

Na segunda manhã, enfiei a mão debaixo da cama para pegar um sapato quando achei o invólucro de uma camisinha. Inês e eu nunca usamos camisinha. Eu tinha feito uma vasectomia cinco anos antes. Foi estranho. Afinal, ali só havia Ralf e eu.

Nas semanas seguintes, houve mais telefonemas. Tínhamos o telefone da instituição na Sicília onde ela estava presa. Inês também tentou entrar em contato conosco. Uma vez eu subi a escada para o apartamento de Ralf e achei o telefone no chão. Da segunda vez, havia uma mensagem de Inês. Ela informava a data do julgamento. Depois, foi como se sua antiga vida dominasse seus pensamentos. Sua voz mudou. Ela lembrou a Ralf onde estavam suas pílulas. Ela me pediu para não esquecer de trocar as flores. Esperava que estivéssemos conseguindo nos arranjar sem ela. Eu não apaguei a mensagem. Eu a ouvi algumas vezes, esperando ouvir mais. Talvez eu tivesse deixado escapar um tom que, ao ouvir de novo, eu pudesse identificar como sendo um traço dessa outra pessoa, aquela que era um mistério para nós dois. Mas o que ouvi todas as vezes foi uma reiteração de confiança e lealdade. No que se referia a Inês, isto é, pelo que o tom de sua voz indicava, nada tinha mudado. Ela ainda podia contar conosco.

Fizemos planos para viajar para a Catania, para o que Ralf estava convencido de que seria um "julgamento de mentira". Ele me fez contatar lugares possíveis de ficar. Enquanto eu ligava, ele ficava do meu lado, com uma migalha de biscoito grudada no canto da boca. Queria ter certeza de que os quartos eram de não fumantes. Ele queria saber como era a vizinhança. Em certa ocasião, tive que pedir à mulher do outro lado da linha para ir até a janela e descrever a rua lá fora enquanto Ralf berrava de sua cadeira que não ia tolerar barulho.

– Pergunte a ela sobre criminosos! – berrou ele.

Suas perguntas foram ficando cada vez mais excêntricas. Então, uma semana antes de eu partir, abri a cortina da janela ao lado da cadeira dele e vi lá embaixo os tetos dos carros cobertos de folhas. Naquele outono tudo mudou. Havia um novo mundo para conhecer. Aquela tarde, quando saímos do apartamento, o ar frio fez arder nossos rostos. No meio do caminho para a S-Bahn, Ralf mudou de ideia. "Estou com vontade de ir ao zoológico, para variar", ele disse, e lá fomos nós. Dentro do zoológico, ele parou e levantou a cabeça para sentir os cheiros fecundos. Então, segurou meu cotovelo e disse: "Vamos ouvir sobre o elefante."

Vinte

As noites eram horríveis. Ralf ficava sentado com os cotovelos nos braços da poltrona, o queixo pousado nas mãos entrelaçadas. De vez em quando, balançava a cabeça ou resmungava consigo mesmo. A única coisa a fazer era beber. Meu copo vazio era uma surpresa constante. Nós ficávamos ali sentados, unidos pelo silêncio, eu no sofá, Ralf na sua poltrona, imóvel como uma mariposa no escuro, e quando eu fitava com os olhos embaçados as paredes vazias atrás dele, não conseguia deixar de pensar: eu ainda preciso contar a ele.

Então eu parei de pensar nisso. Tinha um problema maior e mais urgente em que pensar. Precisava encontrar alguém para me substituir.

Quando pedi a Ralf para me passar informações sobre seus amigos, ele se recusou. Ele não queria ser um fardo para os amigos. Eu não insisti. Foi um erro ter perguntado. A última coisa que eu queria era ter os amigos dele entrando no apartamento e levando um susto ao ver as paredes vazias. Pensei em contatar uma agência social alemã. Mas o meu alemão não se prestava a uma conversa telefônica desse tipo. Pensando melhor, eu não quis despertar a curiosidade das autoridades. Meu visto também tinha expirado. Eu estava começando a pensar como Inês.

Por puro acaso, num armário da cozinha, encontrei o cartaz anunciando: "Quarto em troca de pequenos serviços domésticos."

Eu conversei com Ralf. Alguma coisa precisava ser feita. O dia da minha partida estava se aproximando. Ele sabia da minha situação em casa e se mostrou solidário. É claro que esta solidariedade era temperada pelo conhecimento de que ele iria precisar de outra pessoa. Ele não podia viver sozinho.

Então, uma tarde, nós fomos para o Zoologischer Garten. Eu pretendera ir de manhã, mas Ralf, aquele velho pescador astuto, disse que as tardes eram melhores.

Da primeira vez que fui pescar, não conseguia acreditar que um peixe pudesse se deixar enganar por nossos preparativos feitos em terra. Eu vi meu pai armar a vara e passar a linha pelos ganchos, depois prender o anzol e a isca – de metal brilhante com uma linguinha de plástico vermelho. Eu ainda estava duvidando na hora que ele lançou a linha e eu vi a isca bater na água. Segundos depois houve um puxão, a ponta da vara entortou e o rosto do meu pai se iluminou de prazer, e então eu me tornei um crente.

Portanto, quando entramos na estação com o cartaz na mão, eu já tinha convencido a mim mesmo de que iríamos atrair alguém na multidão. Eu só precisava copiar o exemplo de Inês.

Nós não tivemos que esperar muito, quinze minutos mais ou menos, enquanto eu estudava os rostos das pessoas que desciam pela escada rolante. Ralf ficou o tempo todo imóvel como um eremita numa caverna. Então eu a vi. O rosto tinha um ar de inocência, uma pele fresca, cabelo castanho caindo nos ombros, um suéter de tricô com coalas vermelhos e pretos subindo num peito amplo, jeans, tênis. Eu sorri para ela. A princípio, isso teve o efeito de uma pedra atirada num lago cheio de peixes pequenos e nervosos. Eu continuei sorrindo. Esperei – dito e feito – ao virar o rosto para trás, ela deu um sorriso relutante. Consegui segurar o sorriso dela escada abaixo. Ela se aproximou arrastando a mala e, quando Ralf me ouviu falar em inglês, ele foi até a boca da caverna, espiou para fora e disse: "Quem temos aqui, então?"

O nome dela é Júlia. Tinha voado de Sydney para Frankfurt e er trado no primeiro trem para Berlim. Ficou feliz em encontrar alguém do mesmo país que ela. Alguém que ela considerou de confiança como uma questão de fidelidade tribal.

Acredito que ela tenha as qualidades necessárias, calma, prática, capaz de rir das eventuais mijadas fora do vaso de Ralf.

Instalei Júlia no antigo quarto de Inês. Fui até a janela com ela. Nós dois contemplamos o pátio cheio de folhas de castanheiro. Apontei para os ninhos de passarinho. Mostrei-lhe o banheiro. Sabia que estava louca que eu saísse para que ela pudesse tirar a roupa e tomar um banho quente.

Levei minhas coisas de volta para o andar de baixo. Eu não desfiz a mala. Eu não me sentia mais um ocupante. Não me sentia mais fazendo parte da vida de Ralf ou da cidade. Passava os dias na janela contemplando os galhos nus. Tentei ler, mas não conseguia me concentrar. Eu me vi visitando os novos sites de casa, analisando cada detalhe do clima e as declarações de políticos e de técnicos de rugby. Quando me cansava disso, eu ia para a janela. Esperava a tarde passar. Quando escurecia, eu saía e atravessava o Tiergarten e entrava na fila para comer na barraquinha de linguiça ao lado da estação. Voltava ladeando os muros do zoológico até que os ruídos e gritos se aquietavam no pano de fundo daquela velha vida abandonada.

Cinco dias depois de se mudar para lá, Júlia estava parada ao lado de Ralf, na Hauptbanhof, acenando para mim no ônibus do aeroporto. Ela estava de braço dado com ele, como eu tinha visto Inês fazer tantas vezes. Quando o ônibus partiu, eu vi que Ralf tinha virado a cabeça na direção errada. Ele parecia distraído. Antigamente, teria sido por estar imaginando: *o que será que houve com Inês*.

Parte quatro: Inês

Vinte e um

O inspetor é minha única visita. Todo dia de visita ele vem. Senta-se em frente a mim na mesa comprida. Põe as duas mãos sobre a mesa. Senta-se meio de lado, como se houvesse algum problema com a cadeira. Foi o que eu achei no início. Agora percebo que é porque ele quer ver mais. Agora estou acostumada com isso, mas no princípio eu senti como se fosse uma decepção. Ele tinha vindo aqui esperando mais. E agora eu me sento diante dele e isso é tudo o que eu tenho para mostrar. O jeito que ele vira a cabeça e depois torna a olhar para mim me faz pensar que poderia haver mais. Eu vi gente no zoológico com a mesma expressão do inspetor. O urso é uma decepção. Veja só o rinoceronte – ele não está fazendo nada. É só um rinoceronte. Ele está sendo simplesmente um rinoceronte. Foi assim com Defoe na praia do zoológico. Ele achou que tinha que compensar pela decepção da praia inventando coisas ou contando-me histórias sobre outra praia do país dele do outro lado do mundo. Costumava falar o tempo todo sobre aquele país como se significasse alguma coisa.

Mas o que é mais importante do que um filho? Países não significam nada. Eles não significam nada para mim. Eu já não sei distinguir países de zoológicos.

Quando o inspetor vier visitar, ele vai sentar dentro de si mesmo. Ele tem seus membros, seu rosto, suas roupas, a aparência exterior de um homem, mas isso foi só para ele conseguir passar pela porta e se sentar em frente a mim. A outra parte dele fica bem escondida lá dentro, olhando através dos seus olhos bondosos, que eu vim a acreditar que são seus olhos de verdade. O inspetor tem outro par de olhos para fins profissionais. Estes ficam mais para trás. Estes são os olhos que se decepcionam tão facilmente com o que veem. Ele estava esperando uma lata cheia de biscoitos e encontrou apenas alguns restos. Não dá para disfarçar esse tipo de decepção. Mesmo num homem que não tem olhos. Ralf não tinha olhos. Então sua boca carregava o peso da decepção. Sempre que ficava desapontado, sua boca se abria. Isso podia acontecer quando ele estava esperando coisas boas como comida ou bebida, e neste caso seu lábio inferior ficava mais leve e não puxava os ossos do rosto, arrastando-os para baixo, para o buraco da decepção junto com seu coração. Sempre que a boca de Ralf ficava pendurada de decepção, era como se o seu coração estivesse procurando uma abertura para escapar.

    O inspetor se senta em frente a mim e me encara. Sou um animalzinho dentro do cercado. Ele tem informações sobre esse animal. E lá estou eu, capturada, enjaulada, o exemplo vivo da criatura sobre a qual ele leu.

    No zoológico, os animais encaram de volta. Então eu olho cautelosamente para a sua camisa branca. Está limpa e passada. A ponta do colarinho está começando a esgarçar. Ele me viu olhando, e uma ou duas vezes acompanhou o meu olhar, enfiando o queixo no peito para ver o que eu estava vendo. Ele reage nesses momentos como um motorista de caminhão descobrindo um beco sem saída. Esfrega os olhos, esfrega para tirar o aspecto insatisfatório do mundo. Depois, ele pisca os olhos na minha direção. Ele pisca até eu estar de novo no foco. Estou de volta onde ele me viu pela primeira vez, sentada em frente a ele, do outro lado da mesa. Então ele descruza as pernas. Senta-se mais reto, se aproxima da beirada da mesa. Ele está de novo desejando que houvesse mais de mim, mais para ver.

    Os olhos do inspetor são castanho-esverdeados. Eu me lembro uma vez de andar sob uma cobertura de árvores e olhar para cima, para um céu claro, através dos galhos marrons. Às vezes eu penso ver dois clarões amarelos. São os olhos mais duros do inspetor tentando tomar o lugar do par mais bondoso e confiante.

    O cabelo dele é escuro. Havia um maître no hotel da Tunísia que pintava o cabelo de preto. Você percebia que estava pintado. A vaidade que perdeu a capacidade de ver a si mesmo. O cabelo do inspetor é mais escuro na raiz e depois vai clareando nas pontas. A alga marinha faz a mesma coisa no mar quando sobe em direção à luz. Minha pele clara vem da minha mãe. Clara é a realização de um desejo, ela costumava dizer. Eu nasci clara, mas à noite eu me torno a noite. Durante o dia minha pele clareava – e junto de gente branca, para alegria e alívio da minha mãe, porque eu agora seria salva, minha pele ficava igual à deles. Quando se despediu, ela esperava que um dia eu voltasse do mundo dos hotéis transformada, tão branca quanto as tolhas das mesas. Quando meu bebê nasceu, eu vi que tinha herdado a minha pele. O pai dele ficou espantado. Eu tive que dizer a ele que se acalmasse, o bebê ainda está experimentando sua pele. Eu ri da burrice desta observação, mas o rosto de Jermayne se enrugou. Ele olhou para o bebê como se isso fosse um problema para resolver ou consertar.

    Há janelas altas na sala de visitas. Sempre que o inspetor se levanta para ir embora, a luz dessas janelas cai sobre seu cabelo. O que era escuro fica castanho-avermelhado, ele passa a mão no cabelo como se também ele percebesse a mudança, depois o cabelo volta a ficar escuro quando ele sai da luz. Há criaturas no mar que são mais felizes fora da luz. Enfiadas numa fenda de rocha ou de lama, elas contemplam o mundo flutuante. Mesmo no hotel, alguns hóspedes recusavam uma mesa no meio do restaurante. O homem ficava incomodado, a mulher nervosa. Ela mexia nas joias. Os hóspedes sentados junto às paredes pareciam muito contentes. Se ao menos eles pudessem ter o que aquelas pessoas tinham, uma mesa perto da parede na extremidade do restaurante. Eu imagino o inspetor sentado numa mesa perto da parede. Imagino os empregados confusos. Ninguém sabe quem o colocou lá, como ele ocupou aquela mesa. É assim que eu chego na sala de visitas e encontro

175

o inspetor esperando por mim, já sentado, com as mãos juntas e as pontas dos dedos apontando para dentro e descansando sobre o tampo da mesa.

Depois que os clarões amarelos desaparecem, seus olhos se umedecem. Eu me vejo desejando poder estender a mão e tocar no bigode dele – para ver se é tão macio e quente quanto parece. Quando ele sorri, formam-se rugas nos cantos dos seus olhos, e então eu me sinto satisfeita com o que quer que eu tenha dito.

Ele sempre vem com o mesmo blazer azul-pavão. Um azul mais escuro ficaria melhor nele. Um azul escuro combinaria melhor com os botões de metal. Se ele tivesse aparecido no hotel com aquele blazer azul-pavão, nós o teríamos tomado por um participante de um pacote turístico.

Ele usa calças escuras. Sempre que se levanta para ir embora, eu olho para ver a luz refletida em seus sapatos pretos. Então as rugas se desfazem nos cantos dos seus olhos. Ele sabe que eu conheço as suas vaidades. Aquele bigode, o vinco em sua calça e os sapatos caros.

Este também é o momento em que ele me dá algo melhor do que o bolo que a sua esposa preparou. Ontem foram blocos e canetas.

O inspetor não é o meu único amigo. Mas é meu único visitante. Às vezes eu penso sentir o calor do dia lá fora saindo dele. Isso é um presente. O inspetor trouxe aquele mundo para dentro da sala de visitas com ele. Às vezes eu vejo um pouquinho de cinzas na frente da sua camisa. Quando me vê olhando, ele olha para baixo e limpa as cinzas, sem perceber que ao mesmo tempo deu e tirou o momento em que eu o imaginei sentado sozinho no carro, esperando abrir os portões para a prisão feminina.

Ontem eu entrei na sala de visitas e o encontrei como sempre encontro, já sentado, mas desta vez havia uma pilha de papéis na mesa diante dele. Aquela pilha de papéis agora está comigo. O inspetor explicou do que se tratava. Depoimentos, ele disse. Depoimentos de pessoas com quem eu entrei em contato ou que disseram me conhecer quando fui para Berlim para pegar de volta o meu filho que aquele ladrão de bebês, Jermayne, tinha levado. Eu li esses depoimentos de uma vez só e senti o mesmo que senti da primeira vez que vi um dejeto de verme. Como uma criatura tão mole e flexível conseguia deixar para trás, quase ao passar, algo tão duro e rígido?

Parece que foi há muito tempo. O dia que os homens de uniforme verde vieram e me levaram embora da casa do cavalheiro cego. Os homens de verde foram educados no início, e depois silenciosos. Silenciosos como o concreto usado para proteger contra os elementos selvagens. Havia uma grade entre o lugar onde eu me sentei na traseira da van e os homens na frente. Um dos homens se sentou em frente a mim. Mas ficava olhando para a janelinha na porta traseira. Ele dava a impressão de preferir estar fazendo outra coisa, andando de barco ou jogando pingue-pongue. Olhei pela mesma janela e vi um espaço cinzento, uma árvore. Eu vi Defoe como uma coisa atirada pela tempestade, lutando para se manter de pé contra o vento. E então eu era aquela mesma coisa que estava vendo, eu também tinha sido arrancada do chão e estava sendo levada presa pelas autoridades. O pânico que senti foi pelo meu filho. Fiquei vazia por dentro. Eu me senti leve como uma casca. Desejei ter dito alguma coisa para o meu filho. Da última vez que o entreguei de volta para Jermayne, eu disse "até logo", mas eu tinha dito isso com o mesmo sentimento que dizia sempre que deixava Ralf e ia comprar café ou leite. E agora eu estava sendo arrancada dele. Isso estava acontecendo de novo.

Eu o imagino frequentemente imaginando para onde sua mãe foi. Por que ela não se encontra mais com ele no parque. Eu me pergunto daqui a quanto tempo vou poder vê-lo de novo. Eu me preocupo com esse tempo perdido e como vou conseguir recuperá-lo. Eu me preocupo com as mentiras que o pai irá contar para ele. Eu vi minha vida com meu filho indo embora por aquela janela traseira. Enquanto íamos sacolejando pela cidade escondida, eu me vi de volta no mar profundo, tateando em volta de mim, no escuro. E, quando as portas da van se abriram, houve um clarão e eu me lembrei da mesma luz ofuscante entrando no abrigo que eu tinha feito debaixo do bote na praia. Toda mordida de piolhos do mar, eu olhei para o cabelo escuro e comprido emoldurando um rosto tão surpreso em me ver quanto eu estava surpresa em vê-la. Nós duas gritamos, e, quando o bote tornou a cair, a luz do mundo lá em cima se afastou de mim. Eu fiquei deitada de lado, encolhida, o rosto encostado na pedra, e esperei. Uma luz entrou pelos lados do bote, depois um pouco mais, um pouco mais, até que eu vi um rosto de mulher de cabeça para baixo, perto da pedra do lado de fora do casco. Ela não podia me ver porque estava escuro. Ela chamou baixinho. Parecia estar chamando um gato. E eu não conseguia me decidir se saía dali na esperança de ser levada até um pires de leite ou se ficava quieta.

O lado do bote foi levantado. A luz ofuscante voltou. Eu me encolhi mais, como um caranguejo em pânico. Eu estendi a mão. Agarrei um pedaço de pano e quando a arrastei para baixo, para perto de mim na pedra, o casco caiu sobre nós. Ficou escuro na mesma hora. Como foi estranho sentir suas roupas secas e seu hálito quente e bem alimentado tão perto do meu. Como foi estranho ter outro caranguejo sob a minha casca. Eu fiz um monte de coisas que desconhecia saber fazer. Pus minha mão sobre sua boca para que ela não gritasse. Murmurei em seu ouvido palavras de hotel para acalmá-la. Vagarosamente, sua respiração ficou controlada. Em poucos minutos eu conquistei sua confiança. Mais tarde ela me diria que ficou aliviada ao perceber que eu não era um homem.

Por outro lado, eu não era a mesma pessoa que tinha entrado naquele barco com sua carga humana. Quando me arrastei para a praia, eu tinha me livrado daquela pele. Eu tinha mudado muito quando aquela mulher tirou a tampa do meu corpo apodrecido pelo mar.

Sob o casco, no escuro, eu contei a ela que tinha nadado até a praia. Ela não acreditou em mim. Mas era verdade. Afinal de contas, ali estava eu, mordida de piolhos do mar, deitada num túmulo de pedra, agarrada naquela mulher de roupas secas como se ela fosse um salva-vidas.

De vez em quando, eu espiava para fora de debaixo do casco. Eu não queria voltar para o mundo antes de escurecer. Então nós tivemos que esperar. Passou algum tempo. Mais de uma vez a mulher começou a soluçar. Cada uma das vezes eu a acalmei com a voz de hotel. Logo nós poderíamos sair. Mas não agora. Eu sinto muito, sinto muito mesmo, mas estas são as circunstâncias em que nos encontramos, então temos que ter paciência. Nós não conversamos muito. Quando ela me perguntou de onde eu era, eu respondi: "Do Hotel Astrada, em Túnis." Eu tinha chegado à Europa, mas onde? Ela ficou atônita por eu não saber. Eu disse a ela que o mar não identifica países. Ele apenas corre para a praia. E foi assim que cheguei naquela praia de pedra. Eu tinha sido jogada na praia junto com pedaços de madeira e plástico e outros destroços. Você está na Sicília, ela disse.

Perguntei se ela já tinha estado em Berlim. Ela disse que não.
– Mas você sabe onde fica Berlim?
– Sim, é claro. Berlim fica no norte da Alemanha.
– E daqui – perguntei a ela –, como posso chegar lá?
– Alemanha? Aeroporto – ela respondeu.
– Por terra? – perguntei.
– Sim.
Ela disse que era possível. Mas demorava.
– Demora quanto tempo?
– E é perigoso – ela acrescentou, se eu fosse fazer o que ela suspeitava que eu estivesse pretendendo. Mas o que é mais demorado e mais perigoso do que ficar à deriva no mar? Eu tinha conseguido chegar em terra firme, mas o medo e o perigo que conhecera no mar não tinham me abandonado nem jamais me abandonariam.

Eu ainda estava à deriva no oceano, dependendo das correntezas da sorte e da boa vontade.

Por um longo tempo nós ficamos deitadas sob aquele bote. Em algum momento, ouvimos vozes. De um homem e uma mulher. Ouvimos o ruído dos seus pés na pedra. Eles se sentaram numa ponta do bote. Nós ficamos deitadas embaixo, nossa pele coçando por causa dos piolhos do mar e dos bichinhos de areia, ouvindo a conversa deles no alto. Nos silêncios intermediários, eles se beijavam. E então eu ouvi uma voz que reconheci. De uma boca que tenta comer um amendoim no bar sem usar as mãos. Uma voz de olhe para mim, olhe para você, olhe para nós. Uma voz envolvente, grudenta como um mosquito. Jermayne era assim. Ele tinha mostrado a mesma atenção para comigo. Tive vontade de socar o casco do bote e alertar aquela mulher. Ela devia pegar um punhado de pedras no chão e acabar com aquela feitiçaria. Ou rir – eu tinha tentado isso com Jermayne quando as palavras não fizeram efeito. Mas isso apenas piorou as coisas. Deixou-o ainda mais animado. Meu riso pareceu encorajá-lo. E então lembrei, enquanto ouvia a mulher sentada no bote virado, que eu parecia gostar daquilo. Eu não tenho facilidade para zombar dos outros. Com Jermayne, no entanto, descobri a sensação de poder que aquilo me dava. Se eu risse, ele tentava com mais afinco. Quanto mais ele dizia galanteios e me olhava com admiração, mais eu me sentia poderosa; no bar da piscina, suas lisonjas faziam com que eu me sentisse mais importante do que minha posição de supervisora de equipe. Agora eu acho que este deve ser um truque que os homens usam no mundo inteiro. Porque, acima de nós, eu podia ouvir a mesma coisa sendo encenada, e, embora não entendesse uma só palavra, eu conhecia os seus sons.

Finalmente, eles se levantaram e nós ouvimos seus pés rangendo na areia. Esperamos mais alguns minutos. Então eu espiei para fora. Estava escuro. Vi luzes refletidas no mar escuro. Ouvi vozes distantes, alegres e felizes. Eu ouvi ruído de copos brindando. Imaginei se haveria um hotel ali perto. Enquanto estávamos debaixo do barco, a mulher tinha se submetido à minha autoridade. Eu espero não ter sido mais do que quis ser, firme mas bondosa como deve ser uma supervisora. A partir do momento que saímos de debaixo do bote e ficamos em pé na praia, no escuro, eu repassei a autoridade para ela.

Durante horas nós ficamos deitadas lado a lado, sem saber a criatura que estávamos nos agarrando. Agora, na luz refletida da noite, olhamos uma para a outra. Olhei para o seu belo vestido e seu fino relógio enquanto os olhos dela me examinavam de cima a baixo. A preocupação que vi nela me deixara com medo de que eu pudesse chamar muita atenção. Talvez não tivesse acreditado quando contei quanto tempo passei na água, e como cheguei à praia, parecendo um pepino encharcado. Ela olhou para o meu saco plástico. Eu lhe disse que era o meu uniforme de supervisora. Ela pareceu surpresa de novo. Ela riu, pediu desculpas. Tornou a rir. Então uns livros caídos nas pedras a distraíram. Parou de rir e se abaixou para enfiá-los na sua bolsa de praia. Ela me segurou pelo pulso e me conduziu pelas pedras. Pela primeira vez em dias, meus pés pousaram em concreto ou asfalto quente. Nós estávamos num estacionamento. E agora estávamos entrando num carro que cheirava a plástico quente; depois veio a excitação de me sentar, de me sentar e passar por ruas iluminadas por luzes que eu tinha visto do mar. Eu não queria saltar do carro. Queria continuar andando pelo mundo assim, olhando para pessoas caminhando de braços dados, para outros carros entrando e saindo de ruas estreitas. Pensei no engenheiro italiano com o papagaio. Por que tinha desistido disto pela ruela atrás do bar das prostitutas? Perguntei se Berlim era perto. Ela riu. Achou que eu estava brincando. Foi também nesse momento que se tornou minha amiga. Lá na praia, quando olhou para mim, ela viu que tudo o que eu tinha dito era verdade. Foi quando deve ter resolvido me ajudar. Ela me disse o nome dela. "Você pode me chamar de Inês."

Ela morava num apartamento pequeno no alto de um lance pequeno de degraus de pedra. No meio desses degraus, eu parei.

Ouvi música vindo de um prédio ali perto. Alguém estava cantando – em italiano. Pela primeira vez, senti que tinha chegado. Que estava em algum lugar.
   Debaixo do chuveiro quente, tirei o mar da minha pele e do meu cabelo. Ela me deu xampu para tirar os nós do cabelo. Ela me deu um roupão branco para vestir. Perguntou por que eu estava rindo. Era porque eu estava me sentindo uma hóspede de hotel. Como uma turista. Eu podia ouvir a máquina de lavar roupa girando com minhas roupas. Senti o cheiro da comida antes de vê-la ou de prová-la. Um cheiro bom de tomate. Comi três pratos. Eu não quis vinho. Depois, nós nos sentamos na pequena sacada que dava para as silhuetas escuras dos edifícios. Do outro lado dos telhados, pedacinhos de mar sob um céu amarelo e preto. Imaginei quantos ainda estariam lá. Quantos teriam sobrevivido. Quantos teriam se afogado. Pensei no homem com uma caixa no colo.

Até agora, só uma única pessoa no mundo além de mim sabia sobre Jermayne. Quando contei a esta mulher, minha nova amiga, meu relato soou diferente aos meus próprios ouvidos. Minha amiga do hotel que sabia sobre Jermayne e que me aconselhou entendeu minha decepção ao perder um homem que eu achava que era meu. Mas essa parte da história não tinha mais importância. E, quando contei à minha nova amiga, tive a impressão de que estava contando uma parte mais antiga de uma história que não podia mais me afetar ou me machucar. A única parte que importava dizia respeito ao meu filho.
   Ela perguntou por que eu não fui à polícia. A resposta é simples. Nunca me ocorreu fazer isso. Nunca me ocorreu que as autoridades fossem ajudar. Agora eu fico em dúvida. É difícil achar que as coisas poderiam ser piores. Se eu quisesse, ela podia ligar para uma advogada. Ela talvez soubesse o que fazer. Quando disse isso, eu me levantei e desamarrei o cinto do roupão. Eu me dirigi para o secador

onde estavam minhas roupas. A mulher me seguiu e me levou de volta para a cadeira de vime. Tinha tido a intenção de me assustar. Conversamos sobre outras coisas. Contei a ela sobre o trajeto de caminhão até o barco. Eu fui sentada atrás junto com uma outra mulher, o resto eram homens, sacudindo como abóboras em estradas de terra até chegarmos à costa onde o barco ia nos apanhar. Ela me fez muitas perguntas. Ela me manteve falando até eu não ter mais palavras para dizer.

 Ela fez uma cama no sofá. Assim que minha cabeça encostou no travesseiro, eu dormi. Se sonhei, não lembro nada sobre esses sonhos. A noite pareceu passar muito depressa. Quando acordei, parecia que tinha me deitado no sofá poucos minutos antes, sorrindo ao sentir o toque suave dos lençóis contra minha pele. Então eu olhei para um teto branco de que não me lembrava. Alguém estava falando. Vi que era a mulher. Embora comigo ela tivesse falado em inglês. Em sua própria língua, ela parecia uma desconhecida. Ela estava do lado de fora. Eu não pude ouvir a outra pessoa com quem estava falando. Naquele momento, eu não pensei mais no assunto. Fiquei ali deitada descobrindo dores no meu corpo, nas costas e nos ombros. Fiquei ali deitada pensando, eu estou seca. Estou confortável. Esta é a sensação de estar segura. Então voltei a prestar atenção na mulher. Ouvi mais um pouco. Ela estava no telefone. Assim que percebi isso, eu me sentei no sofá. Era cedo. Cedo para estar no telefone. Minhas roupas ainda estavam no secador. Vesti o roupão e fiquei ouvindo. Por que ela estava falando assim? Como quem não queria que alguém escutasse. Eu me lembrei da conversa da noite anterior. Ela estaria falando com as autoridades? Que outro motivo teria para estar no telefone tão cedo? Tirei minhas próprias conclusões. E, quando abri a porta e vi sua expressão de surpresa, soube que estava certa. Dentro do apartamento estava escuro. Do lado de fora estava claro. Eu não reconheci o lugar. Eu não me lembrava de ter subido aqueles degraus. Eu vi o pequeno carro no pátio, mas aquele carro branco não despertou nenhuma lembrança. Tudo era estranho. Até a mulher que eu só tinha visto no escuro. A forte luz da manhã transformou minha amiga numa estranha, e nós não tratamos os estranhos como tratamos os amigos.

Quando estendi a mão para o telefone, ela o afastou de mim. Tornei a avançar, mais determinada dessa vez. Ela perdeu o equilíbrio.

O tribunal decidiu que eu fui responsável pela morte dela. Eu não posso discordar desta decisão. Se eu não tivesse chegado em terra. Se ela não tivesse ido à praia naquele dia ou naquela hora, ou caminhado até aquela ponta onde estavam os botes. Este tipo de pensamento não tem fim. Se eu não tivesse nascido – geralmente é a isso que leva esse tipo de pensamento. Mas eu nasci, então minha amiga Inês e tudo o que nós tínhamos experimentado da vida nos conduziu em direção àquele momento nos degraus em que ela tem nas mãos algo que eu desejo. Tento pegar aquele estúpido telefone e ela recua para longe de mim. E então? Bem, é como num filme. É tão idiota quanto num filme. Ela joga os braços para cima. Eu vejo uma perna, a beirada da pedra, o corrimão de metal onde a mão dela bate. Ouço sua cabeça fazer um som horrível.

Quando o mundo tornou a sossegar, ela estava caída no pé da escada, com o braço estendido. O telefone estava no chão, perto da mão dela.

É mais chocante agora que estou escrevendo estas palavras. Para o tribunal, eu tive que repetir e descrever interminavelmente cada momento. Tive que ser precisa. Então esses momentos se tornaram fins em si mesmos.

Eu não achei que ela estivesse morta. Não que eu soubesse como era estar "morto". No hotel, tinha visto ataques cardíacos e pessoas com problemas respiratórios caídas no chão, uma expressão de surpresa no rosto. Ela também tinha essa expressão. Não morta, mas como se tivesse rolado a escada, só isso. Saía um pouco de sangue da cabeça. Mas não o bastante para eu pensar, uma pessoa morta é assim. Seus olhos estavam abertos e parados, como alguém que está surpresa por ter rolado alguns degraus.

Eu podia ouvir a voz do outro lado da linha, falando do chão. Peguei o telefone e, com uma voz calma de hotel, em inglês, eu disse ao homem do outro lado da linha para chamar uma ambulância.

Vinte e dois

Ramona é a mulher com que divido meu espaço. Quando me disse que tinha matado o marido, eu achei que tivesse sido um acidente. "Não", ela disse, "eu queria matá-lo." Ela enfiou uma tesoura debaixo do braço dele. A ponta perfurou o coração. Ela não suportava mais as mentiras dele. Mentiras sobre outras mulheres. Ela ligou para a polícia e contou o que tinha feito. Então fez um café. Ela podia ouvir as sirenes quando bateu na porta de uma vizinha para pedir um pouco de leite. Ela até deixou a porta aberta. Estava sentada à mesa tomando café quando a polícia chegou.

Eu gosto de Ramona. Gosto de sua franqueza e de sua gentileza. Ela recebe muitas visitas. Geralmente divide sua comida comigo. Uma visitante traz cartões-postais para ela. A única vez que precisa da escrivaninha que dividimos é quando ela se senta para escrever no verso de um cartão-postal. Uma de suas amigas viaja para uma companhia de cosméticos. Ela recolhe os cartões-postais de Ramona e os envia de diferentes partes do país. Os cartões-postais serão lidos por uma senhora idosa que acredita que a neta está visitando todos os lugares que estão nos cartões.

Minha primeira mentira foi para o motorista de caminhão. Disse a ele que o meu nome era Inês. Eu não planejei fazer isso. Simplesmente saiu da minha boca. Inês. Pronto. O motorista de caminhão olhou para mim, e quando ele balançou a cabeça foi quando eu também comecei a acreditar. E então comecei a gostar do nome. Aos poucos ele foi parecendo normal, mais normal do que o meu nome de verdade. E, quando eu pensava em voltar a usar o meu velho nome, eu pensava, não, Inês pode continuar viva. Ela pode continuar viva nesta nova pele. O outro nome eu vou deixar secando no sol, junto com os destroços na praia.

Quando o motorista de caminhão com quem o inspetor falou descobriu que eu não era uma prostituta, ele se virou contra mim. Por que eu estaria na estrada naquela hora da noite? Ele me bateu na boca com as costas da mão. Disse que ia me deixar na porta da delegacia se eu não fizesse o que ele mandasse. Disse também que eu podia ficar no caminhão, se pusesse a mão no colo dele. Eu obedeci e ele ficou de pau duro e seu humor melhorou. Então ele me disse que desabotoasse seu cinto e abrisse sua braguilha. Eu fiz isso. Durante uma hora nós viajamos assim. Descobri que isso era uma coisa que eu podia fazer. Eu estava me transformando nesta nova pessoa capaz de fazer essas coisas. Nós viajamos durante horas no meio da noite, eu com a mão no seu pênis. Ele me lembrou que eu estava viajando de graça. Ele apontou para a noite lá fora. Mais cedo eu tinha visto algumas luzes espalhadas, mas agora não havia nada. Ser deixada ali naquela escuridão seria o mesmo que ser jogada no fundo de um poço. Ele me jogaria no fundo de um poço se eu não fizesse o que mandasse. Ele me disse para esfregar o pênis dele. Então eu fiz isso. Fechei os olhos e pensei na dureza de uma mesa por baixo de uma toalha. Poderia ser isso – mesa e toalha. E minha mão era um saleiro ou uma pimenteira. Não tinha importância. A cada quilômetro rodado, eu estava mais perto de Berlim. E o que quer que tivesse que suportar não se comparava com a mulher deitada numa poça de sangue no pé da escada. O pensamento naquela mulher que tinha sido bondosa comigo era motivo para fugir tanto quanto Berlim era um lugar para onde correr.

Tentei me concentrar na estrada. O motorista disse que eu estava segurando o seu pênis com muita força. Ele disse que era um pênis, não um corrimão. Ele falava sobre o pênis como se fosse uma pessoa que ele conhecia muito bem, um velho amigo com certo charme. O inglês dele era horrível. Mas ele falava assim mesmo. Ele me disse para pensar no pênis dele como uma fonte. Ele riu quando disse isso da primeira vez. Então eu ri também. Ele tinha feito uma piada. Continuou sorrindo para a estrada. Então me pediu que bebesse da fonte, e eu o ignorei. Logo ele não estava mais pedindo. Estava mandando que eu bebesse da fonte, e, quando hesitei, ele levantou o pé e o caminhão foi mais devagar e a noite ficou mais nítida. Nada lá fora parecia amigável, nem os campos nem as árvores negras, então eu soltei o cinto de segurança, me aproximei dele e pus o pênis na boca. Assim que eu fiz isso, a mão dele desceu sobre a minha cabeça e me segurou ali.

Ramona diz que eu devia ter mordido seu pau. Ela teria mordido, sem pestanejar. Quando contei ao cavalheiro cego, sua reação foi diferente. Ele não ficou indignado como Ramona. Ficou atento, interessado. Fez perguntas sobre o pênis do homem. Estou surpresa com o pouco que o inspetor conseguiu tirar dele.

Após um tempo, esqueci que estava com a cabeça no colo do motorista. Esqueci que estava com o pênis dele na boca. Então eu senti meu cabelo sendo puxado e minha cabeça sendo movida para cima e para baixo sob sua mão. Quando gozou, ele manteve minha cabeça abaixada. Seu pênis ficou mole. Eu deixei a gosma escorrer da minha boca na sua calça jeans. Quando viu o que eu tinha feito, ele puxou minha cabeça para cima e me jogou do outro lado da cabine. O caminhão desviou. Minha cabeça bateu na porta. Ele parou. Não havia tráfego. Ele disse para eu saltar. Ele me chamou de puta. Tornou a dizer para eu saltar. Eu me recusei. Tinha feito a minha parte. Tinha feito o que ele pediu. Agora ele tinha que continuar em frente. Ele gritou comigo para eu dar o fora. Eu sacudi a cabeça. Ele deu um soco na minha cara. Aquilo doeu – ficou dias doendo. Eu não ia saltar. Eu não ia sair do caminhão. Ele teve que saltar. Assim que ouvi os pés dele tocarem a estrada, tentei trancar as portas, mas me atrapalhei. Quando vi, minha porta abriu, ele me puxou para fora e eu caí na beira da estrada. Ele me deu um chute no estômago com sua bota. Continuou chutando. Quando o sol apareceu, eu ainda estava deitada ali, na grama do acostamento, e ao meu lado um maço de cigarros que alguém tinha atirado pela janela.

* * *

Eu não conto mais esta história para Ramona. Ela a deixa muito zangada. Ela começa a andar de um lado para o outro até eu ficar com a sensação de que ela gostaria de matar de novo o marido. Eu lhe disse que recebi mais gentilezas do que maus-tratos. Quando saí da beira da estrada, um carro pequeno parou. O motorista era um homem idoso. Ele abriu a porta e saltou para me chamar por cima do teto do carro. A porta do lado do passageiro abriu e o rosto de uma garotinha apareceu. Ele levou alguns momentos para entender que um dos lados do meu rosto estava coberto de sangue seco. Entrei no banco de trás do carro. A garotinha ficou na frente com o avô. Eu não falava italiano. Eles não falavam inglês. Quando chegamos na entrada de uma aldeia, bati na janela para conseguir a atenção do motorista. Tentei fazê-lo entender que eu queria saltar. Ele sacudiu a cabeça. Disse alguma coisa e apontou para o lado do rosto. Nós seguimos, entramos numa estradinha e paramos em frente a um pequeno chalé. Uma velha vestida de preto estava estendendo roupa na corda. Ele desligou o carro, abriu a janela e gritou alguma coisa. A mulher que estava estendendo roupa olhou para a janela de trás. O homem se virou e olhou para mim. A garotinha no banco da frente enfiou o rosto entre os bancos e disse: "Venha."

Eu não sei os nomes deles. Mas eles foram bondosos e gentis. Meu rosto doeu quando a velha tocou nele com o pano quente. Minhas costelas doíam. Ela limpou alguma coisa do meu queixo. Teve que esfregar com força para conseguir limpar. Quando terminou, olhou com mais dureza para mim. Eles me deram comida. Depois o velho me pôs de novo no carro. A mulher e a neta descalça acenaram da porta. Nós fomos até a aldeia, onde havia um ônibus parado na praça. O senhor entrou num escritório e voltou com uma passagem para mim. Ele me beijou dos dois lados do rosto. Entrei no ônibus sem saber para onde estava indo, a não ser que era na direção norte.

Duas horas depois o ônibus chegou ao seu destino. Outra aldeia, esta cercada de colinas. Olhei os passageiros saltarem e entrarem em carros que estavam à sua espera, ou serem recebidos por amigos e parentes. De braços dados, eles iam embora.

Do lado de fora do ônibus, o motorista apontou o norte para mim. Pulei um muro de pedra, atravessei uma plantação murcha e subi uma colina de onde avistei outra aldeia contra o céu. Aquela noite eu dormi no meio das árvores. No dia seguinte, a mulher dos caracóis me achou e me levou para casa. O depoimento dela foi o que me deixou mais triste. Até ler o que ela disse ao inspetor, eu achava que não havia mais piedade no meu coração. Eu redescobri esse sentimento. Gostaria de ter deixado um bilhete para ela. Sinto muito por ter roubado o mapa. Pedi ao inspetor que me desse o endereço dela para que eu pudesse escrever para ela. Quero agradecer-lhe a gentileza e o fato de ter-me devolvido um sentimento que achei que tivesse perdido, e quando eu puder vou mandar um dinheiro e talvez um dos desenhos de Ramona para pagar pelo mapa de estradas.

Um padeiro me viu olhando a vitrine de sua padaria e me deu um pão. Ele não pediu nada em troca. Comi um pedaço de maçã que achei no chão, todo bicado por um pardal. Eu o comi sem hesitação. Obrigada, pardal. Eu bebia água nas bicas nos fundos dos chalés. À noite, me lavava nas fontes. E roubava o que podia. Um homem de pernas tortas, desdentado, carregando uma pá no ombro, me deu um pouco de queijo e um cigarro. Eu nunca tinha fumado antes. Um homem dirigindo um luxuoso carro branco conversível parou para me dar carona. Era um cavalheiro. Bem-vestido, branco, queimado de sol, com dentes brancos e uma corrente de ouro no pulso. Quando perguntei se tinha trabalhado num hotel, ele riu e deu um tapa na direção. Nós paramos numa aldeia. Ele pagou o meu almoço. Foi divertido me sentir como uma turista. Comi as azeitonas e todo o pão. Ele não quis nada em troca. Seu inglês era bom. Ficou surpreso quando eu disse que estava indo para Berlim. A princípio, pareceu achar que eu estava brincando. Depois perguntou por quê. Eu disse a verdade: meu filho. Mas o resto do que disse era mentira. A verdade tende a assustar as pessoas – algumas ficam alarmadas e querem fugir do desastre natural que se derrama sobre elas. Outras olham espantadas. A mulher dos caracóis foi assim. Ficou com medo até de respirar.

O carro ia devagar no meio do trânsito pesado perto da estação. A conversa secou. O homem estava escondido atrás de óculos escuros. Nós estávamos nos preparando para dizer adeus. Minha gratidão esperava na ponta da minha língua. Ele me deixou ao lado dos degraus e eu finalmente lhe agradeci. Ele tirou os óculos escuros e sorriu. Subi quatro ou cinco degraus. Queria dar a impressão de que estava indo para algum lugar. Então, quando achei que era o momento certo, parei e olhei de volta para o trânsito. Esperei o sinal abrir, então, depois que o carro branco se afastou, deixei os degraus da estação e durante a hora seguinte abordei diferentes pessoas – uma mulher com uma criança, um meninozinho que olhou para mim e saiu correndo, um homem com um jornal e o padeiro, que me deu um pedaço de pão – para perguntar como chegar na estrada que conduzia ao norte.

Dois dias depois, um criador de galinhas me deixou no acostamento. Ele saltou do carro e veio até o meu lado para me mostrar o caminho. Deu-me um pouco de pão e, como tinha bandejas de ovos na mala do carro, insistiu em me dar ovos. Devia saber que os ovos seriam inúteis. Mas eu aceitei. Aqueles ovos me fizeram sentir mais normal, me fizeram acreditar que o dia poderia terminar comigo debaixo de um teto, cozinhando. Aquelas eram as únicas coisas que ele tinha para dar. Então se lembrou de que tinha outra coisa. Abriu a porta do carro e enfiou a mão debaixo do assento. Tirou uma chave de fenda. Eu entendi o que ele estava tentando dizer. Mostrei-lhe o meu canivete, e ele fez ruídos de admiração e tornou a guardar a chave de fenda. As nuvens se moveram e nós dois olhamos para o sol; foi quando ele se lembrou da garrafa de água na mala do carro. Eu fiquei tão grata pela garrafa de água que esqueci os ovos.

À medida que eu subia a trilha que o homem dos ovos tinha indicado, foi ficando cada vez mais quente. O céu azul ficou preto com o calor. Pássaros levantavam voo nas correntes de ar quente e depois desapareciam no céu. Eu andei e andei. Não saí da trilha indicada. Mas a montanha ficava cada vez mais alta. Eu só tinha um dedo de água na garrafa. Sabia que não devia bebê-la. Guardar um pouquinho é continuar tendo. Tive que me arrastar debaixo de um arbusto para conseguir um pouco de sombra. Passei o dia esperando o sol baixar. Pensei no meu filho. Horas depois este mesmo pensamento me fez levantar do chão. Estava mais fresco, e eu retomei a caminhada, na última luz do dia, na direção do alto da montanha e de um céu escuro, brilhando de estrelas.

Durante algum tempo, tive a impressão de estar indo na direção de algo melhor. Eu me agarrei a esta ideia assim como tinha me agarrado ao restinho de água. Num certo ponto, ficou claro que eu tinha saído da trilha correta. O cume ainda estava onde tinha estado duas horas antes. Agora me pergunto se não estaria andando ao redor dele em vez de subir em sua direção. Resolvi parar e esperar o dia amanhecer. Eu me ajoelhei, tirei umas pedras do chão e me deitei. Sacudi a garrafa de plástico e não toquei na água. Fechei os olhos e pensei no meu filho. Foi na manhã seguinte que os cachorros me acharam.

Vinte e três

Sempre que Ramona recorda a minha história, ela diz que tem pena por eu não ter jamais conhecido o amor. Na cabeça dela, Jermayne pertence ao mesmo grupo de homens sem rosto com quem eu fiz sexo no hotel. Eu não gosto de corrigi-la porque ela determinou quem são os vilões na minha história. Todo macho é um tom mais claro ou mais escuro que seu marido mulherengo. Então o sentimento complexo que tenho por Jermayne deve permanecer não dito. Mas há outros. Houve outros? Não estou certa do tempo do verbo. No relato do caçador de perdizes, Paolo é visto pela última vez conduzindo-me para o topo da montanha. Estou surpresa com o fato de o inspetor não ter tentado falar com ele. E o meu francês. Eu mal consigo acompanhar sua história; as frases não fazem sentido. Eu não o reconheço de forma alguma. Eu nunca o ouvi usar o nome Milênio Três. Eu o conheço como Bernard. Ralf usava o nome Defoe. Eu também, mas só depois de misturar o Christopher e o Andrew do nome dele.

    Eu não percebi o quanto havíamos subido até parar para recuperar o fôlego e olhar e ver o teto de metal do carro estacionado na encosta da montanha. Foi nesse momento também que meus joelhos bambearam. Eu não conseguia dar mais um passo com medo de cair no precipício, e foi então que Paolo, o jogador de futebol, me deu a mão. Ele me disse para não olhar para trás, senão eu ia perder o equilíbrio. Ele me disse para fechar os olhos. Eu podia confiar nele. Havia ar em toda a minha volta. Paolo tentou me fazer olhar para ver a altura em que estávamos. Veja aonde nós chegamos! A alegria da sua voz foi reveladora. Sacudi a cabeça e disse a ele para continuar, que eu não queria parar, queria continuar. Só abri os olhos quando senti que o caminho estava começando a descer. O ar rarefeito, assustador, do topo da montanha ficou mais pesado e mais quente. Ar que só tinha conhecido outro ar se transformou em ar que conhecia pedra e galhos. Eu me transformei de novo de pássaro em gente. E, quando finalmente abri os olhos, me vi contemplando um mundo diferente. Atrás de mim a montanha se erguia e bloqueava todo o resto.

O caminho ficou mais largo até estarmos caminhando lado a lado. As pedras ficaram menores. Elas eram brilhantes e escorregadias. Sempre que eu escorregava, Paolo me segurava. Eu deixava que me segurasse. Eu sabia tudo o que estava acontecendo entre nós. A mão de Paolo era a mesma mão que tinha me segurado na água e me ensinado a boiar. A mão dele agarrava o meu pulso, depois pousava no meu ombro até ele me equilibrar e eu me sentir equilibrada. Até então eu era um saleiro caindo de cima da mesa. Agora eu estava firme como o próprio tempo, grata, esperando pacientemente pelo próximo acontecimento. Nós chegamos num rio. Paolo foi até lá com nossas garrafas de água para enchê-las. Quando voltou, encostou a garrafa nos meus lábios e pousou a outra mão no meu ombro. Enquanto ele despejava água pela minha garganta, senti a esperança naquela sua mão. Mas, como eu estava com sede, continuei engolindo a água e a mão ficou parada. Eu me lembrei do motorista de caminhão empurrando minha cabeça para baixo. Afastei a garrafa da boca. Olhei para trás, para a montanha. Havia nuvens sobre o topo, uma fileira delas. Tinham encontrado uma resistência superior e não conseguiam avançar mais.

Ramona é uma protuberância no escuro. Mas então ela geme – não alto, mas um som triste que sai daquela protuberância sobre a cama. Eu imagino se ela está vendo o marido morto com a tesoura espetada debaixo do braço. Então a protuberância vira o rosto para mim. "Eu estava fazendo isso de novo?", ela pergunta.

"Não", eu sempre respondo. Porque se ela não sabe com que estava sonhando, logo vai saber.
– Você está bem? – Paolo perguntou.
– Sim – respondi. – Sim. A água desceu pelo lugar errado.

Quando nos afastamos da montanha, caminhamos durante horas sem parar em terreno liso. Animais de fazenda erguiam as cabeças para olhar para nós. Um bode preso com uma corrente mastigava capim na beira da estrada. Parecia saber que não fazíamos parte do seu mundo. Parecia saber tudo a meu respeito. Enquanto mastigava, ele me seguia com os olhos.
    Meus joelhos doíam. Eles nunca tinham sido um problema. O mesmo acontecia com minhas costas. Mas agora estavam doendo. Contei a Paolo e na mesma hora senti a mão dele explorando a minha região lombar. Eu me deitei na grama. Ele se ajoelhou do meu lado movendo minhas pernas e movimentando meus braços até curar minha dor nas costas e eu estar preparada para continuar.
    Em algum ponto, ele anunciou que estávamos na Áustria. Eu não tinha percebido que havíamos atravessado uma linha branca. Mas então eu vi os telhados ao longe.
    Na aldeia, Paolo comprou pão e queijo, e mais água. Ele também comprou passagens de ônibus. Houve uma breve espera, depois começamos a viajar pelo campo. Tenho certeza de que era a única pessoa no ônibus que não sabia para onde estava indo. Paolo pôs a mão no meu joelho para me dar firmeza. Talvez fosse para evitar que eu caísse no corredor. Em pouco tempo nós chegamos a uma cidade maior. Achei que ia ser assim até Berlim. Uma sucessão de cidades, cada uma maior do que a anterior. Então foi decepcionante chegar a uma cidade menor. A mão se moveu até meu ombro para acalmar os meus nervos, para me tranquilizar. O barco vai chegar logo. Não se preocupe. A mão parecia um peso morto agora, tal qual a que descansa no pescoço de um cachorro para que ele fique quieto.
    Nestas aldeias as pessoas olhavam para mim. Elas não olhavam para Paolo. Até as crianças pequenas. Enquanto Paolo estava

numa agência de viagens, eu atravessei a rua, fui a um banheiro público e vesti o meu uniforme de camareira de hotel. Quando Paolo saiu da agência, seu rosto sorridente mudou. Ele pareceu espantado, mas ninguém mais na aldeia se espantou. Ele me mostrou as passagens, sacudiu-as no meu rosto. Uma passagem para outro ônibus e uma passagem de trem. Uma passagem para Berlim. A passagem estava em seu nome. Ele teve que mostrar o passaporte. Pôs as passagens no bolso da calça e saiu andando. O cão foi atrás do dono.

Eu o segui pela rua, depois por outra, atravessamos uma praça e uma série de becos. Finalmente, chegamos ao lugar que ele estava procurando. Esperei atrás dele no pequeno saguão. Depois que ele pagou ao recepcionista, eu o segui por um corredor até um quarto com uma cama só. O lençol não tinha sido dobrado por cima da colcha. Eu ajeitei os travesseiros. Sem uma palavra, Paolo começou a se despir. A luz que entrava pelas venezianas brincou sobre seu belo corpo. Quando percebeu o que eu estava olhando, ele pareceu aborrecido e guardou as passagens debaixo do abajur da mesinha de cabeceira. Ele me pediu que tirasse meu uniforme de hotel. Ele queria lavar minha roupa. Eu lhe disse que podia lavá-las sozinha. Eu não gosto da ideia de um homem lavando minha roupa de baixo. Ele sacudiu os ombros e foi para o banheiro. Eu ouvi a água escorrendo das torneiras. Quando ele voltou e viu que eu ainda estava de uniforme, disse que no dia seguinte eu ia viajar para a cidade. Eu ia tomar o trem para Berlim. Se eu quisesse evitar suspeitas, tinha que parecer estar à vontade naquele trem.

Eu lhe disse que precisava tomar aquele trem. Precisar, ele disse, era uma daquelas coisas que deixava as pessoas desconfiadas. Eu devia guardar aquela necessidade para mim mesma. Devia dar a impressão de ter estado naquele trem muitas vezes antes e de não ter nada de novo para ver ou para fazer. "Vem cá", ele disse, mostrando uma cadeira perto da janela. Eu fui até lá e me sentei. Então ele disse: "Olhe pela janela e me diga o que está vendo." Quando comecei a descrever uma sacada, um telhado com antenas, um pombo, ele me interrompeu. Disse que quando eu olhasse pela janela do trem devia parecer entediada. "Está entendendo? Finja estar entediada, como se tudo o que estivesse passando na janela você já tivesse visto centenas de vezes." Ele me disse para pensar na coisa mais chata que eu pudesse lembrar. Eu sabia o que era. "Bom", ele disse. "Agora olhe pela janela." Eu o vi andar atrás de mim, examinando-me de diferentes ângulos. "Está muito bom. Agora me diga o que você estava pensando."

Eu contei a ele. Fazer camas. Ele me olhou espantado, depois começou a rir. Inclinou-se e beijou minha testa. Disse que eu era de outro planeta. Mas eu não me importei. Ele fez festa na minha cabeça. O modo como fez isso me deixou à vontade para tirar a roupa. Ele não ia fazer nada. Quando me despi, percebi que estava errada. Eu não era mais um bichinho de estimação. Eu era uma mulher de novo. Eu era um desejo, um objeto numa prateleira. Ele estendeu a mão para esse objeto. Senti sua mão no meu seio. Não havia prazer em seu rosto. Nenhum prazer. Eu imaginei, por que esse homem está me tocando desse jeito? Eu sei como o desejo é uma coisa poderosa e complicada. Eu sei que é um monstro de duas caras. Ramona não gosta de me ouvir falar sobre desejo desse jeito porque aí ela começa a pensar de modo diferente sobre o marido morto. Ela já chegou muito longe sem sentir compaixão. É importante para ela continuar assim. Mudar agora serviria apenas para deixá-la numa situação insuportável. Ela não quer sentir remorsos pela morte do marido.

Eu percebo isso. Então, quando falo com ela sobre desejo, eu falo sobre a necessidade de ver o meu filho, de apertá-lo outra vez nos meus braços. Um desejo assim obscurece todo o resto. Nem a dor física importa. O desejo de Paolo não era tão simples quanto o meu. Seu desejo estava misturado com outros sentimentos que tinham a ver com culpa. Então, quando tocou em meu seio, eu o ajudei pondo minha mão sobre a dele. Acariciei seus dedos até ver a confusão e a decepção consigo mesmo abandonarem seu rosto, substituídas por uma expressão que refletia apenas a sensação do meu seio sob seus dedos. Esse tipo de sentimento não se compara com o desejo que eu sentia, e então pude satisfazê-lo, assim como havia feito com tantos hóspedes do hotel. Alguns desses hóspedes se comportaram como porcos num chiqueiro. Outros queriam apenas sentir que não havia nada de errado em ser o que eram, em sentir o que sentiam; acho que Paolo era assim.

Depois ele me deu banho, me lavou com um pano ensaboado. Ele me secou. Puxou a colcha e me deitou na cama. Fiz o que mandou e fechei os olhos. Ouvi minhas roupas sendo recolhidas no banheiro. Então, devo ter dormido. Quando acordei, Paolo estava parado ao lado da cama olhando para mim. Minhas roupas estavam dobradas na cadeira. Ele tinha ido na lavanderia. As roupas estavam secas – e estava na hora de partir.

Ele me pôs no ônibus que me levaria ao lugar onde eu tomaria o trem para Berlim. Entregou-me as passagens. Na passagem de trem, notei que ele tinha mudado Paolo para Paola. Disse que eu esquecesse o meu nome durante a viagem. Eu devia esquecer isso e, se alguém perguntasse, devia dizer que o meu nome era Paola. É claro que não tive dificuldade para fazer o que mandou. Paolo ia tomar outro ônibus e voltar para a primeira aldeia em que tínhamos estado. Na manhã seguinte, ele ia atravessar de novo o caminho da montanha.

Não há muito o que dizer sobre a próxima parte. Tudo saiu conforme o planejado. Saltei do ônibus e achei a estação, a plataforma certa, o trem certo. Eu me sentia limpa nas minhas roupas limpas. Eu me sentia nova. Naquele elegante casaco azul, eu me senti à vontade naquele trem.

Estou relutante em descrever o que vi pela janela. Não quero parecer uma turista. Não sei quantas camas já fiz, mas não imagino que todas as camas que fiz no trem para Berlim se aproximem do número de camas que fiz durante a vida. Por algum tempo, o trem acompanhou um rio. Quando as montanhas surgiram, tive medo de que o mundo fosse pregar outra peça em mim. Então, assim que escureceu, mas ainda com luz suficiente para enxergar, nós abandonamos o rio, as montanhas desapareceram e nós entramos numa vasta planície. Tive uma agradável sensação no peito quando o trem pegou velocidade. Olhei para trás pela janela, para as sombras lá fora. Eu ainda estava fazendo camas. Um homem sentado em frente a mim sorriu. Olhei de volta para a janela. Não havia nada que ele pudesse fazer por mim.

Vinte e quatro

Defoe uma vez me contou sobre a viagem das enguias. Ele estava num daqueles humores quando sua terra natal brilhava como uma lanterna nas semanas mais escuras do inverno em Berlim. As enguias, disse ele, deslizavam sobre o capim e sobre as pedras até chegar no mar. Lá elas se transformavam em criaturas aquáticas capazes de atravessar um oceano. Elas procriavam nas profundezas, depois seus filhotes nadavam de volta pelo caminho percorrido pelos pais. Quando chegavam na costa, eles se transformavam em enguias de água doce e se arrastavam sobre pedra e capim até entrar no riacho onde Defoe, quando criança, ficava preparado, agachado com um pedaço de pau com um prego na ponta. Eu disse a ele que tinha pena daquela enguia, e que não gostava do comportamento daquele garoto. Ele riu do jeito que as pessoas riem quando acham que estamos brincando. Contou que o pai dele costumava defumar essas enguias e pendurá-las para secar. Disse que elas pareciam meias de futebol penduradas na corda.

Eu me lembrei da história das enguias da primeira vez que o inspetor perguntou o que aconteceu quando cheguei em Berlim. Berlim é um estágio diferente da minha viagem. Eu deixei "Paola" no trem. Quando pisei na plataforma, eu era Inês de novo. Aquele seu elegante casaco azul me proporcionou a mesma invisibilidade que o uniforme de camareira tinha me proporcionado naquela aldeia. Eu tinha o dinheiro que Paolo e os outros tinham me dado. Tinha o saco plástico com o meu uniforme do hotel, escova de dente e canivete, e tinha também o mapa que havia roubado da mulher dos caracóis.

Ao contrário da enguia, eu não sabia o que fazer em seguida nem para onde ir. Eu não tinha pensado debaixo de que pedra procurar para achar Jermayne. Eu não queria chamar atenção como o último peixe no mar, então segui as pessoas pela escada rolante e pela saída da estação, para o ar frio lá fora, onde a multidão se dispersou e as pessoas se afastaram apressadas. Do outro lado de uma praça, umas poucas pessoas caminhavam seguidas por cachorros com as cabeças abaixadas.

Dei uma olhada na noite nublada, me virei e voltei para dentro da estação. Havia pessoas sentadas em cadeiras de plástico em frente a lugares que vendiam comida. Eu queria me sentar, mas não queria comprar nada. Então me juntei a outro grupo que se dirigia para outra escada rolante, e me vi em outra plataforma. Um trem chegou. As portas se abriram. Senti a pressão da multidão atrás de mim. Era tão mais fácil acompanhar o fluxo. Se eu me virasse, teria de enfrentar de novo o problema de decidir para onde ir e o que fazer. Então eu entrei no vagão. Havia muitos lugares vagos. Eu me sentei. Ninguém olhou para mim. Eu já estava cansada de fazer camas. Pensei, desta vez vou só tentar parecer igual aos outros.

As paradas se sucediam. Mais pessoas saíam do que entravam. Logo o vagão estava quase vazio. Na parada seguinte, eu saltei e fui até o outro lado da plataforma, e em poucos minutos chegou outro trem. Eu entrei e viajei de volta na direção de onde tinha vindo. Desta vez, sabia para onde estava indo. E lá, em Alexanderplatz – onde eu tinha chegado da primeira vez –, eu cheguei de novo. As escadas rolantes tinham sido desligadas. Desta vez eu subi até o nível onde estavam as lojas e os quiosques. Comprei uma garrafa de água e alguns biscoitos num dos quiosques e me sentei numa das cadeiras de plástico. Durante cinco ou dez minutos eu tenho certeza de que pareci muito à vontade ali. Mas, assim que me levantei daquela cadeira, voltei a ficar perdida. Segui outro grupo que descia a escada rolante para a mesma plataforma de antes. Desta vez, fui até a última parada do trem. Saltei e fui até o outro lado da plataforma. O trem já estava lá, com as portas abertas, como se estivesse me esperando. Levou quarenta minutos para me levar de volta a Alexanderplatz.

Quando saí da estação, havia vans da polícia vigiando o espaço vazio da praça. Voltei para dentro e procurei o banheiro feminino. A recepcionista me deu o troco certo para abrir a porta de um cubículo. O vaso estava limpo e os ladrilhos eram de um branco cintilante e nunca dormiam. Estava quente e confortável lá dentro. De vez em quando eu ouvia a descarga de um vaso e despertava do meu cochilo. Pessoas entravam e saíam dos cubículos de cada lado do meu. Ninguém ficava muito tempo. Meu plano era passar a noite lá dentro, mas uma hora alguém bateu na porta e disse algo numa voz desagradável. Era a recepcionista. Eu saí e a deixei resmungando e sacudindo a cabeça.

De volta à área central da estação, a multidão tinha diminuído. Eu me dirigi às escadas rolantes. Na plataforma, encontrei um trem esperando. Quando me sentei, minha cabeça caiu contra a janela. O assento não permitia que me deitasse, e eu não podia me arriscar a adormecer. Então voltei a fazer camas. Minhas costas doíam e as batatas das minhas pernas estavam doloridas de tanto andar com Paolo. Se Paolo estivesse comigo naquela hora, eu sei que o mundo ia se encaixar no lugar com a sua risada alegre. As diferentes estações chegavam e partiam. Eu tinha feito minha última cama quando acordei com alguém sacudindo o meu ombro. Abri os olhos e vi um rapaz usando roupas comuns. Ele tinha uma espécie de identidade na mão. Ajoelhou-se no corredor para falar comigo com os olhos nivelados com os meus. Não havia mais ninguém no vagão, embora no vagão seguinte eu pudesse ver outra pessoa negra olhando para o corredor – olhando sem ver. O rapaz agachado ao meu lado falou baixo em alemão; então, como não obteve resposta, mudou para inglês. Educadamente, pediu para ver meu tíquete. Minha resposta surtiu nele um efeito fatigante. Ele olhou para mim. Levantou-se devagar. Ficou parado no corredor bloqueando minha passagem até o trem entrar na estação seguinte. Ele me pediu para acompanhá-lo. Na plataforma, nós esperamos até o trem partir e ficarmos apenas nós dois. Ele pediu para ver minha identidade.

Eu disse que não tinha. Ele revistou meu saco plástico, depois tornou a olhar para mim. Ele perguntou o meu nome. Inês, eu disse. Ele perguntou de onde eu era. Itália. Os olhos dele eram firmes. De que lugar da Itália? Eu disse o nome da praia para onde eu tinha nadado. No carro de Inês, eu tinha visto a placa e guardado o nome. Então ele falou comigo em italiano. O som de outro trem chegando quebrou o silêncio. O cobrador olhou por cima do ombro. Ele voltou a falar no seu inglês macio. Disse que eu tinha sorte de ser ele e não um de seus colegas. Levou-me até a máquina e me ensinou como comprar um tíquete e como validá-lo. Perguntou se eu tinha algum dinheiro. Mostrei uma nota de cinquenta euros que Paolo tinha recolhido dos caçadores de perdizes. A quantia surpreendeu o cobrador. Ele estava se arrependendo de sua decisão de me deixar livre. Olhou para o trem que estava entrando na estação. Ele queria estar naquele trem. Ele comprou um tíquete para mim e o validou. O trem chegou e nós entramos em vagões diferentes.

Andei nos trens pelo resto da noite. A cada viagem, eu comprava um novo tíquete. Durante a maior parte da noite os trens estavam quase vazios. Eu não vi o tempo passar. Em determinado momento, acordei e vi alguém sentado ao meu lado, mais dois corpos em frente, olhos e rostos espiando por sobre as golas dos casacos.

Em Alexanderplatz, eu saltei e segui a multidão subindo as escadas rolantes e fui para o banheiro. Uma recepcionista me deu o troco e eu entrei no meu cubículo. Pendurei o saco plástico no gancho atrás da porta e me sentei. Eu pensei: *se eu não sair da estação de trem, nunca vou encontrar o meu filho.*

Desta vez eu saí do outro lado da estação e segui um caminho. Passava sob algumas árvores jovens e ia dar numa fonte onde havia pessoas tirando fotos. Juntei-me a um grupo de turistas e o segui até uma igreja. Pessoas tiravam fotos no escuro. Um homem negro, um homem da igreja, tirou os óculos. Ele esfregou os olhos, tornou a colocar os óculos e olhou para o outro lado. Esperei que olhasse de novo porque sabia que olharia. Sim, padre. Eu ainda estou aqui onde o senhor me viu.

Passei a maior parte do dia sentada na ponta do banco da igreja. Finalmente, uma mulher se aproximou e falou baixinho no meu ouvido.

Voltei para a estação. Num dos quiosques, achei que tinha comprado uma xícara de chá quente. Em vez disso, me serviram um copo de cerveja e um pires de nozes. Eu comi as nozes e, depois de forçar a cerveja goela abaixo, voltei para o banheiro.

Eu estava de volta no mar esperando pelo barco prometido. Eu pensei: *como vou achar o meu filho? Onde está Jermayne?* Fiquei muito tempo ali sentada. Ouvi descargas dos dois lados. Eu não me sentia mal naquele cubículo. Era mais fácil, porque eu sabia que, assim que saísse do cubículo com seus ladrilhos insones, teria que fingir que estava indo para algum lugar. Como da outra vez, alguém bateu na porta e eu fui obrigada a sair. No corredor principal, atraí o olhar de um homem negro de terno. Sua confiança me lembrou Jermayne. Outro homem sentado em uma das cadeiras de plástico virou a cabeça para trás e riu exatamente como Jermayne tinha feito no bar da piscina do hotel. Um homem se inclinou para frente com um laptop sobre os joelhos. A intensidade de Jermayne tinha aquela mesma inclinação. Vi uma mulher empurrando um carrinho de bebê. Vi uma mendiga carregando o filho na cintura. Jermayne tinha tirado o bebê do meu seio. Uma pessoa privada de sono não sabe para onde está indo. Ela se deixa levar pelo instinto. Logo eu estava de volta no trem.

Vinte e cinco

Segundo o depoimento, eu deixei cair meu saco plástico na plataforma e o francês o apanhou. Eu não sei por que ele inventou isso. Era a minha terceira noite andando de trem. Nessa altura, já sabia que estava no U5. Eu podia relaxar. Podia dormir no trem, se quisesse. Outras pessoas dormiam. Ou podia olhar para a pequena televisão e assistir à previsão do tempo. As temperaturas máximas e mínimas por toda a Europa. Pessoas jogando tênis. Homens jogando futebol. Um desastre de avião em algum lugar. Às vezes eu passava os olhos em jornais que as pessoas deixavam para trás. Eu tinha dobrado um jornal para servir de travesseiro e encostava a cabeça nele, apoiada na janela. Era assim que eu dormia agora.

Eu acordei com alguém sacudindo o meu ombro. O saco plástico ainda estava no meu colo, mas havia outro cobrador parado no corredor. Este era mais velho, grisalho, tinha bigode, sobrancelhas brancas, olhos claros que afogam gatinhos. Ele me mostrou sua identidade. Eu não tinha tíquete. Ao descer a escada rolante, eu tinha visto o trem e tinha corrido para apanhá-lo; outras pessoas estavam fazendo o mesmo, e nós todos passamos correndo pela máquina de tíquetes. Eu me lembro de ter corrido também como se não pudesse perder o trem. Agora me mandaram levantar e ficar em pé no corredor onde todo mundo podia ver o meu vexame. Eu acompanhei o cobrador até a porta. O trem estava entrando numa plataforma. Quando uma pessoa mostrou dois tíquetes e falou com o cobrador, eu o vi balançar a cabeça. Ele se virou para mim e disse algo que não consegui entender, depois seguiu adiante, deixando-me com o estranho que tinha vindo em meu socorro.

* * *

Bernard não se presta bem a descrições físicas detalhadas, e eu quero ser amável, então vou me concentrar nos seus melhores aspectos. Por baixo de um tufo de cabelo escuro e cacheado, com mechas grisalhas e vermelhas, o sorriso não tinha abandonado o seu rosto. Ele usava um brinco de prata. O cabelo, seus olhos sorridentes e aquele brinco – era isso que o definia. O resto dele era casaco. Um casaco preto comprido e pesado. Pendia dos seus ombros e alcançava um velho par de tênis vermelhos. Quando agradeci, seu sorriso se alegrou, mas eu não vi nenhum desejo ou carência. O que vi foi alguma coisa brilhar em seus dentes da frente. Um pequeno diamante, um presente de uma tia, o último diamante de um colar que pertencera à bisavó da tia. Eu fui descobrir isso depois. Em Paris, seu amigo era dentista. Sim – e o resto da história que ele contou ao inspetor viria depois.

O trem diminuiu a velocidade para entrar na estação. Rostos na plataforma passaram rapidamente do lado de fora das janelas. As portas se abriram e eu segui meu novo amigo pela plataforma, e começamos a subir a escada. No último degrau, ele parou e se apresentou. Eu fiz o mesmo. "Inês", ele disse. "Quer tomar um café comigo?" Primeiro, eu tinha que lhe perguntar uma coisa. Por que ele tinha dois tíquetes? Ele sorriu – pareceu gostar ainda mais de mim por eu ter feito essa pergunta. Ele disse que o cobrador só olhou para o que estava válido. O outro, ele tinha apanhado no chão. Ele disse ao cobrador que nós tínhamos nos afastado um do outro na multidão. Havia outra coisa que eu precisava perguntar – por que eu? Ele sacudiu os ombros e virou as palmas das mãos para cima. Desviou os olhos, depois tornou a olhar para mim com seu sorriso incrustado de diamante, seus olhos dançando ao redor de mim. "Se quer saber", ele disse, "foi porque eu tenho visto você nos trens." Ele ergueu os olhos, mas eu não tinha mais perguntas e nós subimos para a rua. O céu parecia prejudicado de um jeito que eu nunca tinha visto antes. Fiquei imaginando se deveria começar a fazer camas. Então eu pensei, não. Eu quero olhar. Eu quero ver.

Nós paramos na rua para um bonde passar. Uma fila de rostos iluminados por uma luz amarela se virou para nos ver parados no sinal. Então meu amigo me deu o braço e me levou para um café do outro lado da rua.

Foi naquele café que eu contei minha história para Bernard. Quando parei de falar, vi que ele tinha posto a mão sobre a minha. Ele abaixou a cabeça, fechou os olhos, depois abriu, mas manteve a cabeça baixa. Quando viu que eu não tinha tocado no conhaque, ele pegou o copo e bebeu de um gole só. Depois olhou para mim. Estava escuro no café, mas eu soube que ele não estava sorrindo. Eu não pude ver o diamante. Seu casaco preto estava pendurado nas costas da cadeira. A luz batia na sua camisa azul e nas bochechas vermelhas. Ele perguntou se eu tinha um lugar onde ficar. Eu lhe disse que tinha os trens. Ele balançou a cabeça, olhou para baixo. Continuou a balançar a cabeça. O diamante brilhou brevemente em sua boca. "Inês", ele disse. "Eu consideraria uma grande honra se você ficasse na minha casa. Amanhã nós vamos procurar o seu filho."

A prisão não teve surpresas para mim. Talvez eu seja diferente nesse aspecto. É comum ouvir recém-chegadas chorando durante a noite. Elas chamam pelos seus entes queridos. Então o sol nasce e os nomes se vão. No hotel, aprendi a passar de um mundo para outro. Durante longos períodos do dia, eu dividia o saguão e os quartos com os hóspedes. À noite, eu ia para os dormitórios onde dormíamos. No último hotel, nós fomos instruídas a escovar os dentes antes de falar com os hóspedes. Nossas mãos tinham que ser esfregadas e nossas unhas eram inspecionadas pelo supervisor antes de nos apresentarmos naquele outro mundo. Em nosso mundo, nós aceitávamos uns aos outros sem que dentes fossem escovados nem mãos esfregadas. Andávamos descalços, o que era uma falta passível de demissão no outro mundo. Era difícil acreditar que dois mundos tão diferentes pudessem ficar tão perto um do outro.

Segui Bernard para um outro mundo naquela noite. Quando saímos do café, achei que devia decorar as ruas caso precisasse achar o caminho de volta para o mundo dos trens. Tentei decorar o nome de cada rua nova, mas pareciam nomes dos hóspedes de hotel. Não fixavam na memória. Dez minutos depois, pensei: eu estou perdida.

Ramona sempre pergunta o que me fez confiar naquele francês. Eu começo pelo rosto dele, com sua ausência de desejo. Ela entende isso, mas não o casaco dele. Aquele casaco enorme a que eu me agarrei como uma craca se agarra ao casco de um barco enquanto percorríamos as ruas tão cheias de vida – cafés, bares, gente – que não tinham nenhuma particularidade que pudesse destacá-las. Eu resolvi que, já que estava mesmo perdida, ia confiar nele.

Atravessamos uma rua e chegamos num muro comprido. Lá nós entramos numa abertura e passamos para um outro mundo, que a princípio eu não consegui enxergar. O chão era duro e, fora as fogueiras e os rostos iluminados, a escuridão era total. Bernard tirou uma lanterna do bolso do casaco. Eu segui aquele feixe de luz pela lateral de um edifício enorme até chegar numa porta. Dentro estava tão escuro quanto fora, mas aqui havia pequenas ilhas de luzes, luzes solitárias, luz de vaga-lume, luzinha de fósforo aceso, mas não uma luz que se pudesse acender num interruptor de parede. Eu vi corpos adormecidos. Vi uma mulher nua montada num homem. A luz achou um cão cheirando um colchão abandonado. Nós entramos numa área mais iluminada. Ali havia um homem sentado de costas para nós, em frente à tela de um computador. Num canto escuro perto do homem do computador, ficava a cama de Bernard. A luz da lanterna iluminou uma colcha e três travesseiros. Bernard me entregou a lanterna enquanto procurava lençóis limpos em quatro gavetas de tamanhos diferentes e empilhadas umas sobre as outras. Eu tirei minha roupa. Quando ele olhou para mim depois de ter feito a cama, seus olhos não demonstraram nenhum interesse. Ele me mostrou o meu lado da cama.

Entregou-me dois travesseiros e ficou com o menor para ele. Depois que me deitei, ele apagou a luz. Bernard não se deitou direto na cama. Ele se deitou por cima, do outro lado, sem tirar o casaco. Quando acordei na manhã seguinte, percebi que ele havia tirado o tênis. Seus olhos estavam fechados. Ele dormia aparentemente sem respirar. Eu olhei para os pombos nas vigas. Vi uma pomba branca, depois outra. Contei três bolas de festa infantil presas nas vigas. Ouvi bebês e crianças pequenas acordando. Um rostinho pequeno apareceu perto do meu, e depois saiu correndo.

Vinte e seis

Graças ao homem com o computador, ficou fácil achar Jermayne John Hass. John era o nome do pai dele. O pai dele era um soldado americano. Jermayne adotou o nome de solteira da mãe depois que John voltou para Detroit. Contei isso a Bernard enquanto atravessávamos a ponte que ia dar no bairro onde Jermayne morava. Ele respondeu alguma coisa em francês. Perguntei o que tinha dito e ele disse que não importava; que era uma coisa má e que eu não precisava saber. Ele estava libertando a víbora que morava dentro dele. "Agora", ele disse, "eu vou me comportar muito bem."

Bernard virou a cabeça para seguir uma van verde que andava lentamente pela rua. Perguntou se eu tinha um passaporte.

– Não.

– Você tem alguma identidade?

Então ele parou para me perguntar de onde eu era. Eu disse que era do Hotel Four Seasons. Esperei a pergunta seguinte. Mas ele não perguntou mais nada. Nós seguimos em frente, e então vieram as perguntas. Eu tinha um retrato do menino? "Não." Jermayne iria me reconhecer? Eu não tinha certeza. E quanto à esposa dele?

– Que esposa? – perguntei.

Eu tinha esperado muito tempo por este momento, então por que estava arrastando os pés devagar? Por que me sentia tão infeliz? Eu tinha passado todos os momentos do dia pensando no que haveria na próxima curva do caminho. Por que as lágrimas? Eu não sei. "Por quê?" Isso foi o francês quem perguntou. "O que é isso? Olhe só para você." Por entre as lágrimas, eu vi o diamante.

210

Eu disse a ele que sentia muito. "Sente muito, por quê?" Ele perguntou. "Por tudo." Eu estava pensando na mulher caída no pé da escada. No aqui e agora da névoa cinzenta do trânsito de Berlim, um estranho com um diamante no dente estava sorrindo e arrulhando para mim como estranhos tinham feito antes com o papagaio que estava dentro da gaiola.

Nós chegamos num canal. Quando começamos a atravessar uma pequena ponte, Bernard pôs os braços ao redor dos meus ombros. Ele me segurou junto a ele, como se fôssemos amantes, e o objetivo era esse. Árvores. Pedras. Prédios antigos. Nós estávamos na rua certa. Caminhamos rapidamente, mais depressa do que antes. Bernard me disse que olhasse para a frente. Pense na França, ele disse. Eu pensei na França. Uma vez eu tinha feito sexo no hotel com um homem de Tours. Um homenzinho vaidoso que gostava de sacudir o pau para mim. Bernard olhou para a rua à sua frente – para a França, exceto por um breve momento em que percebi que estava olhando para mim. Eu torci para o homem de Tours não aparecer por ali. Ele me fez andar um pouco mais depressa. Na esquina, ele parou. Disse que nós tínhamos acabado de passar pelo prédio de Jermayne. Agora o quê? O que eu queria fazer?

Atravessamos a ponte seguinte, cruzamos o canal e voltamos pelo outro lado, sob as árvores. Perto da primeira ponte, Bernard tornou a pôr o braço ao redor dos meus ombros. Ele apontou para a porta do prédio. Eu contei cinco andares. Examinei cada janela. Bernard me levou para o café que ficava na esquina. Nós escolhemos uma mesa ao lado da janela para eu poder olhar para o prédio onde estava o meu filho. Ele pediu um chocolate quente para mim. Perguntou se eu estava com frio. Disse que eu parecia estar com frio. Eu não possuía o tipo de sentimento que registra frio ou calor. Tinha perdido essa capacidade. Eu era composta apenas de dois olhos e um coração. Ele me disse para não ficar olhando fixamente. "Aja como uma pessoa normal", disse.

Nós ficamos duas horas naquele café. Aquela tarde, a porta do prédio do outro lado do canal só abriu uma vez, e, quando abriu, o meu coração subiu para a boca e tornou a voltar para o lugar – tudo no espaço de um segundo – enquanto um homem branco tirava a bicicleta e saía pedalando sob as árvores.

Antes de sairmos do café, Bernard tirou um gorro de lã do bolso do casaco. Ele me disse que o pusesse na cabeça. Puxei o gorro até os olhos quando nos sentamos num banco sob as árvores. Cisnes deslizavam nas águas escuras do canal. Praticantes de jogging e ciclistas passavam por nós sem parar. Uma vez eu ouvi uma criança chamar. Bernard se levantou porque estava com os pés dormentes. Ele perguntou se eu estava com fome. Sacudi os ombros. Eu não queria sair do banco. Nós vimos o homem com a bicicleta voltar para o prédio. Olhamos para cima quando uma luz acendeu numa das janelas do terceiro andar.

Voltamos para o café. Duas mulheres estavam sentadas à nossa mesa. Elas olharam para mim. Bernard pediu desculpas e me levou para outra mesa. Nós nos sentamos lá até que as luzes do prédio fossem acesas. Bernard saiu do café e atravessou a ponte, sozinho. Eu o vi voltar, de cabeça baixa, com as mãos nos bolsos. Ele acenou e eu me levantei para ir embora. Desta vez nós passamos pela ponte, atravessamos a calçada e fomos até a porta. Bernard apontou para os nomes no interfone.

Eu apertei o número 14 e esperei. Tornei a apertar. Desta vez uma voz de homem respondeu. "Alô?" Eu vi Jermayne com toda a clareza. Eu o vi com mais clareza do que jamais o tinha visto em minha mente. Eu o vi e tornei a ouvir aquele mesmo tom de voz calmo e preguiçoso com que ele me disse que ia levar o bebê para passear. Eu me vi de volta ao bar do hotel. Eu estava embaixo dele. Senti suas mãos me segurando para eu boiar. Vi seus dentes brancos e os olhos sorridentes. Vi a maneira confiante com que ele atravessava o saguão. Eu o ouvi dizer que não ia demorar. Quando o ouvi dizer alô, não disse nada. Por fim, o francês me puxou para longe do interfone. Pôs o braço em volta do meu ombro e me levou rua acima.

* * *

Ele não tocou em mim naquela noite. Fiquei deitada no escuro, esperando, mas não aconteceu. Tive que levantar a cabeça do travesseiro para ver se ele ainda estava vivo. Estava deitado na outra ponta da cama, com seu casaco preto, de meias.

Nós nos levantamos cedo. Não fizemos nenhum barulho quando passamos pelas pessoas adormecidas, pelas crianças pequenas. Os pombos pousados nas vigas olharam para nós. Do lado de fora, passamos por outras pessoas enroladas em cobertores e sacos de dormir junto às fogueiras. Passamos por aquele buraco no muro e entramos no mundo dos madrugadores. Um caminhão estava passando por uma ruazinha estreita, suas laterais roçando as árvores. Uma mulher esperava para atravessar a rua segurando a mão de uma criança. Nós andamos até o canal e esperamos na névoa que dali subia. Da névoa saiu uma mulher empurrando um carrinho de bebê. Depois surgiu o mesmo rapaz com a bicicleta que tínhamos visto na véspera. Bernard queria uma bebida quente, então entramos no café e nos sentamos na mesa perto da janela. Estávamos tomando chocolate quente quando Jermayne apareceu na ponte caminhando com aquele seu andar de pernas tortas; ele suspendeu os ombros e soprou ar quente nas mãos em concha. Alguns minutos depois, voltou com um pão e um jornal. Eu o vi aparecer de novo na ponte. Então nós saímos do café e nos sentamos sob as árvores. Era o mesmo dia cinzento de antes e tudo foi exatamente igual. Comecei a me perguntar se o meu filho morava mesmo no prédio.

No dia seguinte, Bernard segura meu braço com firmeza enquanto caminho devagar pela ponte coberta de gelo. Estou usando o gorro de lã e olho para o gelo. Quando os dedos de Bernard apertam o meu braço, levanto a cabeça e ele faz um sinal para trás de nós. E é então que vejo o meu filho andando ao lado de Jermayne. Nós tínhamos passado um pelo outro na ponte. Três anos e duas semanas. Foi esse tempo que passou desde que Jermayne tirou o menino do meu peito. Nós paramos ali na ponte. Eu o observei de costas. Jaqueta de esqui, gorro de lã, pernas pequeninas usando jeans. Pela segunda vez, os dedos de Bernard se enterraram no meu braço – desta vez para eu não cair. Ele me segurou até Jermayne e o menino desaparecerem na esquina do café.

O menino parecia feliz. Eu vi o jeito como ele andava, de mãos dadas com o pai – e numa cidade que eu não conhecia, em direção a um futuro que me excluía. Eu não existia em sua mente. Não havia razão para eu existir na cabeça daquela criança. Jermayne tinha cuidado disso. Costumo me perguntar se naquele momento eu deveria ter ido embora. Na primeira vez que disse isso para Ramona, ela sentou na cama e socou o travesseiro. Eu não sabia se era Jermayne ou minha cabeça tola que ela estava socando. Quando digo que me pergunto isso, não é realmente assim. Não. E isso também não me passou pela cabeça quando eu estava ali naquela ponte olhando para o meu filho.

Eu lembro que o irmão da minha mãe fazia panelas de barro e que podia reconhecer as panelas de outro homem pelas ranhuras na argila. Aquele menino ia saber quem eu era assim que pusesse os olhos em mim. Um cachorro cego sabe quais são os seus filhotes. O mundo físico de Ralf não mudou só porque ele não era mais capaz de enxergá-lo.

Aquela noite, meu francês se virou de lado. Ele ainda estava de casaco e deitado por cima da colcha. Senti sua mão acariciar o meu rosto, o meu pescoço, o meu ombro, e o meu pescoço e o meu rosto outra vez. Num canto daquele edifício escuro, uma criança estava chorando. Lá fora, entre as fogueiras, eu ouvia alguém cantando. E, bem pertinho, o francês murmurou suas canções urgentes no meu ouvido.

* * *

Esta é a parte de que Ramona mais gosta.
No dia seguinte, eu aperto a campainha. Jermayne atende:
– Alô?
Eu digo: – Sou eu.
Há um silêncio. Posso sentir Jermayne reunindo toda a sua autoridade. Ele responde em alemão. Espera um pouco e depois desliga.
Olho para trás. Bernard está sob as árvores onde eu o deixei. Ele acena, incentivando-me, então eu torno a apertar a campainha. Desta vez, antes que Jermayne tenha a chance de falar, eu torno a dizer: "Sou eu." Imagino o rosto dele preocupado, consciente de quem quer que esteja por ali junto dele.
Desta vez ele fala em inglês.
– Quem está aí?
– Sou eu – respondo.
E o silêncio retorna, embora desta vez ele não desligue. Quando torna a falar, sua voz está quase ofegante.
– Como foi que você conseguiu chegar aqui?
– Eu nadei.
Há outro silêncio.
– O que você quer?
– Eu quero ver o meu filho.
– Espere aí – ele diz e desliga o interfone.
Nesta hora, Ramona está rolando na cama, louca de alegria, imaginando o malvado Jermayne descendo as escadas correndo. Eu nunca contei a ela a verdade sobre aquele momento. Nunca disse o quanto estava apavorada ali na frente daquele prédio.
A porta abriu, e lá estava ele de chinelos.
– Merda – ele disse. – Merda.
Ele olhou para trás por cima do ombro. Olhou por cima do meu ombro. Puxou a gola do casaco de couro preto. Agarrou o meu braço e subiu a rua rapidamente. Eu consegui virar a cabeça sem que Jermayne notasse, e vi Bernard sair de baixo das árvores do outro

lado do canal. Nós fomos até o fim do quarteirão sem trocar uma palavra. Então ele me levou para debaixo de umas árvores.

Eu tinha dado a ele tempo para pensar, para planejar sua estratégia, porque ouvi o velho Jermayne charmoso do bar do hotel começar a falar. Ele queria que eu entendesse que o menino estava feliz. Que a vida dele era aqui nesta cidade. Ele disse que as coisas estavam difíceis em casa. O meu súbito aparecimento foi como uma pedrada na janela. Eu precisava entender que ele só estava pensando nos interesses da criança. Quando as pessoas entram em pânico, elas falam exatamente do modo como Jermayne falou. Palavras, pensamentos. As portas de seus corações e de suas mentes se abrem completamente. Elas põem tudo para fora e esperam que alguma coisa do que disseram atinja o alvo. Nem uma vez eu o ouvi pedir desculpas. Mas Jermayne é esperto demais para isso. Ele não confessaria uma coisa dessas. Enquanto ele falava, eu fiquei olhando para o rosto que achava que conhecia e vi algo que não reconheci de forma alguma. A boca dele estava inchada. Não porque alguém o tivesse machucado – não, aquilo tinha vindo de dentro. Eu não conseguia tirar os olhos de sua boca. Se eu tivesse visto a mesma boca três anos antes, não teria dormido com ele. Eu não teria vindo parar em Berlim ou na prisão; a mulher ainda estaria viva, e provavelmente eu ainda seria supervisora, sorrindo meu sorriso de hotel e compadecendo-me das queimaduras de sol dos hóspedes.

Eu disse para Jermayne:

– Eu quero ver o meu filho.

– Jesus – ele disse. – Você não ouviu nada do que eu disse?

– Eu quero ver o meu filho – repeti.

Ele me disse para calar a boca. Ele precisava pensar.

– Se eu deixar você ver a criança, o que você vai fazer?

– Não sei – respondi.

– Você vai nos deixar em paz?

Eu disse a ele que não queria causar problemas. Não era para isso que eu estava ali.

– Não – ele disse. – Preciso de mais do que isso. Você tem que prometer que nunca irá falar com Abebi.
– Quem é Abebi?
– Minha esposa.
– É o menino que eu quero ver.
– Você entendeu? Você não vai falar com ela. Nunca.
Ele deu um passo para trás. Sob a luz da rua, percebi o quanto parecia zangado e assustado.
– Eu estou passando um período muito difícil – ele disse.
– Eu só quero ver o menino.
– Sim. Sim. Você parece um maldito papagaio. Você não faz ideia. – Ele olhou de volta para o edifício.
– Quando eu posso ver o meu filho?
– Está bem. Está bem. Você pode vê-lo. Mas eu aconselho você a não dizer que é mãe dele. Porque você não é. Prometa – ele disse, e como eu não respondi, falou: – Essas são as condições. É pegar ou largar. – Continuei sem dizer nada, então ele acrescentou: – Você esqueceu uma coisa importante e não inteiramente irrelevante. Você assinou os papéis de adoção. Abebi é a mãe do menino. Sua mãe legal.
– Amanhã eu quero ver o meu filho.
– E se eu não deixar?
– Eu o verei assim mesmo. Só que vai ser na hora e no lugar que eu quiser – eu disse a ele. – E você pode esquecer qualquer promessa que eu tenha feito.
Jermayne arregalou os olhos. Eu achei que ele ia me bater.
– Eu não me lembro de você ser assim – ele disse. Ele virou um pouco a cabeça e perguntou: – Você está sozinha aqui?
– Sim.
Ele olhou em volta.
– Tem certeza?
– Sim. Absoluta.
Então o rosto dele abrandou.
– Você ainda é bonita.

Ele tentou tocar no meu rosto e eu afastei a mão dele com um tapa.

– A pata da leoa – ele disse e riu baixinho. – Tudo mudou, não foi? Muito bem. Tem um playground mais adiante na beira do canal. Vinte minutos de caminhada pela ciclovia e você vai vê-lo. Amanhã às quatro horas. Há algumas coisas que você precisa saber. O nome dele é Daniel. Ele só fala inglês. Então. Como devo apresentar você, como uma amiga?

Eu disse que ele pode me chamar de Inês.

Vinte e sete

No dia seguinte eu me sentei num banco perto de um escorrega de plástico vermelho e esperei. Bernard tinha escrito algumas palavras em alemão para eu dizer ao menino. Ele não sabia da promessa que eu tinha feito a Jermayne e tinha escrito "mãe", bem como "Como vai você? Você é feliz? Você sabe uma canção?" Bernard tinha anotado o que disse ser uma canção de ninar.

> *Menino. Menino*
> *Olhe só as árvores*
> *O que balança as folhas*
> *O que balança as folhas*
> *É o vento.*
> *É o vento.*

A caminho do playground, Bernard parou para comprar chocolates e acrescentou no papel a frase: "Quer um chocolate?" Nós fomos até o outro lado do canal. Em frente ao prédio de Jermayne, eu o imaginei vestindo o menino para sair. A esposa dele estava no trabalho.

Sentei-me num banco e olhei para a lista de palavras e frases que Bernard tinha escrito. Quando ouvi o portão abrir, levantei a cabeça. Lá estava Jermayne no seu casaco de couro preto. Agasalhado na jaqueta de esqui que eu tinha visto na véspera, estava o menino. O menino viu o escorrega e correu para ele. Jermayne pôs as mãos nos bolsos e veio se sentar ao meu lado. Ele pode ter dito olá, isso teria sido normal, eu não sei. Eu estava olhando o menino subir a escada do escorrega. Os degraus eram altos para suas perninhas, mas ele conseguiu. Escorregou com as mãos levantadas. Quando chegou embaixo, Jermayne o chamou. Eu não podia tirar os olhos do seu rostinho marrom escondido no capuz da jaqueta de esqui. Eu ouvi Jermayne dizer o meu nome. O rostinho se virou para mim. Eu estendi as mãos. Ele olhou para o pai. Jermayne fez um sinal afirmativo com a cabeça e ele se aproximou – meio escondido naquele capuz, mas desconfiado. Eu pus a mão atrás do capuz e o puxei para perto até seu rosto encostar no meu. Eu tinha que cheirá-lo, que provar sua pele para ver se ele era mesmo meu, mas o menino recuou e foi ficar perto dos joelhos do pai.

Consultei minhas frases. Perguntei se ele queria um chocolate. Jermayne riu alto e sacudiu a cabeça. Ele repetiu rapidamente para o menino o que eu tentara dizer, e depois respondeu por ele. Ele disse: "O menino não come chocolate. A mãe é muito cuidadosa com a alimentação dele." O menino falou com o pai. Jermayne concordou, e o menino correu para o balanço.

Jermayne se levantou. Olhou na direção da ciclovia, depois tornou a sentar. Enquanto eu via o menino balançar cada vez mais alto, Jermayne cruzava e descruzava as pernas. Aquele menino não precisa de mim, pensei. Ele nem precisava me conhecer.

Jermayne descruzou as pernas compridas, eu senti o peso dele cair para a frente. Ele disse:

– Você sabe que vai chegar uma hora em que você vai ter que ir embora. – Ele contemplou a ponta do sapato. Depois levantou a cabeça. – Onde foi que você conseguiu esse nome, Inês? Quase parece real.

– Espero que sim – eu disse.

– Bem, você precisa entender...

Mas eu tinha parado de ouvir. Eu disse a ele que queria tornar a ver o menino.

Ele disse que eu estava sendo egoísta.

– Sim – concordei.

* * *

Mais tarde, quando Bernard me perguntou quais as palavras e frases que eu tinha usado, eu lhe disse que não tinha usado nenhuma. Que as palavras dele não funcionavam na minha boca. O menino se balançava cada vez mais alto e longe dos meus olhos. Jermayne tinha achado minhas palavras ridículas. Ele tinha rido de mim.

Quando passamos pelo buraco do muro, senti minha raiva aumentar. Eu disse: "Olhe para essas pessoas estúpidas. Elas não têm casa." Bernard parou e se virou. Ele me olhou calmamente. Sem raiva, com paciência. As pessoas que eu tinha criticado, ele disse, não eram estúpidas. Elas eram corajosas. Coragem era o que contava. Eu perguntei se havia outro tipo de coragem. "Olhe para elas. Elas vivem como cães."

Bernard se virou e continuou andando. Durante o resto da tarde até o início da noite eu fiquei deitada na cama dele. Bernard saiu para fazer o que precisava fazer. O homem do computador me deu um pouco de sopa. Eu estudei cuidadosamente seu rosto. Ele não parecia querer nada, então eu aceitei a sopa. Depois que escureceu, Bernard voltou. Ficou ali parado, com seu sorriso de diamante e uma bola de futebol debaixo do braço.

O menino passou a interagir comigo. Quer dizer, ele passou a interagir com a bola de futebol. Ele chutava a bola para mim, com os olhos espertos olhando para cima depois de bater na bola com o pé esquerdo. Ele esperava para ver se eu ia conseguir pará-la com o meu pé erguido. A bola me tornou mais interessante – mais útil, mais relevante. Ele erguia a cabeça para ver onde eu estava, esperava o meu aceno, então chutava a bola. Em seguida, eu fazia o mesmo – esperava o sinal dele, um aceno, às vezes uma mão levantada. Eu chutava a bola para onde ele estava na sua pequena ilha, eu na minha pequena ilha. É assim que uma bola obriga você a pensar. Perto do escorrega, Jermayne ficava sentado num banco, com uma perna cruzada sobre a outra, fumando, vigiando cuidadosamente, com medo que eu pudesse pegar o menino e correr para o barco esperando no canal. Ele sempre queria ter certeza de que eu estava sozinha. Eu acho que ele nunca acreditou inteiramente em mim, e o fato é que eu nunca estava sozinha. Bernard estava sempre lá, do outro lado do canal, debaixo das árvores, lendo o seu livro.

Naquela tarde Jermayne se levanta do banco e vem para onde nós estamos jogando bola. Ele diz alguma coisa para o menino. O menino pega a bola, mal-humorado, e entrega para mim. Jermayne disse mais alguma coisa e o menino foi até o portão e ficou esperando. Jermayne disse que eu não ia poder vê-lo na semana seguinte. Ele tinha negócios a resolver em Hamburgo.

Durante uma semana fiquei preocupada, com medo que ele tivesse levado o menino. Tive medo que a esposa e ele tivessem se mudado. Voltei ao banco debaixo das árvores e vigiei as janelas do apartamento.

Não houve sinal dele no primeiro dia. Nem no segundo. Então eu tive certeza. Jermayne o tinha roubado outra vez. No terceiro dia, eu estava parada na ponte contemplando o canal quando ouvi passos e uma voz de mãe – não a voz de uma mulher qualquer, mas a voz de uma mãe. Eu olhei e eles estavam vindo pela ponte. O menino segurava a mão da mulher. Enquanto eles esperavam passar uma van, o menino olhou para trás, por cima do ombro. Ele não chegou a sorrir para mim. Mas me reconheceu. E havia uma compreensão em seus olhos que jamais deveria haver em alguém tão pequeno. Ele tinha me visto, e sabia que eu era alguém – a mãe dele, bem, disso ele ainda não sabia –, que eu era alguém que ele devia manter em segredo da mulher que segurava sua mão. A van passou, e a mulher, Abebi, atravessou a rua com ele e virou a esquina do café.

O resto da semana se arrastou. Para matar o tempo, eu ia com Bernard para o trabalho dele. Nós tomávamos o trem, como as outras pessoas a caminho do trabalho. Saíamos apressados da estação para que Bernard pudesse alcançar a multidão do horário do almoço que saía dos museus. Ele me dizia para deixá-lo sozinho por quinze minutos; precisava entrar no personagem. Ele tinha razão. Eu encontrava um Bernard diferente quando voltava. Estava cercado por um círculo de pessoas. As pessoas riam – elas aplaudiam. Ele recitava seus poemas em voz bem alta e depois passava o chapéu preto que usava nessas ocasiões. As pessoas punham dinheiro no chapéu e, depois que a última pessoa se afastava, ele olhava em volta à minha procura.

À noite, o meu francês dormia com o rosto enfiado no meu pescoço. Ele não estava mais usando o casaco para dormir, mas ainda deitava por cima da colcha.

– Bernard – eu disse uma noite. – Você quer tocar em mim? Que tipo de homem você é?

– Sim. Mas eu tenho medo de você me abandonar.

Eu lhe disse que jamais o abandonaria. Por que iria querer abandoná-lo? Eu nunca tinha confiado em alguém tanto quanto confiava nele. Ao mesmo tempo, não conhecia o homem no qual ele se transformava para suas performances. O homem que falou com o inspetor, o homem que deu aquele depoimento, um estranho para mim.

Jermayne voltou de Hamburgo e os encontros no playground com o menino foram retomados. Uma tarde, eu me atrasei alguns minutos. Jermayne e o menino estavam sentados no banco perto do escorrega vermelho. Quando passei pelo portão, o menino ergueu a cabeça e desceu do banco. Naquele momento, percebi o quanto eu significava para ele. Ele estava com a bola na mão. Perguntei a Jermayne se podia ficar a sós com o menino. Ele fez uma careta e olhou para o chão. Então sacudiu a cabeça. Disse que aquilo não podia continuar. Que Abebi ia acabar descobrindo. Que ele já tinha feito mais do que qualquer pessoa sensata poderia esperar. E que o meu pedido era ridículo. Como ia saber se eu não fugiria com o menino?

Eu lhe disse que não faria isso. Eu prometi. Mas não adiantou. Eu estava achando que ele era idiota. O que ele diria a Abebi se eu fugisse com o menino? Ele virou o rosto e soltou o ar devagar. Sacudiu a cabeça e disse que eu tinha pedido demais desta vez.

"As pessoas sempre faziam isso – pressionavam demais, até não ter mais volta."

Nós tínhamos esquecido o menino. Ele estava parado, olhando para o chão, esperando a conversa acabar para poder ter alguém para quem chutar a bola.

Enfiei a mão no bolso e tirei todo o dinheiro que tinha. Jermayne pareceu surpreso, mas não inteiramente. Jermayne é assim. Sua mente opera nos círculos mais baixos. Sua surpresa foi ver como a minha mente tinha descido tanto. Mas eu também notei a rapidez com que apagou a surpresa do rosto. Olhou para o dinheiro como se não estivesse nem um pouco interessado. Pôs as mãos dentro do casaco, se balançou no mesmo lugar. Olhou na direção do escorrega.

– E o seu casaco – ele disse. – Você não vai conseguir ir muito longe sem um casaco.

Tirei o casaco e o coloquei sobre o banco. O rosto dele ainda tinha um ar calculista.

– Vou precisar das suas botas também – ele disse. – E das suas meias. – Eu me sentei no banco e tirei as botas, depois as meias. Ele deu uma boa olhada nas meias. As meias eram de Bernard, e ele não conseguiu decidir o que dizer sobre elas. Enfiou-as dentro das botas e enrolou as botas no casaco. Consultou o relógio. Disse que já tínhamos gasto quinze minutos. Que ele voltaria em quarenta minutos.

Estava frio naquele dia. Primeiro, o frio pareceu cobrir o meu corpo como se fosse uma mão de pintura. Depois, descobriu os meus ossos e neles se instalou. O chão machucou os meus pés. Cada vez que eu chutava a bola para o menino, achava que meus dedos iam quebrar. Logo, tive que parar de chutar com o pé direito e passar a chutar com o esquerdo, e, quando esse ficou em carne viva, voltei a usar o outro.

Outra mulher veio até o portão com uma criança. Olhou para os meus pés descalços, viu que eu estava sem casaco. Ela olhou para mim e, como não encontrou nenhuma resposta no meu rosto, afastou o filho daquele playground de mulheres malucas.

Quando não suportei mais, peguei a bola e levei o menino para o escorrega. Levantei-o por baixo dos braços e o coloquei no alto. Ele escorregou e correu de volta para os degraus. Cada vez que eu o levantava, esfregava seu rosto contra o meu. Queria que ele conhecesse a minha pele, sua textura e seu gosto. Sem Jermayne por perto, eu tinha mais liberdade para entrar na cabeça do menino.

Ele não pareceu notar que eu estava descalça. Correu para o balanço, e eu fui mancando atrás dele.

Ele sentou no balanço e esperou por mim. Eu o empurrei e ele balançou os braços. Empurrei cada vez mais alto... até apanhá-lo e segurá-lo contra o peito. Ele achou que era um jogo – seu corpinho ofegante esperou excitado que eu o soltasse.

Nós estávamos jogando bola de novo quando Jermayne apareceu no portão com meu casaco e minhas botas. Corri para pegar minhas coisas. Ele as tirou do meu alcance e riu quando pulei como um cachorro. Então, deve ter visto o menino olhando e largou minhas coisas como se fossem algo que ele tivesse acabado de agarrar no vento. As botas caíram no chão e meu casaco pousou sobre elas. Eu enfiei as meias. Meus pés estavam insensíveis. Mesmo depois que calcei as botas, eles continuaram insensíveis. Vesti o casaco, mas não o abotoei. Jermayne chamou o menino, mas ele não se mexeu. Ele segurava a bola. Não conseguia tirar os olhos de mim. Provavelmente, nunca tinha visto um adulto sentado no chão, fechando o zíper das botas. Jermayne falou com ele e ele se aproximou. Entregou-me a bola. Ele foi bem cuidadoso. Certificou-se de que estava segura antes de soltá-la. Então Jermayne pegou a mão do menino e o levou. Quando o menino olhou para trás, eu gritei para Jermayne:

– Amanhã.

– Não – ele disse.

– Depois de amanhã – eu disse.

Ele sacudiu sua cabeça calva, então eu disse um outro dia. Desta vez ele largou o menino e voltou para junto de mim. Disse-me que a partir daquele momento eu só poderia ver o menino uma vez por semana. Mesmo isso, ele achava que era generoso e que no futuro ele poderia mudar.

Vinte e oito

Na semana seguinte, na hora marcada, nós nos encontramos no playground. O tempo tinha melhorado e havia mais gente andando de bicicleta e caminhando junto ao canal. Enquanto esperava por Jermayne e o menino, ali sentada no banco, podia sentir o sol no rosto. Era difícil acreditar que as coisas pudessem mudar tão depressa. Jermayne podia exigir meu casaco e minhas botas, e hoje isso não tinha importância. Meu casaco estava dobrado no meu colo. Mas ele não quis o casaco. Tampouco pediu minhas botas. Mas levou todo o meu dinheiro, como medida de segurança. Enquanto eu empurrava o menino no balanço e chutava a bola para ele, via a figura alta de Jermayne sob as árvores do outro lado do canal. Ele era fácil de ser identificado, com sua jaqueta jeans e seu gorro preto.

Antes, talvez eu tivesse medo de que ele desse de cara com Bernard. Mas Bernard tinha parado de me acompanhar até o bairro de Jermayne. Eu já conhecia muito bem o caminho.

Esta era a primeira vez que eu tinha visto o menino sem sua roupa de esqui. Parecia haver menos dele. Estava mais magro – talvez eu estivesse vendo a mim mesma nos seus ombros e braços, embora houvesse uma pista do que ele se tornaria no arcabouço do pai. O rosto dele estava maior. Pela primeira vez, não estava usando luvas. Eu segurava sua mão toda hora, para sentir aquela mãozinha na minha. Eu ainda tinha as palavras e frases que Bernard anotara para mim. Abebi podia não deixar que ele comesse chocolate, mas eu ia deixar. Só um pouquinho, não ia fazer mal. Ele fez sinal que sim com a cabeça quando perguntei se queria chocolate. Ele não sabia o que estava aceitando – só que era algo novo e embrulhado em papel prateado. Eu quebrei uma pontinha. Ele a enfiou na boca. Comeu e depois pediu mais. Quebrei outra pontinha. Enquanto ele comia, era como se eu não existisse, nem o playground. Ele quis mais um pedaço. Eu baixei sua mão.

– Não – eu disse. – Agora chega. – Era a primeira vez que eu lhe negava alguma coisa, e vi seus olhos se moverem. Jermayne estava chegando no playground. Notei que o dedo do menino estava sujo de chocolate, então eu o pus na minha boca. Os cantos de sua boca estavam sujos de chocolate. Eu limpei com a língua.

O tempo bom não teve nenhum efeito sobre Jermayne. Estava tão agitado quanto no momento em que deixou o menino comigo. Eu me lembro de um homem na Itália que me levou para a beira da estrada no meio da noite. Tinha a mesma expressão que Jermayne naquela hora, como se quisesse uma coisa que não sabia bem o que era, ou que tinha medo de pedir.

O menino já estava familiarizado com aquela rotina. A qualquer momento, ele usaria as duas mãos para me passar a bola – era isso que estava esperando para fazer. Jermayne começou a contar o dinheiro. Eu lhe disse que não estava achando que fosse me roubar, mas ele não prestou atenção. Continuou a colocar nota por nota na minha mão, como se estivesse me pagando. Até faltar apenas uma nota. Cinquenta euros. Ele a dobrou e guardou no seu bolso de trás. Ergueu bem o tórax, tentando me intimidar ou evitar reclamações.

– Isto é pelo meu tempo.

Uma parte de mim ficou perplexa. Outra parte reagiu às novas regras como se elas tivessem sido combinadas desde o começo.

Quando perguntei a Jermayne se poderia ver o menino de novo naquela semana, ele não fez nenhuma objeção.

Fiz mais três pagamentos a Jermayne. Cinquenta euros de cada vez. Eu não tinha percebido aonde isto iria levar.

Uma tarde, no balanço, o rosto do menino se iluminou e eu empurrei mais alto para fazer com que seu rosto se iluminasse ainda mais, e, quando eu menos esperava, ele largou as cordas e voou pelo ar. Achei que o tinha matado. Eu o levantei do chão e, rezando para um deus em quem eu não acreditava, pedi mais um favor enquanto o carregava, soluçando, até o banco. Ele estava com a cabeça apertada contra mim. Esfreguei-lhe o joelho. Vi que não estava mais doendo. Mas ele não me pediu para parar.

Quando tornei a encontrar Jermayne, entreguei-lhe os últimos trinta euros que tinha, e ele me olhou como se eu tivesse cuspido na mão dele. O que eu estava tentando provar? Eu sabia o preço. Cinquenta euros. Nós tínhamos combinado o preço. Então por que eu estava lhe dando apenas trinta?

Inclinei-me e cochichei para o menino esperar no banco perto do escorrega. Jermayne lhe disse outra coisa. O menino olhou para mim para confirmar. Jermayne viu isso, e brigou com o menino. Ele abriu o portão e tornou a fechá-lo com força. Eu lhe disse que só tinha trinta euros. Ele argumentou que trinta euros não chegavam nem perto do que valia o seu tempo. Que eu estava querendo humilhá-lo. Eu achava que ele era um operário comum? Por que estava determinada a insultá-lo? Por que eu o estava tratando assim? Ele tinha feito tudo o que era humanamente possível para ficar disponível, para que o menino estivesse disponível, para se comportar honradamente. "Eu sabia que isso ia acontecer", ele disse. "Algo me dizia que você ia tentar se aproveitar de mim." Eu disse a ele que da próxima vez levaria mais dinheiro. Que da próxima vez levaria setenta euros – mais vinte para compensar por esta tarde.

Depois que ele saiu, o menino e eu jogamos bola. Experimentei falar uma das frases que Bernard tinha anotado. Perguntei ao menino se ele estava contente. Tive que repetir a frase. Ele ouviu com os olhos e a boca. Por fim, balançou afirmativamente a cabeça. Eu tinha conseguido lhe perguntar uma coisa que ele tinha entendido e respondido! Eu tinha imaginado que isso fosse nos aproximar; mas não, foi apenas algo mecânico, tão mecânico quanto sorrisos de hotel. A língua que eu compartilhava com o menino era mais profunda. Começara com uma bola sendo chutada de um para o outro, e, no espaço de algumas semanas, nossas ilhas tinham ficado mais próximas uma da outra.

Agora essas ilhas iam se separar de novo. Eu não tinha mais dinheiro. Quando disse a Jermayne que ia levar setenta euros da próxima vez, eu não tinha pensado onde conseguir o dinheiro. A necessidade de ver o menino continuava forte, como sempre. Caminhei por ruas que não significavam nada para mim. Passei por rostos que não me despertavam nenhum interesse. Quando atravessei o buraco no muro e entrei no mundo do francês, a única coisa que sentia era necessidade de ver o menino.

Os dias eram mais longos. O francês os chamava de "dias de ganhar dinheiro". Este era o seu outro eu avaliando o mundo.

Eu disse a ele que precisava daquele clima favorável para ganhar dinheiro. Ele me perguntou o que eu sabia fazer, e eu lhe disse. Eu sabia tudo sobre o mundo dos hotéis. Sabia como entrar e sair de um quarto sem que o hóspede percebesse a minha presença. Sabia sorrir de forma agradável. Sabia fazer camas, limpar banheiros e dobrar a ponta do papel higiênico. Sabia fazer arranjos de frutas. Eu sabia primeiros socorros. E como, em um hotel, eu tinha chegado à supervisora, sabia como identificar os truques dos empregados preguiçosos. Quando acabei de listar minhas habilidades, o francês pegou minha mão de limpar vasos sanitários e a beijou. Ele disse que eu não precisava ganhar dinheiro por enquanto. Que eu devia usar o tempo para pensar no meu futuro. Aprender alemão era uma boa ideia, se eu tivesse planos de ficar no país, e ele imaginava que eu tivesse, pelo esforço que tinha feito para chegar aqui e porque ele sabia o quanto era importante para mim ficar perto do menino.

Foi quando eu disse a ele que precisava de dinheiro para ver o menino.

Quase na mesma hora, os dois lados do francês entraram em guerra um com o outro. Ele queria me ajudar. Queria me criticar. Ele disse que me amava. E disse que eu era burra. Como eu tinha conseguido me colocar naquela situação? E como já era tarde, as pessoas estavam dormindo à nossa volta, ele não podia suportar mais aquilo, precisava se levantar, sair e sacudir o punho para a lua por causa da minha burrice. No meio dessa explosão, começou a recitar um poema que comoveu mais a ele do que a mim, porque segundos depois de terminar o poema ele estava beijando minhas pálpebras e me animando com palavras bondosas. Ele ia fazer tudo o que estivesse ao seu alcance para ajudar. Ao fazer essas promessas, as próprias promessas pareceram desanimá-lo. Eu o deixei resmungando e voltei no escuro, andando por entre os corpos adormecidos, até a cama que dividíamos.

Da primeira vez que fiz sexo de hotel, eu não cobrei o suficiente. Eu não sabia quanto valia e não entendia o valor das moedas com que me pagavam. Da primeira vez que Jermayne ficou com cinquenta euros, poderia ter sido cem ou cinco. Paolo tinha pago pelas coisas, depois Bernard. Eu logo compreendi o quanto era duro ganhar cinquenta euros.

Durante um mês, Bernard se esfalfou para me ajudar. Uns dias eram melhores do que outros. Quando chovia, ganhava-se pouco. Eu queria que houvesse alguma coisa a fazer. Teria trabalhado de bom grado a noite inteira para ganhar o dinheiro que Jermayne exigia para me deixar ver o meu filho. Eu precisava vê-lo. E esta necessidade me transformou numa pessoa sem coração e sem consciência. Eu não me importava com a maneira pela qual o dinheiro era obtido.

Toda quarta-feira à tarde nós nos encontrávamos no playground. Assim que nos separávamos, eu pensava no dia em que o veria de novo. O intervalo entre um momento e outro não significava nada para mim.

Então Bernard parou de ganhar o que vinha ganhando, mesmo nos bons dias em que a cidade estava cheia de turistas. Ele não soube explicar por quê. O que tinha funcionado para ele o inverno inteiro de repente parou de funcionar. Ninguém queria mais pagar pelos seus poemas. Então ele levou uma surra do trombonista de jazz sérvio. Ele devia ter percebido que isso ia acontecer. O sérvio já tinha reclamado antes. Certas notas tocadas no trombone não podiam ser ouvidas com a gritaria de Bernard. Eles começaram a se empurrar. Bernard acabou com o olho roxo. Talvez tenha sido aquele olho roxo que espantou os turistas.

Uma quarta-feira à tarde eu apareci no playground com a bola de futebol. Jermayne estava curvado num banco, com a cabeça entre os joelhos. O dia estava lindo, mas Jermayne não parecia saber disso. Havia gente rindo por perto, mas Jermayne não parecia ouvir. O menino estava a certa distância, vendo as outras crianças no escorrega e nos balanços. Quando Jermayne ouviu o barulho do portão, levantou a cabeça com o rosto barbado e com olheiras.

Quando lhe disse que não tinha dinheiro, ele ficou zangado. Não estava interessado nas minhas promessas de trazer mais da próxima vez. Eu quis tentar explicar que a culpa não era minha, era do trombonista, mas desisti. Achei melhor assumir a culpa do que falar com Jermayne sobre o francês. Ele não queria saber de outra pessoa na minha vida. Não queria ouvir que a história do nosso acordo era do conhecimento de outra pessoa. Eu era o pássaro que pousava no playground uma vez por semana e depois voava de volta para o seu poleiro, no alto de um toco morto de árvore.

Jermayne ficou muito zangado. Eu tinha desperdiçado o seu tempo. Tinha abusado da sua confiança. Continuou listando todos os abusos e insultos, e então parou no meio dos xingamentos – ele me viu olhando para o menino. Deve ter percebido que eu estava recebendo algo de graça. Ele disse alguma coisa para o menino. O menino se aproximou de nós, com os olhos na bola que eu tinha nas mãos. Mas então os olhos dele encontraram os meus. Eu vi alguma luz neles, mas ela desapareceu rapidamente. O pai pôs a mão em seu ombro e o levou para fora do playground.

A caminho de casa, eu vi homens recolhendo garrafas para vender. Vi mendigos vendendo jornais. Estas eram coisas que eu podia fazer. Mencionei isso para Bernard. Eu podia vender coisas. Eu já tinha vendido a mim mesma antes. Podia fazer isso de novo. Quando ouviu isso, o francês ficou perplexo. "Não. Não. Não", ele disse. "Você não pode fazer isso." Ele pareceu nervoso só de pensar nisso. Correu para o espelho quebrado pendurado na parede perto do homem do computador. Ele ainda estava com o olho arroxeado. Não adiantava. Os turistas não iam se aproximar de um homem que parecia ter acabado de sair da sarjeta. Essas são palavras de Bernard, não minhas. Mas, enquanto ele contemplava seu olho roxo, uma ideia diferente o levou de volta à cama. Ele se ajoelhou e puxou caixas e caixas de livros. Eu nunca tinha visto tantos livros. Costumava vê-lo com um único livro, mas não com tantos livros. Era difícil acreditar que valessem alguma coisa – era difícil acreditar que algo que tinha passado tanto tempo encaixotado debaixo de uma cama pudesse valer alguma coisa.

Ele pediu emprestado um carrinho de bebê quebrado a uma artista polonesa, uma mímica. Ela não tinha bebês de verdade; tinha apenas dois bebês de plástico. Mas as pessoas pagavam para vê-la debruçada sobre o berço com o rosto e as mãos paralisados de susto. Nós pusemos os livros no carrinho. Bernard carregou outra caixa de livros nos braços. Partimos para a livraria de livros usados comigo empurrando o carrinho.

Lá, um rapaz magro, que não olhou nem uma vez diretamente para mim nem para Bernard, mas só para os livros no carrinho, comprou a metade dos exemplares por cento e vinte euros, dos quais Bernard me deu cem.

Passei o resto da semana com medo que Jermayne não fosse aparecer depois da decepção da última vez. Ele ia querer me dar uma lição. Mas na quarta-feira seguinte, na hora marcada, eu o vi chegando com o menino pela ciclovia.

Eu tirei o menino do playground. Nós fomos passeando até o canal. Eu tinha trazido um pouco de pão dormido. Eu o parti em pedaços para o menino dar aos patos. Ente. Essa é a palavra para pato. O menino me ensinou essa palavra. Ente. Ente. Enquanto ele a repetia, seu rosto mostrou algo de desagradável. Era o entendimento do pai dele do poder da negociação. Quando Jermayne voltou, nós estávamos jogando bola no playground.

Eu não pude esperar uma semana para ver o menino de novo. Disse a Jermayne que lhe daria mais cinquenta euros na sexta-feira. Quando ele foi buscar o menino na sexta-feira, eu disse que o veria na quarta-feira, embora eu não tivesse mais dinheiro.

Desta vez Bernard vendeu seu casaco preto para um dos jovens músicos. Ele tinha tempo para comprar um casaco novo antes do inverno. O casaco rendeu trinta euros.

Passei os dias que se seguiram imaginando onde conseguiria arranjar os outros vinte euros. Bernard não me deixava longe de sua vista. Seguia-me como um cachorro perdido.

Na segunda-feira nós visitamos uma casa de penhores, Bernard tirou seu dente incrustado de diamante e o colocou em cima do balcão de vidro. Ele não queria vendê-lo. Ela não podia fazer isso. Mas, se tivesse me perguntado, eu não o teria impedido.

O homem da loja pôs um vidro no olho e examinou o dente de Bernard. Ele o examinou por muito tempo. Ele o olhou de todos os ângulos. Então o colocou de volta no balcão e franziu a testa. Ele e Bernard finalmente concordaram com a soma de duzentos euros. O homem da loja tinha querido dar mais na esperança de que o francês não conseguisse dinheiro suficiente para tirar o dente do prego.

Antes de me entregar o dinheiro, Bernard me levou a um café. Nós nos sentamos lá, ele com o dinheiro no bolso, um café diante dele, um chocolate quente diante de mim, e a questão do dinheiro pairando sobre nós como uma nuvem. Ele me disse que este era o último dinheiro que me daria. Ele não tinha mais nada. Eu ia ter que conversar com Jermayne. Devia tentar apelar para os seus melhores instintos. Jermayne tinha alguma gentileza nele. Eu tinha conhecido essa gentileza. Mas uma outra coisa dentro dele tinha abafado essa gentileza. Bernard tinha razão. Eu via isso no rosto de Jermayne quando ele deixava o menino no playground. Um animal selvagem olhava através de seus olhos.

* * *

Agora, depois de cada visita, Bernard me perguntava se eu tinha conversado com Jermayne. Sempre que eu dizia que não, ele ficava deprimido e voltava a me seguir por toda parte, entrando e saindo do prédio, até o buraco no muro onde às vezes eu ia para contemplar o mundo lá fora.
Ele não queria que eu saísse de perto dele. Fazia-me acompanhá-lo aos lugares onde recitava seus poemas para os turistas. Toda vez eu via como era difícil ganhar cinquenta euros. Eu entendia que Jermayne tinha posto um preço alto no tempo dele. Mas, sempre que Ramona pergunta que preço seria alto demais para eu estar com o meu filho, eu nunca tenho a resposta. Não consigo imaginar qual seria esse preço. Eu teria que ser uma pessoa diferente da que eu sou, porque não consigo pensar num número.
Eu tinha gasto os duzentos euros, mas mesmo assim apareci lá na semana seguinte para ver o menino. Tive tempo apenas de passar a bola para ele. Quando Jermayne descobriu que eu não tinha dinheiro, ele tirou a bola da mão do menino e a chutou para dentro do canal. Depois agarrou o menino pela mão e o arrastou para fora do playground. Eu corri atrás da bola. Não liguei para as outras mães nem para os rostos velhos que ocupavam os bancos. O que aquelas pessoas sabiam? O que podiam saber sobre uma bola que continha uma língua? Tive que correr durante dez minutos ao longo das margens até chegar à bola. Quebrei um galho de uma árvore e, dos degraus de pedra que iam dar no canal, puxei a bola de dentro da água marrom.

Sem uma data concreta na cabeça, tive a impressão de ter perdido mais uma vez o menino. Devo ter deixado Bernard ansioso porque ele tornou a insistir para eu acompanhá-lo no trabalho. Disse que precisava que eu ficasse de olho no doido do trombonista sérvio. Nós dois sabíamos do que ele tinha mais medo, e eu não podia

235

garantir que se um homem me oferecesse cinquenta euros eu não me entregaria a ele.

    Eu passava as noites sentada no banco do outro lado do canal, vigiando as janelas do apartamento de Jermayne. Às vezes via sinal de vida nas janelas, motivo suficiente para voltar na noite seguinte. Uma noite, Jermayne saiu do prédio. Ficou na calçada fumando um cigarro. Eu me levantei do banco. Quando me viu, ele tirou o cigarro da boca e olhou para mim do jeito que se olha para um cachorro que sujou o seu terreno. Eu comecei a atravessar a ponte. Jermayne avançou na calçada. Ele olhou para as janelas. Depois balançou a mão na minha direção como se estivesse atirando uma pedra. Eu seguia em frente fingindo que não o tinha visto.

    Eu tinha identificado a fraqueza de Jermayne. Eu o tinha assustado. Isto foi bom, Bernard disse.

Vinte e nove

Tinha chovido de noite. Nuvens espessas pairavam sobre a cidade. Era um dia ruim para ganhar dinheiro, e Bernard decidiu fazer outra coisa. Ele disse que tinha negócios a resolver. Eu achei que isso significava que ele ia à casa de penhores para pagar uma parte do empréstimo. Ele estava sentindo falta do dente. Admitiu que isso afetava sua maneira de recitar seus poemas. A falta do dente causava um chiado. Em outras palavras, não havia nenhum dinheiro para eu ir ver o menino. Mesmo assim, fui sozinha até o bairro de Jermayne.

    Logo depois do meio-dia, cheguei ao prédio de Jermayne. Assim que ouviu a minha voz, ele desligou o interfone. Abebi devia estar em casa. Então eu esperei. E logo em seguida ouvi alguém voando pelas escadas. Jermayne saiu como um furacão pela porta. Pôs as mãos nos meus ombros e começou a me empurrar pela calçada. Debaixo das árvores, ele me segurou com força, me xingou, disse que, se tornasse a me ver ali, ia ligar para a polícia e que eu seria deportada. Que eu ia ser atirada de volta ao mar de onde tinha vindo, como o peixe podre que eu havia me tornado.

    Eu lhe disse que estava ali para ver o meu filho. Disse que ia pagar. Não naquele dia, mas em breve, assim que pudesse. Minhas promessas não lhe interessavam. Eu era uma mentirosa. Meu coração era podre. Eu dizia o que fosse preciso. Uma pessoa como eu não merecia confiança. Além disso, o menino não precisava de mim. Ele tinha uma mãe. Uma boa mãe que lia para ele à noite, que dava banho nele, e que o menino amava. Quem eu achava que era para aparecer daquele jeito, como uma terra suja trazida pelo vento?

Jermayne não parava de falar. Eu bati com os punhos no peito dele para fazê-lo prestar atenção, e ele me deu um tapa na cara com toda a força. Na mesma hora, Jermayne estava caindo no chão, de olhos arregalados, com o francês por cima dele. Bernard lhe dava socos. Berrava com ele. Jermayne berrava também. Os dois homens rolaram na terra debaixo das árvores. Começou a juntar gente. Homens de bicicleta. Pessoas que estavam caminhando. Um velho com um jornal enrolado debaixo do braço e os ombros curvados para a frente de tal modo que faziam parte do seu sorriso.

Então eu ouço uma voz de mulher, e sei de quem se trata. Nem preciso olhar. A voz está vindo pela calçada enquanto eu fujo na direção da ciclovia e saio correndo.

Depois da segunda ponte, eu paro e olho para trás. Só tem um sujeito fazendo jogging e um cachorro preto com o focinho enfiado num plástico velho.

Bernard levou horas para voltar para casa. Esperei ao lado do buraco no muro. Quando cansei, entrei no depósito e me sentei na cama de Bernard. O homem do computador não parava de se virar para olhar para mim. Eu o estava deixando nervoso. Então, voltei para junto do buraco no muro. A artista polonesa que fazia mímica me trouxe um pãozinho. Ela o colocou a meus pés e sorriu. O jovem músico que tinha comprado o casaco de Bernard me passou sua garrafa de cerveja.

Fiquei ali sentada até escurecer e então voltei para a rua de Jermayne. Lá eu encontrei Bernard debaixo das árvores. Alguém devia tê-lo sentado ali. Estava encostado no tronco com as pernas de boneca de pano estendidas para a frente. Seus olhos estavam embaçados, a boca suja de sangue seco. Eu me abaixei e segurei-lhe a cabeça no meu colo. Ele deixou, mas não disse nada. Ele estava sem um dos sapatos. Sua camisa estava rasgada. Um olho estava fechado – o mesmo olho que o trombonista acertou. Mas a maior ferida era interna. Encostei sua cabeça no tronco e me agachei para que me pudesse ver. Ele desviou os olhos – e quando eu olhei para trás, lá estava Jermayne.

Um de seus olhos estava fechado. Ele trocara de camisa. Tinha um cabo de vassoura na mão. Ele falou baixinho, me chamando de Judas e de filha da puta, que tinha levado a ovelha para o sacrifício. Ele cutucou as costelas de Bernard. Falou em alemão, e Bernard se levantou devagar. Ele gemeu com o esforço. Em inglês, Jermayne me disse para deixá-lo em paz. Disse que era justo saber onde eu morava. Então nós voltamos para onde Bernard morava. Eu ia carregando o sapato dele. Tentara lhe entregar o sapato, mas ele continuou olhando para a frente. Andava curvado, como um aleijado. Jermayne seguia com seu cabo de vassoura.

Nós chegamos ao buraco no muro. Bernard entrou primeiro. Quando tentei ir atrás, o cabo de vassoura me impediu. "Você não", ele disse. Bernard se virou. Ele olhou para nós com seu rosto lastimável. Jermayne disse algo audível apenas para Bernard, e o francês se afastou.

Jermayne me empurrou com o cabo de vassoura. Ele foi me levando ao longo do muro na direção da estação. Perguntei aonde estávamos indo. Ele disse que a traidora filha da puta ia descobrir logo. Se eu parasse ou olhasse para trás, ele me cutucaria com o cabo de vassoura. Nós tivemos que parar no sinal. Eu tornei a perguntar aonde estávamos indo. Desta vez ele disse que estávamos andando para descobrir. "Nós estamos indo para longe daquele babaca do seu namorado. Se eu tornar a vê-la com ele, você nunca mais vai ver o menino. Isso eu prometo", ele disse. "Acho que esta não é uma escolha difícil. Você acha que pode entrar na minha vida e destruir tudo, mas não pode. Tudo tem mão dupla. Se Abebi algum dia vir você, teremos problemas. Se eu tornar a ver você e o seu namorado juntos, teremos problemas."

O sinal abriu. Nós atravessamos a rua e andamos ao lado dos trilhos e do tráfego do início da manhã. Sempre que eu chegava num cruzamento, Jermayne dizia "direita" ou "esquerda". Logo chegamos a uma rua movimentada onde eu tinha encontrado o francês muitas semanas antes. Jermayne apontou para a torre de televisão ao longe. "É para lá que estamos indo", ele disse.

Andamos durante meia hora, na mesma formação. Jermayne não disse mais nada até chegarmos à praça, em Alexanderplatz. Lá, ele me fez parar e olhar para ele. Seu rosto estava coberto de suor e os olhos estavam calmos. Mas havia amargura em seu hálito. Ele repetiu parte do que dissera antes. O que acontecera naquela tarde nunca mais poderia acontecer. Se acontecesse, ele não hesitaria em ligar para a polícia. Se tornasse a me ver com o francês, eu nunca mais veria o menino. Perguntou se eu tinha entendido, e eu assenti com a cabeça. Então ele me surpreendeu. Perguntou se eu tinha dinheiro. Eu sacudi a cabeça.

– Você não pensou em nada, não é? – ele disse. – Veja o que largou para trás. Uma vida segura e respeitável no hotel. Agora veja o que você é. Você acha que isto é melhor?

– Eu queria ver o menino.

Jermayne não respondeu – a menos que o silêncio valha como resposta. O silêncio continuou por um tempo. Fiquei imaginando se ele estaria reconsiderando tudo, e não ousei quebrar o silêncio. Quando finalmente olhei para trás, ele tinha sumido.

Atravessei a praça até a estação. Com meus últimos euros, consegui troco com a recepcionista para ir ao banheiro. Encontrei meu velho cubículo. Sentei-me e fiquei olhando para os ladrilhos brancos. Logo depois começaram a bater à porta.

Trinta

Eu não sabia que passos era possível dar para desistir. Se alguém tivesse apontado para uma porta e dito "Vá por ali", eu talvez ficasse tentada. Talvez tivesse ido até a porta e dado uma olhada para ver o que havia do outro lado. Mas o que me puxava para longe daquela porta era a ideia de tornar a ver o menino – e Bernard. Eu tinha duas pessoas em quem pensar agora. Duas pessoas no mundo de quem eu gostava o suficiente para continuar descansando naqueles banheiros e vagando em círculos pela estação de trem.

Notei as mudanças desde a última vez em que estivera lá. O tempo mais quente trouxera mais gente. Algumas delas eram rapazes de aparência estranha com cabelos amarelos e roxos. Havia homens e mulheres com inverno em seus rostos. Cachorros de cabeça baixa. Os cachorros que eu via sempre pareciam saber o que estavam fazendo e para onde estavam indo. Uma vez eu me vi andando atrás de um homem com um enorme trombone preso às costas, e quando ele se virou não era o sérvio.

Guardei o resto do meu dinheiro para pagar pelo cubículo no banheiro da estação. Eu me lavava lá. Escovava os dentes com o dedo. Deixara o saco plástico debaixo da cama de Bernard. Eu estava confiante de que acharia o caminho de volta, mas ficava pensando: e se Jermayne me vir? Embora eu nunca o visse durante o dia, a sensação de que ele estava lá me perseguia. Parecia que ele ia enfiar a cabeça entre as nuvens e sacudir aquele cabo de vassoura na minha direção.

Voltei aos trens à noite, viajando para cima e para baixo na mesma linha, querendo e não querendo encontrar Bernard, com medo de que um passageiro adormecido de repente puxasse para trás o chapéu e eu visse que era Jermayne.

Sempre que Ramona me faz pensar sobre o que eu faria e não faria sob determinadas circunstâncias – fome ou amor – eu digo a ela que passei fome. Eu via as pessoas comendo nos quiosques da estação do jeito que turistas entram em fila para observar o pôr do sol, e, no entanto, mendigar nunca foi uma opção para mim.

Em vez disso, eu roubava frutas. Comia restos deixados nas mesas dos quiosques. Corria para pegar as cascas de pão antes dos pardais.

Certa manhã eu estava sentada num banco no lado da estação que dava para o parque. Um velho labrador branco que eu tinha visto andando por ali, sem dono, veio sentar-se no chão ao meu lado. O cachorro não prestou atenção em mim. Ele só queria aquele pedaço de chão a meus pés. Pessoas passavam. Fiquei ali sentada, sem que ninguém olhasse para mim, enquanto o cachorro atraía olhares e sorrisos. As pessoas que não o viam da primeira vez diminuíam o passo para olhar para trás. Algumas paravam para fazer festa nele. Uma mulher lhe deu uma bala. Ela teve que desembrulhar e o cachorro a abocanhou, depois a bala pareceu ficar perdida em sua boca. Ele mastigou, mastigou e por fim a cuspiu, e então eu me inclinei, peguei a bala e comi. O cachorro ficou ali deitado com a cabeça pousada nas patas e os olhos dele flutuavam na direção de quem estivesse se aproximando. Eu tentei fazer o mesmo – mas só com mulheres. Eu não queria saber daquela outra coisa.

Em dois dias eu tinha atraído a ajuda da inglesa com quem o inspetor falou. O depoimento dela está cheio de coisas sobre ciganos. Não há menção do dinheiro que roubei dela. O roubo não começou na casa dela. Começou quando eu me arrisquei a ver a cara de Jermayne aparecer de repente na luz do luar, na noite em que voltei ao lugar onde Bernard morava. Eu tinha esperança de ver o francês e abraçá-lo. Entrei pelo buraco do muro. Fiquei nas sombras, evitando a luz que vinha das fogueiras, e entrei sorrateiramente no depósito. Bernard não estava lá, mas meu saco plástico com meu uniforme de camareira de hotel, escova de dente e canivete ainda estava debaixo da cama dele. Enfiei a mão debaixo do colchão onde tinha visto Bernard guardar seu próprio saco plástico com dinheiro. Tirei metade do dinheiro – torci para que ele tivesse pago o empréstimo e conseguido o seu dente de volta – e saí sem ninguém ver. Só tornei a respirar quando me vi do outro lado do muro. Caminhei pelo mesmo quarteirão por onde Jermayne tinha me levado com seu cabo de vassoura. Sob um poste de luz, eu contei vinte euros. Mais trinta, e eu poderia ver meu filho.

Quando alguém pega um vira-lata, não há como saber de onde ele veio. Do ponto de vista do cachorro e do seu salvador, isto é bom. Não há uma história para contar. Sem história não há com o que se preocupar, nenhuma sombra escura a temer. Cachorro e salvador começam do zero.

Então eu não contei nada do meu passado à inglesa – Jermayne, o menino, Bernard, o Hotel Four Seasons e a história toda de como eu tinha vindo para Berlim – tudo isso tinha que se manter ignorado. Eu não queria mais ser um problema para ninguém. Preferia ser um vira-lata.

A inglesa fez uma cama para mim no seu sofá. Ela me deu comida. Eu tomava banhos quentes. Usava o sabonete, o xampu e a pasta de dente dela. Roubei dois pares da sua roupa de baixo. Roubei a nota de dez euros que vi debaixo de um copo na mesa da cozinha. Na manhã seguinte, lá estavam mais dez euros – no mesmo lugar – e eu os peguei também. Na terceira manhã, havia uma nota de vinte euros. Eu a peguei e me dirigi para o prédio de Jermayne.

Quando ele ouviu minha voz, o ar pareceu ser sugado para dentro do interfone. Então eu continuei depressa. Disse-lhe que tinha cinquenta euros.

Nós nos sentamos sob as árvores acima do canal. "Olha. *Ente. Ente*", eu disse. O menino olhava para os pés. Nós fomos para o playground. Eu o pus no balanço e no escorrega. Ele parecia um peso morto em minhas mãos. Ele desceu o escorrega sem levantar as mãos para o ar. Sentou no balanço com seu corpinho caído. Eu queria ter um chocolate para dar a ele. Ainda queria ter a lista de Bernard com coisas para dizer. Nós íamos ter que começar de novo, e para isso precisávamos da bola.

Eu estava planejando visitar Bernard na noite seguinte. Naquela mesma manhã, a inglesa disse que queria que eu conhecesse umas pessoas. Ela não mencionou o Centro de Refugiados Africanos.

O pastor era negro. Ele me recebeu no seu escritório. Perguntou se eu estava com fome. Eu não estava. Eu queria beber alguma coisa? "Não", respondi. Fiquei olhando em volta para ver para onde a inglesa tinha ido.

O pastor me perguntou o que eu sabia fazer melhor no mundo. Eu disse a ele que sabia ser camareira de hotel.

Ele se recostou na cadeira e juntou as mãos sob o queixo. Seus olhos eram simpáticos, e eu não me importei por ele estar olhando para mim.

– Eu estou interessado em saber o que uma camareira de hotel sabe fazer – disse.

Então eu listei as coisas – como limpar, como dobrar os lençóis para que não fiquem vincados, olhar para o outro lado para não causar aos hóspedes nenhum embaraço. Disse-lhe que um hóspede vive sua vida de um modo mais aberto do que o nosso. Nós fazemos a mesma sujeira, mas ninguém vê.

O pastor ouviu e refletiu sobre o que eu tinha dito, depois me perguntou se eu tinha Deus em minha vida. Respondi que gostava de pensar que Ele estava lá, mas que Ele não vinha prestando muita atenção em mim ultimamente. O pastor riu e se agitou na cadeira, e seu rosto redondo revelava uma expressão bondosa.

Ele quis saber o que havia me trazido a Berlim. Eu não mencionei o menino. Quando lhe disse que tinha chegado com a maré, ele sorriu com os olhos e a boca. O pastor era risonho, mas não queria ser tido como bobo. Então, à medida que refletia, ele começou a balançar a cabeça.

Perguntou se eu tinha experiência em trabalhar com cegos.

— Só comigo mesma — respondi.

O pastor tornou a rir. Pegou o telefone e começou a discar. A pessoa do outro lado atendeu e, enquanto o pastor falava, seus olhos não se desviaram dos meus. Ele parecia um velho porteiro de hotel se gabando porque sabia falar com gente branca. Após alguns minutos, desligou o telefone.

Consultou o relógio, depois tornou a olhar para mim. Muito gentilmente, ele me perguntou se eu tinha tempo para conhecer um cavalheiro cego. Ficou sentado com os braços abertos para os lados, metade do corpo para fora da cadeira enquanto esperava minha resposta.

Pensei que nós fôssemos de carro ou a pé até a estação para pegar um trem. Mas não saímos do prédio. Fomos até o saguão, onde entramos num velho elevador e subimos até o último andar. Quando saímos do elevador, o cavalheiro idoso estava parado na porta do apartamento dele.

O pastor nos apresentou, e o cavalheiro idoso apertou minha mão. Era alto e tinha os ombros curvados. Era como se estivesse desejando me conhecer há algum tempo, e finalmente tivesse chegado o dia. Conheci hóspedes de hotel iguais a ele. Eles são tão educados que é como se precisassem provar que a hierarquia social que existe no mundo não se aplica naquele momento.

Havia algumas cadeiras na extremidade de uma sala comprida esperando por nós. O pastor e eu observamos o cavalheiro cego caminhar à nossa frente. As tábuas do assoalho eram como uma corda bamba. A qualquer momento ele poderia cometer um erro. Mas ele encontrou sua cadeira e, quando se sentou nela, eu notei que a testa do pastor estava molhada de suor. Ele não estava suado no escritório.

O pastor me apresentou. Falou da minha experiência como camareira de hotel. Contou ao cavalheiro cego que eu fora promovida "ao cargo de confiança de supervisora".

O cavalheiro cego se dirigiu a mim. Queria saber quais eram os meus interesses. Eu gostava de ler? Tinha algum hobby? Quantas línguas eu falava? Depois disso, ele e o pastor conversaram entre si. Eles conversaram sobre a Tunísia. Anos atrás, o cavalheiro idoso contou, ele pensara em passar umas férias lá. Ele tinha uma doença de pele que só melhorava com o sol. Psoríase. Em vez de ir para Tunis, ele foi para um spa na Turquia onde tomava banho numa piscina quente com outras pessoas que tinham doenças de pele, e peixes pequeninos mordiam a pele morta.

O pastor discorreu sobre as propriedades terapêuticas da água salgada. Disse que uma alma pronta para o batismo deveria entrar no mar. Um lago não era a mesma coisa. E uma tigela de água não passava de um artifício. A conversa voltou para a Tunísia. E o Iêmen. O Iêmen interessava ao cavalheiro cego, e por algum tempo eles conversaram sobre casas feitas de lama, judeus iemenitas, islâmicos. Conversaram ainda mais tempo sobre o Iraque. O cavalheiro cego estendeu as palmas para o pastor e perguntou: "Mas por que eles mentiriam?" Acho que ele estava se referindo aos americanos. Eles continuaram conversando até o pastor olhar para o relógio. Ele ficou surpreso ao ver que horas eram. E levantou-se. Eu ia acompanhá-lo, mas ele me impediu. Disse que eu ficasse onde estava. Então ele falou em alemão. Depois, em inglês, eu ouvi o pastor dizer: "Então está combinado. Excelente." E ele sorriu com o rosto, os olhos e dentes.

– Nosso amigo quer saber quando você pode começar.

– Agora – eu disse. O rosto do cavalheiro cego iluminou-se quando ele sorriu. A expressão de prazer ia até abaixo dos seus olhos cegos.

Antes de o pastor sair, o cavalheiro idoso me mostrou meu quarto. Um quarto só meu. Eu me sentei na cama. Fui até a janela. Os dois homens ficaram me olhando da porta, bem, pelo menos o pastor. É difícil ver o que o cavalheiro idoso fazia com os olhos. Aquela parte dele parecia estar pendurada no rosto, mas com a bondade e a vivência de uma fruta madura.

Levei o pastor até o elevador. Agradeci a ele, mas não o suficiente, não mais do que se agradece a alguém por ter apanhado algo que você deixou cair no chão.

Vi o pastor poucas vezes depois disso. Toda vez eu pensava em tornar a agradecer-lhe, de todo o coração. Vi seu rosto pela janela do térreo. Outra vez eu o vi entrando num carro.

Uma semana se passou e eu resolvi descer para agradecer adequadamente ao pastor. No mesmo escritório onde eu tinha estado com o pastor, uma mulher negra olhou para mim com olhos antipáticos. Perguntei o que tinha acontecido com o pastor. Ela disse que ele apenas a estivera substituindo. Agora tinha voltado para a paróquia dele do outro lado da cidade. Depois disso, nunca mais voltei ao centro de refugiados.

Trinta e um

Deitar e dormir parece um privilégio comum. Eu só menciono isso em respeito à decisão que tomei de nunca achar que isso fosse algo natural. Deitar entre lençóis limpos e com um travesseiro para descansar a cabeça. Exceto pelo cubículo no banheiro da estação, eu pude finalmente ficar sozinha, sem ninguém para me ver, e imaginar o que estava fazendo ali ou como tinha ido parar ali. Quando eu ficava sozinha naquele quarto, era como se o mundo tivesse me esquecido. O mundo não podia mais me causar problemas. Tudo o que eu tinha a fazer era ficar naquele quarto.

É assim que eu digo a Ramona que ela deve considerar a prisão. Eu lhe digo que não pense que o mundo não está permitindo que ela faça parte dele. Digo que é melhor achar que o mundo está sendo mantido à distância para não trazer mais problemas para ela. Conhecendo Ramona, eu sei que ela vai conhecer um homem e uma semana depois vai querer enfiar uma faca nele. A única maneira de conseguir suportar a vida onde estamos é achar que estamos num lugar melhor.

Durante algum tempo o mundo não trouxe nenhuma surpresa ruim. Eu vestia meu uniforme de camareira de hotel e ia trabalhar. Preparava a comida do cavalheiro idoso, fazia chá e café para ele, e saía para comprar comida ou para levá-lo para passear. Ele me dava dinheiro que dizia ser para pagar pelo meu serviço. Além desse dinheiro, me dava mais para comprar comida. Na máquina de dinheiro, eu precisava dirigir seus dedos cegos para as teclas certas para ele fazer as retiradas da conta. Eu nunca retirei mais do que ele queria. Descobri que podia ficar com parte do dinheiro da comida, mas não podia entrar na conta dele e encher um saco de dinheiro. Trezentos euros por semana eram para comida e para o álcool que ele disse que precisava. Eu nunca o deixava sem álcool, mas era pão-dura com a comida.

Jermayne estava desconfiado. Poucas semanas antes, eu não tinha dinheiro e lhe implorava para ver o menino. Agora eu tinha dinheiro e estava tão calma quanto um rosto que passa na janela de um bonde. O que tinha acontecido? Eu disse a ele que estava trabalhando num hotel. Jermayne pareceu contente com a explicação. Fazia sentido. O que mais eu sabia fazer? A ordem do mundo tinha sido restabelecida. "E quanto ao seu amigo ridículo?", ele perguntou. Eu disse que não o tinha mais visto. Eu tinha acreditado em Jermayne e não tinha mais voltado ao buraco no muro onde Bernard morava.

– Que bom – ele disse. – Talvez você não seja tão burra quanto parece.

Continuei a visitar o meu francês, mas nunca durante o dia, sempre à noite, e numa hora em que as luzes do apartamento de Jermayne já estavam apagadas. Sei disso porque eu sempre checava antes de continuar atravessando a ponte na direção do lugar onde Bernard morava. Por mais confortável que fosse a minha vida, ela não me dava o que Bernard me dava, que era devoção. Eu sentia isso em suas mãos e em sua respiração quando me deitava ao seu lado no escuro. Quando estava na hora de partir, ele só ia até o buraco no muro, com medo de que Jermayne estivesse esperando do outro lado para bater nele. Ele não tinha medo de Jermayne, mas levava a sério suas ameaças, assim como eu. Bernard não queria que eu perdesse a chance de ver o meu filho. Ele gostava de dizer que eu tinha me transformado numa estrela cadente. Ele olhava para o céu e lá estava eu. Na noite seguinte, ele olhava para cima, para o mesmo espaço escuro entre a cabeça dele e as vigas do telhado, e não achava um só traço meu.

A outra razão para eu voltar ao lugar onde Bernard morava foi para buscar a bola de futebol.

E agora, nas tardes quentes do verão, nós jogávamos bola como fazíamos quando éramos apenas duas ilhas desconhecidas buscando uma conexão.

Houve outra mudança. Abebi estava trabalhando num horário diferente. Então nós passamos a nos encontrar perto dos leões de bronze no fundo do Tiergarten. Jermayne estava se sentindo mais seguro, porque agora ele nos deixava sozinhos. Eu podia fazer o que quisesse com o menino, mas sempre tinha que ser alguma coisa que envolvesse a bola. Mesmo quando íamos passear, tínhamos que fazer isso chutando a bola um para o outro, até eu começar a pensar nela como uma bola e uma corrente como a que eu tinha visto num filme estrelado por George Clooney na televisão do Four Seasons. Eles quebram a corrente, eu não lembro como, e acabam cantando canções numa estação de rádio.

Uma tarde no Tiergarten, alguns menestréis brancos, descalços, caminharam pelo gramado tocando flautas. O menino imobilizou a bola. Ele olhou para cima, depois pegou a bola e me deu a mão. Eu não sei por que teve tanto medo daqueles menestréis descalços, mas estou contente por eles terem aparecido naquela hora. O resto do tempo nós andamos de mãos dadas pelos caminhos, debaixo das árvores e sobre o gramado. Eu comprei um sorvete para o menino. Vi outras mães com filhos navegando barcos de plástico no lago e pensei, *é assim que devemos parecer também*, como se fosse a coisa mais natural do mundo.

Sempre que preciso convencer a mim mesma de que houve um tempo em que pertenci a este mundo, é a esta tarde que eu retorno em pensamento. Os barcos no lago. A mão do menino na minha. Sua outra mão segurando o sorvete, seus olhos contentes olhando por cima daquela montanha branca de sorvete.

Minha vida como uma pessoa normal continuou durante todo o verão. Eu era capaz de ver uma van verde da polícia sem me desviar e procurar um lugar para me esconder. Nas minhas folgas, eu olhava vitrines e via roupas que gostaria de comprar para o menino. Sapatos e camisas. Mas, eu pensava, ia odiar o dia em que não tivesse dinheiro para comprar tempo para ver o menino e saber que tinha desperdiçado cinquenta euros em roupas de que ele não precisava. Até onde eu podia ver, ele não andava sem roupas. Em todo caso, isso era uma fantasia idiota. Jermayne teria que dizer a Abebi que tinha comprado as roupas e o menino teria que ser instruído a não contar nada.

Bernard estava curioso em relação ao cavalheiro idoso, queria saber como ele era. Ele queria que eu contasse nossas conversas, o que o cavalheiro dizia e o que eu dizia. Bem, eu não tinha muito a dizer. Já que o cavalheiro idoso tinha opinião a respeito de tudo. Ele conhecia tudo. Quando saíamos para o mundo de braços dados, nós caminhávamos num ritmo que permitia que ele conversasse. Ele me fazia perguntas a respeito de mim mesma. Onde eu nasci. Como fui morar na Itália. Uma vez ele me perguntou se eu já tinha andado de avião. Eu respondi honestamente que não. Então apontei para um esquilo que correu na nossa frente. Por alguns minutos, nós conversamos sobre esquilos e como a população de esquilos tinha sofrido durante a guerra. Então eu apontei para a fumaça branca deixada por um avião. Ele levantou o rosto, por hábito, eu suponho, e pareceu perdido. Falou sobre um cruzeiro de navio que tinha feito, e como tinha sido estranho nadar em piscinas no meio do mar. Ele perguntou se eu já tinha estado num navio. "Não", eu disse. Eu tinha respondido honestamente e sem perceber como conversa e palavras podiam armar ciladas. Cilada é uma palavra que Bernard me ensinou. Os dez minutos seguintes foram desconfortáveis. O cavalheiro idoso ficou calado. A conversa que tínhamos acabado de ter ainda soava em nossos ouvidos enquanto caminhávamos. O braço dele estava passado pelo meu, mas eu tinha a sensação de que quanto menos dizíamos um para o outro, mais nos afastávamos um do outro.

Eu tinha sido apanhada. Agora a história contada pelo pastor tinha uma rachadura. Assim como a confiança que ele tinha em mim. Nos nossos passeios, nós não conversávamos mais tão livremente quanto antes. Quando visitávamos o zoológico, ele pedia para ser levado até as gaiolas das aves, e lá ele me pedia para descrever uma ave. Era um jogo que ele tinha inventado. Tinha que adivinhar o nome da ave a partir da minha descrição. Mas a minha descrição era o problema. O meu inglês não era tão bom quanto o do cavalheiro. Quando eu dizia que uma ave tinha o peito vermelho, ele me pedia para refinar vermelho. O vermelho tinha muitas variedades, ele disse. Tantas variedades quanto o número de aves existentes no mundo. Então eu tinha que escarafunchar meu cérebro para descobrir alguma coisa que capturasse perfeitamente o vermelho das penas. Eu não era boa neste jogo, e logo nós paramos de jogá-lo. Depois paramos de ir ao zoológico. Nós andávamos até o parque e nos sentávamos no banco sem ter o que dizer. Nós precisávamos de uma bola de futebol. Precisávamos de alguma coisa.

Essa alguma coisa acabou sendo o toque da minha pele sob o olho cego do cavalheiro.

Estamos de volta à preocupação de Ramona – de descobrir até onde eu iria para continuar a ver o meu filho.

Uma noite, depois de ter lavado a louça, eu me sentei com o cavalheiro. Perguntei como era conviver com alguém que ele não podia ver. "É como estar convivendo com fantasmas", ele disse. "Você ouve a voz, mas não vê o corpo. Você, por exemplo", ele disse. "Eu não faço ideia de como você é."

Ao ouvir isto, eu puxei a cadeira para perto dele na mesa. Peguei a mão dele e encostei no meu rosto. Os dedos dele começaram a andar suavemente pela minha pele. Ele passou um dedo pelo meu nariz. Depois pelos meus lábios. Ele se levantou da cadeira, tornou a se sentar e suspirou, um suspiro de vida ou de morte, eu não sei. Disse que eu tinha uma pele linda. "Meu Deus", ele disse. Meu Deus. Os dedos dele passearam pelos meus olhos. A ponta do dedo desenhou um círculo ao redor de um olho, depois do outro. Aos poucos, ele foi tateando pelo meu corpo. Eu desabotoei o uniforme. Desabotoei o sutiã que tinha roubado da inglesa. Os dedos dele vagavam e de vez em quando paravam para tomar fôlego como fazem os turistas para apreciar a vista durante um passeio. Eu queria ser uma vista especial de que ele não pudesse passar sem. Eu queria manter o meu quarto. Precisava do dinheiro da casa e do que ele me pagava para ver o menino. Então eu tinha que ser uma linda vista. O cavalheiro agora estava em pé, debruçado sobre mim. Aquela noite eu deixei o cavalheiro cego profundamente adormecido. Eu voltei para o meu quarto. Sentei-me na beirada da cama. Eu pensei: eu podia roubar o menino e guardá-lo no quarto comigo. O cavalheiro cego jamais saberia. Eu vou ensinar o menino a se transformar num fantasma.

Na noite seguinte, eu estou na cama quando ouço o cavalheiro cego na porta. Quando o velho entrou, a ideia de um menino fantasma saiu.

Na noite seguinte, eu o ouvi arranhando a porta, e na outra noite, e então eu comecei a ficar acordada esperando por ele. E quando ele não aparecia, eu ficava zangada por ter ficado acordada à toa.

Uma noite ele se ajoelhou ao lado da cama e me lambeu da cabeça aos pés. Depois me virou e me lambeu o pescoço, as costas, entre as pernas, a parte de trás das minhas pernas, então me virou e tornou a me lamber como um gato. Pela terceira vez, ele me virou de barriga para cima. Desta vez, ele afastou meus joelhos e me penetrou. E eu quis que ele fizesse isso.

Agora os dias eram mais tranquilos. Quando saíamos para passear, o cavalheiro cego passava o braço pelo meu e me segurava perto dele. Quando nos sentávamos no parque, os silêncios não eram mais um problema. O cavalheiro cego parecia uma criança com seu brinquedinho favorito.

No final do verão, aqueles silêncios ruins voltaram. Ele falava sobre a esposa dele. Falava sobre as coisas que costumavam fazer juntos, rememorava conversas inteiras, e como as conversas eram interessantes, sobre coisas que eu gostaria de saber. Eu voltei a me preocupar. Toda criança se cansa do seu brinquedinho.

Eu não sabia que havia um quarto no outro andar até ele me perguntar se eu me importaria se ele tivesse outra pessoa morando lá para fazer-lhe companhia. A pessoa não nos atrapalharia. Ele ou ela, disse, moraria num quarto em outro andar. Durante algumas tardes por semana, o novo acompanhante me daria uma folga.

253

O que eu achava disso? Como custei a responder, ele disse que eu teria que escolher essa pessoa, é claro. A escolha seria minha, mas ele não queria um rapaz jovem. Não seria apropriado. Rapazes jovens não eram de confiança, normalmente. Um homem mais velho, talvez, por que não? Outra jovem? Sim, possivelmente. Mas teria que ser alguém com quem eu me sentisse à vontade.

Trinta e dois

O homem que o cavalheiro cego chamava de Defoe me irritava. Ele olhava o mundo como uma criança – como um lugar para brincar. Parecia um turista. Estava sempre buscando algo novo para ver. Eu não sei nada sobre o mundo de onde ele vem. Ele passava a noite inteira bebendo com o cavalheiro cego. Às vezes tentava ajudar na cozinha. Normalmente comia depressa, depois ficava ali sentado, com os braços cruzados, enquanto esperava que o cavalheiro cego e eu terminássemos de comer. Quando ele comia assim é porque estava querendo voltar lá para baixo para os seus fósseis.

A primeira vez que fomos todos ao zoológico, eles esqueceram que eu estava lá. Esqueceram os flamingos e as focas. Uma girafa poderia ter vindo sentar-se ao lado deles e eles não teriam notado porque estavam ocupados demais falando sobre outros animais – não os do zoológico – mas peixes pulmonados e, no caso do cavalheiro cego, borboletas. Eu não sei por que eles acharam que tinham que ir ao zoológico para ter esta conversa. Durante a conversa deles, percebi minhas deficiências. Na companhia de Defoe, o cavalheiro cego conversava de um jeito que nunca tinha conversado comigo.

Durante algumas semanas eu me senti ameaçada. Se eu perdesse o meu emprego, ia ter que voltar para a estação de trem.

Bernard me acalmou. Ele fez com que eu me visse do jeito que o cavalheiro cego devia me ver, então percebi imediatamente a minha utilidade. Eu mantinha o apartamento limpo. Defoe não podia fazer isso. O quarto dele era uma bagunça. Eu fazia chá e café para o cavalheiro, levava *schnapps* para ele. Cozinhei para ele até que ficasse cansado da minha comida, e depois disso ele foi até a cozinha para me mandar fazer as coisas que queria comer – refeições que exigiam certos ingredientes que, se eu não conseguisse roubá-los, nós não podíamos comprar porque dinheiro gasto em ingrediente especial poderia ser dinheiro gasto para ver meu filho. O que mais? Eu fazia companhia a ele. Eu não contei a Bernard o tipo de companhia que eu fazia. Nem contei a ele – nem a Defoe – sobre a fotografia.

Nós tínhamos que esperar até que Defoe saísse para o museu, então o cavalheiro pedia para eu ir buscar a fotografia. Ela ficava guardada num lugar especial. É claro que eu conhecia o lugar. No escritório do cavalheiro, eu me sentava e descrevia a fotografia para ele.

Da primeira vez, eu achei que estava olhando para lesmas brancas. Mas então eu vi o que eram essas lesmas brancas. Algumas das mulheres estão mortas. Mas não todas. Algumas estão encolhidas como se esperassem pela bala que irá pôr fim à vida delas. Uma das mulheres está deitada de bruços. Eu não consigo esquecê-la. Ela está apoiada nos cotovelos como uma banhista na praia, enquanto seus carrascos se aproximam por trás, um homem com uma pistola, o outro com um rifle.

O cavalheiro fazia as mesmas perguntas que fazia no zoológico. Como eram as mulheres? E eu tinha que examinar com cuidado os sinais de nascença, cabelo, robustez ou magreza do torso. Ele tinha dado um nome a cada mulher. Quer dizer, às que ainda estavam vivas. Assim, ele disse, elas não seriam confundidas com as lesmas que eu tinha visto da primeira vez. A que ele mais gostava que eu descrevesse era a banhista. Ele queria saber sobre a carne dela. Se era firme, e eu descrevia para ele até que, aos meus ouvidos, parecia que eu estava descrevendo carne na vitrine de um açougue.

Desde que li o depoimento de Hannah, as coisas ficaram mais claras para mim. Agora eu acho que entendo as perguntas dele de uma forma que não entendia antes. Ele gostava de me perguntar, e nunca se cansava de perguntar, o que eu achava da pessoa que tinha tirado aquela foto. Que tipo de homem ele devia ser? Ele se inclinava para a frente, concentrado, e seu rosto ficava imóvel do jeito que tinha ficado quando ele perguntou a respeito do motorista de caminhão.

Eu olhava para a fotografia e pensava que só poderia haver uma resposta. "Eu homem mau", eu dizia, e ele se recostava para trás na cadeira. Ele virava o rosto.

"Sim", ele dizia. "Mas eu não posso pensar assim."

Ele desaparecia num dos seus silêncios e eu percebia apenas a escuridão do escritório, as persianas fechadas, a imobilidade de tudo. Ele sacudia a cabeça, e, quando parava de sacudir, suspirava pesadamente. Então ele se inclinava para a frente e depois tornava a encostar na cadeira, e às vezes sacudia a cabeça mais uma vez. "O que nós devemos enxergar? O que devemos pensar?"

Então, com os meus olhos, ele conseguia ver o que não via quando estava na companhia de Defoe, embora, quando nós três saíamos, era sempre Defoe quem relatava o mundo para o cavalheiro cego. Ele confiava nos olhos de Defoe. Eu era apenas um descanso de braço ou um corrimão nesses passeios. Era Defoe quem decidia o que era interessante.

Quando éramos só eu e o cavalheiro cego, nós íamos para o cemitério. Defoe foi duas vezes, a primeira para ver as lápides. Quando éramos só nós dois, o cavalheiro cego mal prestava atenção nas lápides. Ele só se interessava pela esposa dele, Hannah.

Ela conduzia grupos de turistas para ver os mortos. O cavalheiro cego sabia tudo sobre eles. Ele falava sobre os mortos como se fossem parentes. Mas nenhum deles lhe interessava do mesmo jeito que ela. Ele nunca disse por que ela não morava com ele, e eu não quis perguntar. Mas depois de ler o depoimento dela, eu acho que sei, porque um pouco da impaciência que o cavalheiro cego demonstrava com ela foi transferida para mim.

Ela é uma mulher pequena com os movimentos rápidos de um cachorrinho. Eu acho que a cegueira deixou o cavalheiro lento. Tudo o que ela fazia parecia pensado. Quando ele se levantava de um banco no cemitério, era como se estivesse pensando no movimento que tinha que fazer até ficar com o corpo totalmente ereto.

"Ela está aqui hoje?"

Esta era a pergunta que ele fazia sempre. Era o motivo da nossa ida ao cemitério. E ele nunca se cansava de perguntar.

Às vezes ela vinha falar com ele. Depois ele me perguntava como ela estava. "Bem", eu dizia. Ela estava bem. E ele dizia com impaciência: "O que 'bem' quer dizer?"

– Eu não sei, senhor. Ela está com a mesma aparência que estava da última vez.

– E?

– Ela parece bem, senhor.

– Ela está usando roupas?

– É claro, senhor.

– E?

Então eu tinha que vesti-la diante dos olhos dele.

Uma tarde, ela deixou os turistas tirando fotos uns dos outros ao redor das lápides. Ela veio voando até onde nós estávamos. Mal olhou para mim antes de começar a gritar com o cavalheiro cego. Eu não sei qual era o problema. Depois ele não quis contar.

Uma tarde os trens não estavam funcionando e nós chegamos atrasados. Os turistas já estavam saindo pelos portões do cemitério para a rua. Eu vejo Hannah e estou prestes a avisar ao cavalheiro cego, mas paro. Tem um carro estacionado do outro lado da rua. O motorista é um homem mais velho. Ele abaixou o vidro e está sorrindo para a esposa do cavalheiro cego. Os olhos dele a seguem quando ela passa pela frente do carro. Ela entra e, pela janela, eu a vejo inclinar-se e beijar o motorista no rosto.

– E então? – ele perguntou.

Eu disse que estávamos atrasados. E que ela não estava mais lá. Ele respira lentamente pela boca. Um minuto antes, ele estava todo animado. Agora seu corpo parece um saco que mal consegue ficar em pé.

O que vamos fazer? Que outro interesse o dia pode proporcionar? Eu já senti muitas vezes a mesma coisa ao entregar o menino para o pai. O ponto alto do dia já tinha acontecido; restava o fim do dia para vencer, e a noite, depois mais dois ou três dias, às vezes mais, quando era difícil conseguir dinheiro, até eu ver o menino de novo.

No caso do cavalheiro cego, o dia ainda tinha alguma possibilidade. Primeiro, eu o levaria ao Wertheim para comer um bolo. Ele ia me dar dinheiro para dois bolos. Eu lhe compraria apenas um *apfelkuchen*. O dinheiro para o meu bolo ia ser desviado para completar o que eu precisava para ver o menino. Depois eu ia me sentar em frente ao cavalheiro cego, fingindo que estava comendo. Aprendi a fingir comer bolo. Os dentes têm que fazer barulho e o suspiro de contentamento tem que sair de uma boca fechada. O garfinho deve bater no prato, e finalmente vem o barulho do garfo sendo pousado no prato. O som da cadeira arrastando no chão para dar espaço para a barriga cheia.

Depois de comer bolo no Wertheim, eu ia levar o cavalheiro cego para o café em frente ao prédio de Hannah. Nós sempre ocupávamos uma das mesas perto da janela. E lá nós esperávamos – com café e chocolate quente – até Hannah aparecer. Ela normalmente aparecia entre cinco e seis da tarde. Quando não aparecia, o cavalheiro cego ficava calado. Ele se encolhia dentro do casaco, as mãos enfiadas nos bolsos.

O único jeito de trazê-lo de volta à vida era descrever uma mulher que ainda não tinha passado pela janela, mas que poderia ter passado, porque o cavalheiro cego não sabia a diferença entre ela passar de verdade e eu descrevê-la passando.

Ele precisava saber que eu não tinha comido meu bolo? Não. Acho que não. Se eu fosse cega e tivesse que ser levada ao parque para ver o meu filho, eu preferiria que meu acompanhante o descrevesse para mim. Eu cheguei a esta conclusão. Uma mentira tinha que ser melhor do que uma decepção.

E, pensando bem, não era isso que Defoe estava fazendo quando passava as manhãs contemplando a silhueta de algo numa pedra? Ele não estava tentando ver o todo a partir de alguns detalhes? Eu fazia exatamente a mesma coisa quando não estava com o menino. Eu o desenhava na minha cabeça a partir de uma imagem formada de todas as outras vezes em que estivemos juntos. Normalmente, a caminho de casa através do parque, quando mergulhávamos num daqueles longos silêncios, era quase como se eu estivesse andando com o menino; o menino estava ao meu lado, não o cavalheiro cego. Agora que estou na prisão, só me resta o fóssil de todos aqueles momentos que passamos juntos. Eu não preciso fazer nenhum esforço para evocá-lo.

Aquele foi um inverno muito longo. Segundo o cavalheiro cego, não foi tão frio, pelos seus padrões. Pelos padrões de qualquer outro ser humano sensato, foi gelado. Eu não me importava com o frio, era a falta de luz que me incomodava. Até então eu nunca tinha pensado na luz como sendo uma coisa viva. Ela desaparecia em novembro e dezembro, e tudo na cidade morria um pouco. As pessoas se agasalhavam tanto que seus rostos eram a única parte visível do corpo. Em janeiro, os lagos do parque ficavam congelados. Uma tarde eu vi um reflexo do menino comigo no gelo. Eu disse a ele para olhar com atenção. Lá estamos nós dois. Como numa fotografia. Agora guarde a fotografia no seu bolso. Eu espero que ele ainda a tenha.

Naquele inverno, tarde da noite, eu saía descalça ou de meias, na ponta dos pés, do apartamento, e descia a escada sem fazer barulho para que o cavalheiro cego e Defoe não escutassem. No último lance, eu me sentava para calçar as botas. Então, saía naquele frio de rachar para pegar um trem para o outro lado da cidade. Primeiro, eu ia até o prédio de Jermayne para ter certeza de que as luzes estavam apagadas. Depois, atravessava a ponte e ia para onde morava o francês.

Bernard voltara a dormir vestido com o casaco novo. Tinha tirado o dente do prego e estava com ele de novo na boca. Eu levava para ele as sobras da comida que tinha preparado para Defoe e o cavalheiro cego. Sempre deixava um pouquinho para trás. Bernard comia tudo frio. Depois eu não me importava com seu bafo de cachorro. Gostava do cheiro do seu velho casaco novo em volta de mim. Dentro do depósito naquela hora, eu tinha a impressão de fazer parte de uma enorme ninhada de corpos quentes e cheiros.

O cavalheiro cego tinha me dado dinheiro para eu entrar numa aula de alemão. Eu quase me matriculei, mas, quando calculei as horas que o dinheiro compraria para eu passar com o menino, resolvi não gastar o dinheiro numa língua. Ramona diz que ela teria ido às aulas para poder conversar com o menino. Bem, eu digo a ela, uma coisa não excluía a outra. Eu não me matriculei, mas continuei aprendendo. Eu nunca me despedia de Bernard sem levar comigo uma nova folha de papel com palavras e frases. *Você quer trepar numa árvore? Você quer um sorvete? Você está cansado? Você sentiu minha falta?* A última frase foi a que aprendi de cor. Bernard disse que minha pronúncia era quase perfeita. Eu nunca cheguei a perguntar.

Trinta e três

Em algum momento no Ano-Novo o cavalheiro cego me pediu para sentar junto dele. Disse que tinha uma notícia desagradável. Tinha sido levado ao conhecimento dele – foi isso que ele disse, levado ao conhecimento dele – que ele não tinha tanto dinheiro quanto pensava na poupança. Disse que a economia mundial estava oscilando. Antigamente, disse, o barco do correio levava uma semana para ir de Nova York para Hamburgo. Agora o tempo tinha sido reduzido à velocidade de um dedo batendo na tecla do computador. Todo mundo foi afetado, inclusive nossa casa. Isso significava que eu não ia mais ganhar o que estava ganhando. Não que eu não valesse o que ganhava. Apenas ele não tinha como pagar. Disse que entenderia se eu achasse que o emprego não valia mais a pena, mas esperava que eu concordasse em ficar. Esperava que as circunstâncias mudassem para melhor. Normalmente mudavam, ele disse.

O tempo com certeza tinha mudado para melhor. Bernard estava ganhando dinheiro de novo. Pedi a ele que levasse o dente de volta para a casa de penhores. Ele estremeceu, esfregou os olhos. Desejei não ter pedido. Eu me desculpei. Disse a ele que o dente nunca mais devia sair de sua boca, não importa o que acontecesse. Eu ia achar um outro jeito. Então uma outra expressão surgiu em seu rosto – aquela velha expressão de medo. No seu pânico, ele enfiou as mãos nos bolsos do casaco e tirou punhados de euros que botou em minhas mãos. Peguei o dinheiro e peguei mais dinheiro das compras da casa. Roubei dinheiro da escrivaninha de Defoe e das suas calças que ficavam penduradas nas costas da cadeira. Mesmo assim, eu só tinha dinheiro para uma visita.

* * *

Uma tarde nós estávamos no café atrás do Wertheim, esperando a esposa do cavalheiro cego aparecer. Tem um caminhão estacionado em frente à entrada do prédio dela. Eu não contei isso a ele, e, alguns minutos depois, fico satisfeita por não ter contado. Lá vem Hannah, pelo outro lado do caminhão, com dois homens da companhia de mudanças. Os três olham para dentro do caminhão. Um terceiro homem se junta a eles. Eu o reconheço. É o homem que eu vi no carro em frente ao cemitério.

– Algum sinal dela? – O cavalheiro cego pergunta.

– Não – respondo. – Ainda não.

Ele pede outro café e, depois de beber, pede um *schnapps*. Ele tem dois copos. Ao mesmo tempo, sai uma procissão de coisas de casa do prédio para a rua e, em seguida, elas são colocadas no caminhão.

Do outro lado da rua, a entrada do prédio de Hannah parece mais vazia do que nunca.

– E então? – ele pergunta.

– Nem sinal dela.

Ele acha que ela pode estar doente. Acha que talvez eu deva atravessar a rua e apertar a campainha dela. Ela pode ter tido uma queda. Pode estar caída no apartamento. Então eu atravesso a rua e finjo apertar a campainha. Em seguida, volto e dou a ele a primeira informação honesta do dia.

– Ela não está em casa.

– Não?

– Não, senhor.

Continuamos indo ao cemitério e ao Wertheim, para um único pedaço de bolo, e depois ao café em frente ao antigo endereço de Hannah. Fizemos isso durante uma semana. Por fim, foi mais fácil inventá-la.

263

Eu não precisava olhar tanto, do jeito que ele tinha insistido que eu fizesse no zoológico. Bastavam algumas coisas – um chapéu, flores, sapatos novos, o fato de estar sem guarda-chuva na chuva, detalhes que eu pinçava das pessoas que passavam na rua, e ele inventava o resto.

O inverno todo eu observei um pássaro grande construindo um ninho no castanheiro que ficava do lado de fora da minha janela. Aquele ninho parecia ser sólido, mas era feito de coisas frágeis, pedacinhos de palha que, se não estivessem no bico do pássaro, estariam sendo levados pelo vento.

O cavalheiro cego criava um retrato da esposa com fragmentos que eu passava para ele.

Aqui estão alguns dos fragmentos.

Ela está com pressa.
Ela parece estar sonhando acordada.
Ela parece preocupada.

Aqui está o que ele comentou sobre cada um deles.

"Ela está com pressa? É mesmo? Interessante. Isso é interessante. Ela deve ter esquecido alguma coisa. Talvez esteja atrasada para um compromisso. Ela geralmente anda com uma pasta bonita de couro que meu pai deu a ela antes de morrer. Ele a adorava. E ela o adorava. Adorava mesmo. Às vezes eu acho que ela o adorava mais do que a mim, e no meu caso talvez a palavra 'adorar' seja um pouco forte. Afinal de contas, as esposas adoram os maridos? Para sempre? Mais do que um ou dois anos? Até que o marido se torne ausente e reste apenas uma réplica defeituosa do objeto antes adorado?"

"Ela está sonhando acordada? Bem, se não estivesse não seria Hannah. Isso não é nenhuma surpresa. Na verdade, eu fico espantado por ela não ser atropelada. Você já notou como ela atravessa a rua? Você faz ideia de como é preciso ter fé para andar no meio do trânsito, para acreditar que os carros vão parar? Bem, eu nunca achei que eles iam parar para mim, e nessas horas eu podia sentir que ela estava se afastando de mim e que o abismo entre nós estava crescendo."

"Preocupada? Sim. Uma das pernas está cruzando na frente da outra? Ela anda sem rumo. Ela não faz isso quando está sozinha. Você já viu como ela anda. Mas comigo era como se ela de repente tivesse esquecido como se anda. Isso costumava causar brigas tremendas. Eu estava sempre esperando na frente por ela. Então ela perguntava com uma voz ofendida por que eu saía andando na frente. Eu respondia com outra pergunta. Por que ela tinha que andar tão devagar, tão propositadamente devagar? Ela dizia que não estava fazendo nada de propósito, que não estava andando devagar, que estava andando como sempre andava, então o que eu estava tentando provar? Com firmeza, mas pacientemente, eu dizia que não estava tentando provar nada. Só estava querendo chegar de A a B, e que se andássemos mais devagar eu ia cair no chão."

Eu tento imaginar, se estivesse no lugar dele, o que iria preferir. Saber que o menino tinha ido embora da cidade ou continuar acreditando.

Trinta e quatro

Em junho daquele ano, Jermayne subiu o preço para sessenta euros. Ele mencionou a mesma coisa que o cavalheiro cego tinha mencionado, embora do jeito dele: o mundo está prestes a cair num buraco de merda que ele mesmo cavou. Eu perguntei o que aquilo tinha a ver comigo. Jermayne sacudiu a cabeça. Eu tinha voltado a ser mais burra do que parecia.

– O que acontece – ele perguntou – quando você fica presa na chuva sem guarda-chuva?

– Você se molha.

– Você entendeu.

Fui até o pouso de Bernard naquela noite. No escuro, ele estava deitado de casaco, sem calças. Eu pus a mão no seu peito e fui tateando como o cavalheiro cego tinha feito no meu rosto. Até o umbigo de Bernard. Por cima da sua cueca até ele se mexer, e então cochichei no ouvido dele: "Bernard, eu preciso do seu dente. Por favor. Só mais esta vez." Ele pegou minha mão e a colocou de volta do meu lado. Ele me disse que eu estava passando uma mensagem confusa. O que eu queria dele – fazer amor ou pegar seu dente incrustado de diamante? "As duas coisas", foi a resposta franca.

Vamos para outro dia, domingo. Estou com o cavalheiro cego e com Defoe no mercado sob a linha do trem em Tiergarten. Os mesmos objetos que enfeitam o apartamento estão expostos sobre as mesas. Livros, quadros, chifres de beber, facas, canecas, enfeites de todos os tipos. E as pessoas estão comprando.

Na manhã seguinte, enquanto Defoe está no museu, eu tirei os vasos do apartamento. Fui a uma loja perto de onde Bernard mora. Não à casa de penhores, a outra loja. O dinheiro que consegui pelos vasos pagou por duas visitas ao menino.

Perguntei a mim mesma que diferença faziam vasos e pinturas para um homem cego que não podia vê-los. O cavalheiro cego podia lembrar como era o seu apartamento assim como podia lembrar como era a sua esposa. Eles não precisavam estar lá.

Fui à loja três vezes com todas as coisas que Defoe escreveu para o inspetor. O meu problema agora era Defoe.

Segundo Ramona, viciados se comportam exatamente como eu me comportava. Eles não pensam nas consequências. O mundo é reduzido ao que está mais à mão.

Então eu fiz sexo de hotel com Defoe para comprar o seu silêncio. Eu também precisava do dinheiro. Eu não podia perder o meu quarto nem o dinheirinho que economizava das despesas da casa. Fui até o quarto dele, e tudo o que ele descreveu é verdade. Até a parte sobre a minha fome. O francês não queria fazer amor comigo. Ele tinha medo que eu perdesse o mistério. Que me transformasse em algo insosso e banal. Sempre que Bernard tentava evitar que eu conhecesse algo dele, ele construía uma nuvem de confusão com as palavras. Ele podia também construir um muro do mesmo jeito. Sabia que eu não era capaz de identificar as perguntas que iriam permitir que eu visse por cima daquele muro. Então nós nos deitávamos com aquele muro entre nós. Eu querendo saltar por cima dele. O francês do outro lado, alimentando suas inseguranças.

Então eu tinha Defoe. Eu não gosto da história da enguia. E ainda me lembro da visita ao zoológico, em que ele não conseguia sair de perto dos cães de caça que devoram galinhas vivas. Tantas pessoas no mundo são iguais a Defoe. Elas se apoiam na mureta de segurança e assistem horrorizadas ao sofrimento dos outros. Engraçado. Eu não me lembro dele com a mesma clareza com que me lembro do cavalheiro cego. O cavalheiro cego tinha uma pelanca pendurada na ponta do pênis. Eu sempre ficava contente quando ele enfiava uma camisinha. Mas eu tenho que agradecer a ele por

267

ter me ensinado como construir um retrato do menino. Tenho pena de ter sido preciso mentir para aprender essa habilidade.

Ramona sempre diz que ela não teria feito o que eu fiz. Pergunto a ela o que acha que uma flor faz quando vê o sol. Ela se abre. Isso não é a coisa mais natural do mundo? O rosto dela ficou com aquela expressão esquisita. Eu a tinha feito se lembrar do marido. Ela está vendo outra vez uma fileira de mulheres se abrindo para o marido dela. Eu tento não deixar que esse pensamento grude em sua mente. Falo sobre o menino. Ele é a praia distante que estou tentando alcançar. Defoe é só uma boia para eu me segurar, para recuperar o fôlego, antes de voltar a nadar na direção da praia – de novo, de novo. Agora, quando olho para Ramona, ela está sentada na ponta do beliche. Ela está balançando a cabeça. A fileira de mulheres desapareceu.

Trinta e cinco

Estou quase terminando a minha história. Eu li partes em voz alta para Ramona. Ela tentou muito corrigir meu pensamento, mas não os acontecimentos que descrevi.

Ela acha que talvez o inspetor tenha uma queda por mim. Senão, por que ele viria aqui regularmente como faz? Digo a ela que não vejo desejo no inspetor. Ele é um homem de família. Conheci as suas duas filhas – elas ficaram olhando para mim até o pai cochichar alguma coisa no ouvido delas. No final da visita, elas estavam brincando no chão em volta dos nossos pés. Eu não conheço a esposa dele, Francesca. Mas já comi os pãezinhos que ela dá ao inspetor para trazer para mim.

Esta tarde o inspetor chegou de camisa branca, gravata e sapatos pretos que brilhavam como os de um garçom. Ele tinha estado na missa pela alma de Inês Maria Dellabarca.

Ele se debruçou sobre a mesa que nos separa. Eu cheguei para a frente para escutar. E mais tarde foi isto que contei a Ramona:

A igreja fica numa colina acima de uma baía rasa encravada na encosta íngreme de pedra branca. Ela não atrapalha a vista do oceano. Fica num ângulo, sua atenção dividida entre o mar e as encostas brancas das montanhas que se dirigem para o continente. De manhã, o sol ilumina os túmulos dos filhos de pastores. No fim da tarde, as lápides dos filhos dos pescadores ficam luminosas.

Era um dia ensolarado. As últimas flores do verão curvavam-se ao redor dos túmulos. A brisa do mar não alcançava a igreja, conforme disse o inspetor, mas as encostas tremulavam com pequenas luzes coloridas.

A igreja estava cheia. O inspetor foi até a frente para cumprimentar a família. Eu não sabia que Inês Maria Dellabarca tinha um noivo. Ela nunca o mencionou. Mas faz sentido agora. Deve ter sido Claudio do outro lado da linha, quando eu peguei o telefone do chão. Um sujeito magro e asmático, diz o inspetor, cujos ombros sacudiam cada vez que ele tossia. Os pais dela estavam sentados na frente com sua irmã mais velha, Cristina. O inspetor fitou os rostos de antigos colegas de escola, colegas de trabalho e vizinhos.

O avô subiu as escadas do altar com as pernas tortas. Quando uma das pernas falhou, a congregação se inclinou para a frente, pronta para segurá-lo. O avô ergueu a mão e sorriu. O inspetor diz que ele é um velho safado. Ele pode até ter tropeçado de propósito. Bem, ele ficou lá em cima balançando a cabeça e sorrindo para diversos rostos. Depois fixou o olhar nas portas abertas e começou a contar como foi a manhã em que Inês Maria Dellabarca nasceu. Ele nunca tinha sentido tanta felicidade. Quando saiu do hospital, parou no poço acima da praia e fez um pedido, depois subiu a colina até esta mesma igreja e caminhou por entre os túmulos da família para dar a notícia da chegada ao mundo de uma neta.

Outras pessoas também subiram ao púlpito depois do avô. Quando Claudio falou, cada palavra teve que ser arrancada de dentro dele. No fim, o velho pescador levou Claudio de volta ao seu bando.

Depois que todo mundo falou, o inspetor se levantou do seu lugar lá atrás e caminhou pela nave da igreja. Ele falou com os pais e o avô, e, com o consentimento deles, subiu ao púlpito para ler a minha carta.

Da igreja, o inspetor foi para a praia. Lá, disse, ele se sentou no casco de um barco. Fumou um pouco e contemplou o mar. O horizonte estava sujo de areia soprada do deserto do norte da África. Há dias, ele diz, em que nada na praia parece ter sido perturbado. A areia está exatamente do mesmo jeito há milhares de anos, com conchas brancas espetadas como velhas ruínas. Então vem uma tempestade e tudo que tinha um ar de permanência é revirado.

Um ano atrás, ele disse, era ali que ele estava, e com a tarefa impossível de tentar juntar todos os pedaços.

Esta tarde ele me perguntou se eu ainda penso em Inês Maria Dellabarca.

"Sim", eu disse a ele. Embora eu não saiba se ela aparece como um pensamento. Eu me lembro de ter visto um dos besouros do cavalheiro cego preso na resina. É assim que ela aparece – o rosto assustado, a mão atirada para trás, e às vezes surge outra imagem dela, e para esta eu fecho os olhos. Estou tentando muito me livrar desta imagem e inserir outra no lugar, dela olhando para mim depois que saímos de baixo do bote na praia.

O inspetor ouviu com atenção, depois balançou a cabeça e continuou de onde tinha parado.

Enquanto ele estava sentado no casco fumando, seus pensamentos se dirigiram para um amigo de infância. Ele ainda tem um retrato dele, um menino pequeno, vestido de caubói de rodeio, que foi mandado para ele por parentes na América, girando uma corda. O menino se tornou pescador quando cresceu. Ele e o inspetor continuaram muito amigos. Certa noite, o pescador estava despejando detritos do lado do barco quando uma corda se enroscou em sua perna e o atirou no mar, nas profundezas escuras; durante semanas, meses, o inspetor continuou a vê-lo flutuando como isca, sua camisa vermelha de caubói balançando nas correntes geladas, o rosto todo manteiga e luz, os olhos arregalados, como que, ao mesmo tempo, maravilhado e pensativo. Ele continuou a vê-lo assim, não conseguia livrar-se da imagem do homem afogado, seu amigo de infância vestido de caubói, até que um dia sua memória o libertou, e ele subiu devagar, como um homem numa poltrona, girando na direção da luz branca.

O inspetor disse, quando chegou a hora, quando chegou o momento certo de fazer isso, que eu teria que encontrar uma maneira de esquecer.

– Não do menino – eu disse.

O inspetor sorriu, seus olhos úmidos daquele jeito que eu descrevi para Ramona e que a deixou desconfiada.

Aqueles olhos úmidos não estavam tentando me destravar. Eles estavam me preparando para uma boa notícia.

No mês seguinte, ele disse, ia visitar Berlim. Uma feira de selos, disse. Mas planejava visitar Abebi. Ele esperava voltar com alguma notícia. Talvez mais. Ele não queria fazer promessas. Eu ia ter que esperar para ver.

Pus a mão no coração e agradeci ao inspetor. Então lhe perguntei o que Ramona está sempre perguntando. Eu quis saber por que ele me visita, por que faz tanto por mim.

Ele se recostou na cadeira, virou a cabeça. Olhou para o relógio na parede. Eu olhei também. Não restava muito tempo. Quinze minutos. Ele tirou o cigarro do bolso e pôs em cima da mesa.

No breve tempo que nos restava, ele começou a descrever uma viagem que tinha feito a Serene. Serene, ele me disse, fica perto do lugar onde eu fui parar nadando. Foi depois do meu julgamento. Durante meses ele sentiu como se caminhasse com os meus sapatos. Ele disse que às vezes tinha a impressão de que eu habitava o corpo dele. Ele tinha passado semanas longe de casa seguindo meus passos entre a Sicília e Berlim. Depois precisou de um tempo livre, então levou a família para Serene.

Numa tarde quente, começou a nadar para longe dos outros banhistas. Ele nadou sem dar importância às suas capacidades. Mais tarde, sua esposa diria que ele parecia um homem nadando na direção da África. Enquanto nadava, ele notou como o oceano é calmo comparado com o raso. Quando enfiou a cabeça debaixo d'água e abriu os olhos, ele viu a rapidez com que a luz azul ficava negra. Era ali que ele deveria ter dado meia-volta, mas ele não o fez. Ele continuou nadando. Diversas vezes ocorreu-lhe que já tinha ido longe demais. Mas ele continuou nadando. Nessa altura, a praia tinha desaparecido da sua vista. Os topos dos prédios antigos ao longo da orla subiam e desciam. Lá no meio do mar, longe da praia, longe de tudo o que conhecia, disse, ele se viu pensando em mim. Pensando – é assim que deve ter sido. E, ele disse, que coisa extraordinária chegar desse jeito, sem o sorriso fixo da tripulação, chegar, pelo contrário, molhada, gelada e apavorada.

Ao nadar de volta até a praia, os braços dele estavam pesados. Suas braçadas foram ficando mais trabalhosas. Ele ficou sem fôlego. A possibilidade de morrer passou pela sua cabeça. Ele se viu pensando nas filhas. Lá fora no mar, o inspetor disse, começou a chorar. Ele se obrigou a continuar. Logo os prédios da orla ficaram maiores. Finalmente, a orla, parecendo um circo com seus animais inflados e barracas de praia, ficou à vista. Ele disse que estava com medo, mais do que qualquer outra coisa. Com medo de nunca mais ver as filhas, não com medo de morrer.

O inspetor parou aí. Seus olhos úmidos sorriram para mim. Eu estendi a mão para tocar seu bigode. Mas ele recuou. Piscou os olhos uma ou duas vezes. Seus dedos tocaram no nó da gravata. Ele olhou para o relógio. Sua mão recolheu os cigarros. Ele tossiu nas costas da mão e se levantou.

Ele disse: "Eu não sei se esta foi uma explicação satisfatória, mas você vai ter que se contentar com ela."

Parte cinco: Abedi

Trinta e seis

Jermayne foi embora. Essa é a primeira coisa a saber. Eu não quero mais fingir. Eu disse a ele para ir embora no ano passado. Foi em setembro. Ele levou tudo com ele. Do lado de fora, na rua, as folhas estavam caindo das árvores. O mesmo vento varreu o apartamento. Tudo saiu voando pela janela com Jermayne.

 Ele nunca foi um pai amoroso. Encarava seu papel de pai como um emprego. Outra coisa importante a saber sobre Jermayne é a obsessão dele por dinheiro. Ele é um sonhador. Uma vida comum nunca foi o bastante. Ele tinha que ter o melhor. Agora, para ter o melhor, como aprendi nos doze anos que vivi com Jermayne, é preciso tempo, paciência e planejamento. E Jermayne não possuía nenhuma dessas qualidades. Consequentemente, nós que éramos destinados a ter tudo, segundo meu marido, terminamos sem nada.

 Eu nunca pensei que pudesse usar Daniel do jeito que usou, como um objeto de troca, como uma TV que você aluga.

 Tem outra coisa que é preciso saber sobre Jermayne. A mulher lava a roupa suja dele. Essa é a parte feia e arrogante do meu marido. A sua parte relapsa deixava maços de dinheiro enfiados nos bolsos. Dinheiro que ele nunca explicou direito como conseguia. Então, eu pergunto a mim mesma, o que foi que mudou? O que há de novo no comportamento de Jermayne? A pergunta me levou a segui-lo e a Daniel quando eles iam para o parque. Eu não podia acreditar que da noite para o dia Jermayne tivesse se transformado num pai normal, carinhoso. Foi lá que eu a vi. No parque. O menino e a mulher "incubadora". Eu vi a troca de dinheiro. Eu vi Jermayne ir embora. E eu vi Daniel sair com aquela mulher. Eu não queria acreditar no que estava vendo, então eu os segui uma segunda e uma terceira vez. Pode ter havido uma quarta. Era sempre a mesma coisa. A mulher esperando sob as árvores. Daniel correndo para encontrá-la. Eu não preciso dizer o que isso fez comigo.

Eu sempre lia para a criança. Ainda leio. Toda noite eu leio para ele. Suas pálpebras estavam começando a fechar quando eu larguei o livro. Perguntei a ele sobre seu passeio no parque. Perguntei se tinha brincado com a bola. Ele assentiu com a cabeça. Perguntei se o pai tinha jogado bola com ele, e ele fez que sim. Perguntei se eles tinham se encontrado com outra pessoa no parque. O peito dele encolheu, seus olhos se fecharam. Ele se transformou numa pequena bola teimosa. Eu sorri para ele. Acariciei-lhe o rosto. Perguntei se tinha uma amiga, uma amiga especial que encontrava no parque. Quando ele finalmente fez que sim, eu acariciei seu cabelo e seu rosto. Eu beijei seus olhos. Eu agradeci a Deus pelo fato do gene da mentira não lhe ter sido transmitido por Jermayne.

Agora eu precisava confrontar o pai dele. Eu esperei dois dias. Disse a mim mesma para esperar mais um dia, e quando esse dia chegou eu ainda não estava pronta. Eu disse a mim mesma para esperar o fim de semana. No domingo à noite, eu falei com ele. Contei o que tinha visto, depois lhe disse que fosse embora. Ele tinha se transformado numa pessoa que eu não reconhecia mais. Eu não podia tolerar viver sob o mesmo teto que aquele estranho.

Eu tinha tentado ter um bebê. Tinha tentado tanto que quase enlouqueci. Eu disse a Jermayne que ele precisava tomar leite de cabra. Devo ter lido isso em algum lugar. Alguém que sabia sobre ritmos circadianos nos disse para copular na lua cheia, mas não depois das oito horas da noite. Jermayne quis saber por que não depois das oito. Nós tivemos uma briga por causa disso. É claro que Jermayne achou que o problema estava em mim. Naquela época, eu ainda confiava nele. Jermayne é muito esperto com computadores. Tinha uma empresa de criação de software. Isso quando nós ainda fazíamos parte da raça humana e Jermayne ainda não nos tinha desviado para um caminho separado. Conversamos sobre adoção. Chegamos até a falar em adotar uma criança romena ou russa. Mas era apenas conversa. Nenhum de nós desejava realmente isso, mas continuávamos conversando como se desejássemos, e eu acho que era bom fingir que tínhamos opções. Nós íamos adotar uma criança africana. Então Jermayne teve outra ideia. Ele tinha lido sobre barriga de aluguel. Eu ouvi tudo como se fazia naquela época, com a mente aberta.

Uma noite ele chegou em casa e anunciou que tinha encontrado alguém para carregar nosso bebê. É claro que ele estava falando mesmo era do bebê dele. Ora, havia certos canais que você precisava percorrer em se tratando de barriga de aluguel. Isso não é tão simples quanto enxertar um galho em outro. É preciso acompanhamento médico. É preciso conversar com assistentes sociais. É preciso tratar das questões legais. Tudo tem que ser muito bem planejado. Jermayne disse que eu não precisava me preocupar com nada disso – com problemas de logística –, foi como ele chamou. Problemas de logística. Incrível. Eu não sei como lhe dei ouvidos. Essas expressões deslizavam pela língua dele como se fossem calda de pudim. Ele tinha encontrado uma pessoa, uma mulher na Tunísia.

Nós tínhamos passado férias lá. Jermayne tinha estado lá sozinho duas vezes por causa de um software que desenvolvera para uma cadeia de hotéis. Eu esqueci o nome dos hotéis, mas naquela época eles eram tubarões da indústria hoteleira – imagino que já devem ter sido engolidos por tubarões maiores – então havia muito trabalho a fazer. Jermayne estava sempre viajando, daqui para lá, para Hamburgo e Cologne, se bem me recordo. Os negócios estavam indo bem. Nós estávamos indo bem, como pessoas normais.

Jermayne tinha conhecido a mãe de aluguel e conversado com ela. Eu não quis conhecê-la. Eu não quis saber o nome dela. Eu não quis saber nada sobre ela. Eu só queria pensar nela como sendo uma incubadora para o nosso bebê.

Quando os bebês nascem, eles poderiam ser de qualquer pessoa. Essa é a verdade – como o próprio Jermayne teria dito. Entretanto, os pais ainda os distinguem e procuram o que quer que os faça lembrar deles mesmos – cabelo, olhos, orelhas. Mas, na realidade, em poucos meses o bebê é ele mesmo. Não há nada nesse novo bebê que o identifique com alguém em especial. Foi isso que observei. Outra coisa que descobri foi que a primeira impressão não dura. Um bebê vem, sem dúvida, de algum lugar. Naqueles primeiros meses, ele ainda está adquirindo o tom certo de pele, suas feições ainda estão buscando seu futuro molde. Um bebê é na realidade um processo, e não uma coisa que já chega pronta, se entende o que eu quero dizer. E, passados uns seis meses, o bebê começa a se transformar no seu futuro.

Agora, com nosso filho, é fácil ver Jermayne. Seu rostinho determinado como o de um pequeno buda, uma robustez ao redor dos ombros, igualzinho ao meu marido. Mas eu não consegui achar nada de mim, nada mesmo, o que não é de espantar porque agora eu sei que não fiz parte da receita. Aos poucos, no entanto, Daniel está se transformando em alguém que eu não reconheço. Talvez ainda haja alguns traços de Jermayne nele, mas esta outra área de personalidade, e de personalidade física, eu simplesmente não conheço. Há ocasiões em que os olhos de Daniel se transformam em escudos, eles não exprimem nada, absolutamente nada, mas ao mesmo tempo parecem saber muito. Eu me vejo desejando ter me interessado mais pela mãe de aluguel. Quando Jermayne disse que a proveta com nossos ingredientes tinha sido inserida na mulher, com supervisão, é claro, eu vi pessoas vestindo jalecos brancos, eu vi um ambiente esterilizado. Jermayne usando uma roupa verde de hospital e uma máscara branca no rosto. Ele sempre reclamou que eu via muita televisão.

A parte da criança que não era do meu marido permaneceu um mistério até eu ver a mãe parada sob as árvores no Tiergarten. Pronto, não havia nenhum mistério, afinal de contas.

Então ela desapareceu. Eu vou ser honesta. Fiquei contente com isso. Logo depois eu disse a Jermayne para sair de casa. Eu não sabia o que a mulher tinha feito. Eu não sabia da acusação de homicídio culposo nem da sentença até receber a visita do inspetor.

* * *

Eu carregava sacolas de compras nas duas mãos, Daniel estava comigo, e eu tentava pegar a chave de casa quando uma pessoa prestativa – alguém sem rosto naquele momento, apenas uma pessoa prestativa ou outro morador do prédio, eu também poderia ter presumido isso, de vez em quando isso acontece – tirou as compras da minha mão para eu poder abrir a porta. Dentro do prédio, o inspetor se apresentou. Muito educadamente, perguntou se poderíamos conversar no meu apartamento. Ele ainda estava segurando as sacolas de compras, e eu sabia que a única maneira de tê-las de volta seria permitindo que ele as levasse até o apartamento. Um homem como o inspetor pode atravessar muros.

Então nós subimos as escadas em silêncio. Daniel correu na frente e deixou a porta aberta. Mandei Daniel descer para brincar no pátio. Disse a ele que nos deixasse sozinhos até que o chamasse de volta. Daí em diante a conversa foi em inglês. O inspetor me seguiu até a cozinha. Eu sempre faço um café para mim mesma depois das compras. O inspetor não quis café. Ele esfregou o estômago – disse que sofria de acidez. Bem, Jermayne sofria da mesma coisa. Chá de hortelã é bom para isso. Eu procurei no armário, mas Jermayne deve ter levado embora o chá de hortelã. O inspetor só quis um copo d'água.

O som da bola batendo na parede lá embaixo no pátio ressoava na lateral do prédio. Esse pode ser o som mais solitário do mundo. Mas às vezes é irritante. Para o inspetor, foi apenas motivo de curiosidade. Ele admirou os vasos de salsa, hortelã e alecrim sobre o parapeito e olhou pela janela. Lá embaixo no pátio, a bola batia na parede, para frente, para trás, para frente, para trás. Ele dorme com aquela bola. Não vai a lugar nenhum sem a bola. Ele vai para a escola chutando a bola pela rua. É um menino calado. Fala muito pouco. É obcecado por aquela bola. Ele não se interessa por outras crianças. Eu o levei ao médico. Ele nos mandou a um especialista. O especialista disse que ele tem uma forma leve de Asperger.

Para nos livrar da bola no pátio, nós voltamos para a sala. Sobre o que conversamos? Sobre pouca coisa. Eu estava esperando o inspetor ir direto ao assunto. Ele falou sobre selos. Era por isso que ele tinha ido a Berlim – para uma feira de selos. O pai dele o apresentara aos selos, e ele herdara a coleção do pai depois da sua morte. Ele tinha selos de todos os países. De alguns eu nunca tinha ouvido falar. Outros não existiam mais, ou existiam sob outra forma e tinham outro nome. Eu não estava entendendo aonde ele queria chegar, até que finalmente ele pediu para ver os "papéis de adoção". Eu fui buscá-los. O inspetor olhou para eles, embora eu pudesse ver que não os estava lendo. O alemão dele não era tão bom assim. Ele pediu uma cópia. Tem uma loja de xerox aqui perto. Eu me ofereci para acompanhá-lo até lá quando ele quisesse. Quando chegou a hora de partir, ele esqueceu os papéis e eu não lembrei a ele.

Devo acrescentar que, antes de sair, ele abriu a pasta e tirou um fichário. Um fichário preto que empurrou para mim por cima da mesa. "Aí há depoimentos, e eles vão lhe explicar melhor do que eu as coisas", ele disse. Pensando bem, eu não acho que ele estivesse interessado nos papéis de adoção. Ele só estava querendo me amaciar um pouco. Talvez por achar que eu precisasse. Eu não sei. Mas foi nesta ordem que nossa conversa transcorreu.

Seu segundo pedido veio da mãe biológica. Ela queria uma fotografia do menino. O inspetor disse que tinha refletido muito sobre este pedido. Ele decidiu que só poderia ser uma coisa boa. Ela ia poder ver que ele está bem alimentado e bem cuidado. Amado, ele se lembrou de acrescentar.

Sim, eu disse. Ele é amado. Ele é amado pela única mãe que conheceu.

Eram os meus nervos falando. Assim que disse isso, eu soube que estava errada. Houve os encontros no parque, todas aquelas vezes – em que Daniel tinha corrido para esta mulher de quem eu não sabia nada, uma completa estranha até aquele momento.

Talvez eu soasse muito agressiva. Sim, acho que sim, porque o inspetor se levantou. Ele pareceu pronto para partir. Mas eu não

me mexi de onde estava porque também tinha uma pergunta para ele.
– Como ela soube que o senhor estava vindo para Berlim, inspetor?
– Eu a visito. Eu a visito sempre que posso.
– Então vocês são amigos?
– Não, exatamente.
– Mas o senhor a ajuda?
– Sempre que posso. Minha esposa Francesca e eu. Mas, como a senhora pode ver, eu nem sempre tenho sucesso.
Eu disse a ele que daria a ela uma foto de bebê. Então me levantei e saí da cozinha. Levantei a janela e mandei Daniel subir. Quando voltei para a sala, o inspetor estava sorrindo enquanto limpava as lentes da sua câmera.

Desde então, tenho mandado mais fotos. Até mandei uma foto minha. Ela escreveu uma pequena carta para mim. Em inglês. Agradecendo-me. Ela gostaria de ter uma fotografia dela para mandar. Eu escrevi de volta dizendo que isso podia esperar. Então ela respondeu, e as coisas evoluíram a partir daí.

Uma vez eu me tranquei no banheiro. Sentei-me na beirada da banheira com uma xícara de café na mão. Queria descobrir como era estar fechada numa cela. Então eu chamei Daniel e o fiz trazer sua bola para dentro do banheiro. Algum tempo depois, recebi uma carta do inspetor dizendo que tinha conseguido transferi-la da superlotada Piazza Lanza em Catania para uma prisão melhor em Agrigento. Em suas cartas, ela nunca se queixou do outro lugar, da superlotação, da sujeira ou das péssimas instalações.

Quando se aproximou o último aniversário de Daniel, perguntei a ele o que queria. O que ele mais queria no mundo? Esta pergunta me foi feita quando eu era criança, e eu não tive nenhuma dificuldade em fazer uma lista. Daniel sacudiu a cabeça. Que tal uma bola nova? Ele respondeu com um sorriso. Mais alguma coisa? Ele sacudiu a cabeça. Eu lembrei a ele da mulher que o pai o levava para ver. Eu perguntei a ele: "Você gostaria de escrever para ela?" Eu disse que o ajudaria com a carta. Ele se transformou num soldadinho de madeira. Eu poderia ter dado um peteleco no ombro dele e o balançado para frente e para trás. Tive que lhe dizer que nada de ruim iria acontecer. Só coisas boas. Então eu me ouvi dizendo: "Eu acho que ela ia gostar de ter notícias do filho dela."

Esta é outra noite em que estou sozinha. Eu me deito. Ligo a televisão. Tem um programa sobre bretões aposentados comprando castelos franceses. Homens de rostos cansados que olham desanimados para muros altos e inexpugnáveis. As mulheres joviais falam sem parar. Eu acho que com Jermayne eu deveria ter sido mais parecida com elas. Grandes e mandonas. Eu troco de canal e por algum tempo vejo surfistas pegando ondas enormes no Pacífico. Mudo para o History Channel. É o Dia D. Devo ter cochilado porque acordo com explosões na areia e marinheiros chegando à praia.

Eu costumava dizer, não consigo imaginar. Mas depois que você fica sabendo, você consegue – é só querer imaginar.

Está tarde. Eu me levanto e vou até a janela. Eu a imagino atravessando o parque. Portas de carro se abrem e fecham atrás dela. Vozes vêm das árvores. Uma mulher aparece na frente dela. Elas dão um susto uma na outra, depois, educadamente, cada uma se afasta para a outra passar. Mais carros. O ruído do vidro elétrico de uma janela. Um homem chama por ela. Por algum tempo há passos atrás dela – eles mantêm o mesmo ritmo dos dela, esperando para ver se ela irá virar na direção das árvores. Ela se concentra no que há em frente. O carro vai embora. As vozes desaparecem. Ela atravessa o canal e entra na rua abaixo. Eu a imagino na porta. Em sua carta, ela me contou que existem criaturas no mar que se misturam perfeitamente com o ambiente. Criaturas que parecem areia ou plantas. Você só consegue vê-las se elas se mexerem. Um carro ou um caminhão passa na rua e ela caminha na sombra dele até a sombra depositá-la num vão de porta do outro lado do canal. Ele está vazio agora. Ela disse que costumava ocupá-lo do jeito que um caranguejo ocupa uma concha abandonada. É muito tarde. Talvez haja gelo na rua. O canal está congelado. No entanto, ela atravessou a cidade para chegar a este momento. Ela não tem esperança de vê-lo. Quer apenas estar na mesma rua, sob as mesmas nuvens iluminadas, quer estar perto.

Um dia ela vai sair da prisão. Eu não sei se é assim que eles fazem isso. Mas, na minha cabeça, é assim que vejo acontecer. Imagino outras prisioneiras que também são soltas naquele dia.

Elas vão sair de um buraco nos lados dos muros da fortaleza, um pequeno grupo de mulheres com rostos pastosos e respiração ofegante, andando com passos curtos, parando de vez em quando para contemplar o céu. Elas vão para a rua onde há um ponto de ônibus e uma área de embarque. Algumas pessoas da família estarão lá para pegar as prisioneiras. Uma por uma, elas irão embora como cães resgatados do canil. Até sobrar apenas a mulher. E então Daniel e eu chegamos. Ela vai olhar surpresa para nós. Vai estar ali sentada com o coração pesado. Então ela nos vê – ela me vê e fica confusa, talvez, sim, isso é provável, mas então ela vê o menino e é então que se levanta e o resto do mundo desaparece.

Eu não imagino a segunda parte. Não suporto imaginar essa parte.
Estou chegando lá.
Só não cheguei ainda.

Agradecimentos

Eu passei um ano entre 2007 e 2008 em Berlim, numa casa de escritores, e quero agradecer a Creative New Zealand por esta oportunidade – não há nada como um lugar novo para clarear os olhos. Agradeço ao Instituto Goethe em Wellington e Berlim pelo incentivo e companheirismo, e a Katja Koblitz, Franziska Rauchut e Ingo Petz em Berlim pela sua amizade e pelas informações sobre a cidade e seu passado. Uma menção especial de gratidão para o meu editor, Michael Heyward, no Text, que demonstrou uma fé tremenda neste projeto desde o início, e para o meu agente e primeiro leitor, Michael Gifkins, e minha preparadora de texto, Jane Pearson.

No capítulo dez, Milênio Três faz uma citação do poema de Rainer Maria Rilke "Medo do inexplicável". No capítulo oito, o inspetor descreve uma mãe levando o filho morto para o lugar onde ele vai ser enterrado num carrinho de mão. Suspeito de que essa imagem venha de uma cena em *Uma mulher em Berlim*, um diário de guerra que eu li durante minha estadia em Berlim.

Este livro foi impresso na Editora JPA Ltda.,
Av. Brasil, 10.600 – Rio de Janeiro – RJ,
para a Editora Rocco Ltda.